ルキアノス

遊女たちの対話

全集 8

西洋古典叢書

凡例

一、本『ルキアノス全集』は全八冊とし、この分冊には第七十八篇より第八十六篇まで収める（ただし第八十一篇は割愛し、第八十六篇は解説でダイジェストのみ掲げる）。

二、本分冊の翻訳は原則的に M. D. MacLeod, *Luciani Opera*, Tomus IV, Oxford Classical Texts, 1987 のテクストに基づく。それ以外のものに拠るときは、註で記す。

三、ギリシア語とラテン語をカタカナで表記するにあたっては、

(1) φ, θ, χ と π, τ, κ を区別しない。

(2) 固有名詞の長音は、原則として表記しない。普通名詞の原語をカタカナ表記する場合は、長音を表示することがある。

四、訳文中の「　」は引用および重要な語句を、ゴシック体の和数字は節番号を表わす。［　］は訳者による補足である。註や解説における『　』は書名を表わす（ただし著者名を付していないものはルキアノスの著作である）。

五、『海の神々の対話』および『神々の対話』では、一部の対話で通し番号が二通り記してある。例えば『海の神々の対話』第五対話は、「五（八）」と番号付けされる。こういう場合、前者はγ系の写本（Vaticanus Graecus 90 など）によるもの、括弧内の後者はβ系の写本（Vindobonensis 123 など）によっている。なお、本書で参照指示するときは前者の番号を用いる。

六、巻末に「固有名詞索引」を掲げる。

目次

遊女たちの対話

全集 8

内田次信
西井奨 訳

海の神々の対話（第七十八篇）

西井　奨　訳

一　ドリスとガラテイアの対話[1]

一　ドリス　ハンサムな恋人が、ガラテイアさん、例のシケリア[2]の羊飼い[3]のことですが、あなたに夢中だという噂[4]ですね。

ガラテイア　からかわないでよ、ドリスさん。どのように見えても、ポセイドン様の息子[5]なのですから。

ドリス　いったいどうしてです。たとえ彼がゼウス様ご自身の子であったとしても、あれほど野蛮で毛むくじゃらで、しかもとりわけ醜いことに、一つ目だというのに、その生まれが彼に姿を良くする助けになるとでも思うのですか。

ガラテイア　あなたが言う彼の毛むくじゃらさと野蛮さは、醜いものではありません――それは男らしさなのですから――その一つ目は額にぴったり合っているし、二つあるより一つ目のほうが見るのにずっと不自由するということもありません。

ドリス　ガラテイアさん、あなたの彼の褒め様《よう》からだと、ポリュペモスが恋しているというより、あなたが彼に恋している[6]ようですね。

二　**ガラテイア**　そんなことはありません。でもあなたたちのそのひどい非難の仕方には我慢なりません。それに嫉妬心からそうしているように思われます。前に羊飼いの彼が見晴らしのよい所から、わたしたちがアイトナ山(7)の麓の海岸で、山と海との間に渚が長く伸びているところで遊んでいるのを見て、あなたたちのほうに視線をやりはしなかったけれども、彼にはわたしがみなの中で最も美しく思われて、それでわたしにだけその一つ目を向けていました。それがあなたたちには癪なのです。わたしがずっと優れていていちばん愛されるのに相応しく、あなたたちは無視されたことの証《あかし》ですからね。

ドリス　目の一つ足りない羊飼いに美しく思われたからといって、あなたが嫉妬されるにふさわしいと思

(1) ドリスとガラテイアは、海神ネレウスの数多くいる娘たち（ネレイデス）のうちの二人。ドリスという名前はネレイデスの母の名前にもあるが（ヘシオドス『神統記』二四一行）、ここでは母のほうではなく娘のほうとするのが妥当である。ネレイデスとしてドリスとガラテイアの名前はホメロス『イリアス』第十八歌四五行、ヘシオドス『神統記』二五〇行で挙げられている。ドリスは本篇第十二対話、第十四対話でも登場する。

(2) 現在のイタリアのシチリア島。

(3) 一つ目の巨人キュクロプスたちのうちの一人のポリュペモス。第二対話のポリュペモスと同一人物。本対話は、ポリュペモスがオデュッセウスによって目を潰される以前の話である。

(4) ポリュペモスがガラテイアに恋をしたという話は、テオクリトス『牧歌』第十一歌、オウィディウス『変身物語』第十三巻七三八―八九七行で題材となっている。

(5) ポリュペモスはポセイドンとニンフのトオーサとの子とされる（アポロドロス『ギリシア神話』摘要七-四）。

(6) テオクリトス『牧歌』第六歌では、ガラテイアのほうがポリュペモスの気をひく者として描かれている（六―四〇行）。

(7) 現在のシチリア島にあるエトナ火山。

うのですか。それに、色白であることの他に何か彼があなたを褒めるところがありましたか。それは思うに、彼がチーズと乳になじんでいるからです。[1] それらに似ているものはすべて美しいと見なすのです。

三　それはそれとして、自分がどんな顔をしているか知りたいと思うなら、どこかの岩場から、波が静かな時にでも水面に屈んで自身をご覧なさい。まさしく白い肌というだけのことです。それだって、白さのおかげで赤みが際立つというのでなければ、褒められたものではないのです。

ガラテイア　でも、わたしはただ白いだけですが、あんな人でも恋してくれる人がいます。ひきかえ、あなたたちの中には、羊飼いであれ船乗りであれ渡し守であれ誰かに褒められるような者なんて一人もいませんね。ところで、ポリュペモスは音楽の才もあるのですよ。

四　**ドリス**　お黙りなさい、ガラテイアさん。先日彼が、あなたの家に押しかけて口説きの歌をうたうのを[2]、わたしたちは聞きましたが、アプロディテ女神さま、人はロバのいななきだと思ったことでしょう。それに、その時の竪琴（ペクティス）[3]ときたら。それは内をそぎ落とした鹿の頭で、二本の角が腕木の代わりです。それに横木を渡し、弦を取りつけたのですが、ペグを巡らせていないので、調子外れで歌とも言えない歌でした。彼のどなり声とリュラーの伴奏がばらばらなので、わたしたちはあのような歌に対して笑いを抑えられませんでした。何しろ、あれほどお喋りな木霊（エーコー）[4]でさえ、こだまで答えたいとは思わず、ガラガラ声のおかしな歌を真似しているように見られることを恥じていたのです。

五　また、愛しの人は腕にペットの熊の子[5]を抱えていましたね。自身に似て毛むくじゃらのね。ガラテイアさん、あれほどの恋人を持つあなたを、羨まない人などいるでしょうか。

ガラテイア　それならドリスさん、あなたの恋人をわたしたちに教えなさいよ。きっと、ずっとハンサムで、歌もうまく、キタラーを弾くのも上手なのでしょうね。

ドリス　わたしには恋人などいませんし、自分が愛されがちなのを自慢する気もありません。でも、山羊のような悪臭もちで、噂によれば生肉食いの、訪ねてくる異国人を食糧にするキュクロプスのような人が[6]、あなたのものになって、そしてあなたもずっと彼に愛を報いるように祈りましょう。

(1) ガラテイア（Γαλάτεια）の名前には、ギリシア語で乳を意味する「ガラ（γάλα）」が含まれる。

(2) テオクリトス『牧歌』第十一歌では、ポリュペモスがガラテイアへの恋心を六一行に渡り歌いあげる（一九―七九行）。またオウィディウス『変身物語』第十三巻でも、ガラテイアが回想して語る形でポリュペモスの歌は言及される（七八九―八六九行）。

(3) テオクリトスやオウィディウスでは、ポリュペモスは笛を奏でている（『牧歌』第六巻九行、第十一巻三八行、『変身物語』第十三巻七八四―七八六行）。ルキアノスは、前四〇〇年頃の詩人ピロクセノス（作品は断片のみ残存）による描写に則ったと考えられる。

(4) もともとはニンフの女性だったが、相手の言葉を真似して返すしかできなくなり、また身体も失って声のみになった。オウィディウス『変身物語』第三巻三五一―四〇一行のものが有名。またロンゴス『ダプニスとクロエ』第三巻二三でもオウィディウスとは別様にエーコーの由来が伝えられている。

(5) テオクリトス『牧歌』第十一歌四〇―四一行、オウィディウス『変身物語』第十三巻八三四―八三七行でも、ポリュペモスはペットの子熊について言及している。

(6) ホメロス『オデュッセイア』第九歌一〇五―五六六行では、ポリュペモスが自らの住む島に訪れたオデュッセウスの仲間たちを食べる場面が描かれる（二八七―二九八、三四三―三四四行）。

二　キュクロプスとポセイドンの対話[1]

一　**キュクロプス**　親父、俺はあの呪わしい異国人からなんてひどい目に遭ったことか。そいつは俺を酔わせて目を潰したのだ。眠っている俺に襲いかかってのことだ。

ポセイドン　誰だ、残忍にもそんなことをしたのは、ポリュペモスよ。

キュクロプス　そいつは最初、自身のことをウーティス[2]と名乗っていたが、物を投げても届かない所まで逃げのびてから、オデュッセウスと名乗った。

ポセイドン　お前の言う男を知っているぞ。イタケ人[3]だ。イリオン[4]から船で帰るところだったのだ。しかし奴は勇敢でもないのにどうやってそんなことをできたのだ。

二　**キュクロプス**　牧草地から戻ってみると、洞窟の中にかなりの数の人間がいて、明らかに俺の羊どもを狙っていたので、捕えたのだ。それで俺は入り口に蓋をして――どでかい岩があったからな――そして山から運んできた木に火を点けて灯りを燈した時、奴らが隠れようとしていたのが明らかになった。それで俺はそいつらを幾人か摑んで、そいつらは泥棒だから、そうするのが当然のように喰ってやったわけだ。それから極悪非道のあいつが――ウーティスだかオデュッセウスだか言ったが――何か薬を注いで俺に飲むよう寄越しやがった。そいつは甘くて良い香りがしたが、最悪の罠と厄介者が仕込まれてあった。飲むとたちまちすべてが回って見えて、洞窟そのものもひっくり返って、まったく意識を保てず、とうとう眠りへと引きずり込まれたのだ。一方あいつは、丸太の先を尖らせたうえ、火で燃え立たせて、眠っている俺の目を潰した。それであいつのせいで息子の俺は目が見えないのだ、ポセイドン。

三　**ポセイドン**　なんと深く眠っていたことか、息子よ、目を潰されている間に飛びあがれなかったとは。それにしてもオデュッセウスはどのようにして逃げることができたのだ。入り口から岩を動かすことができなかったのは確かだと思うのだが。

キュクロプス　いや、逃げようとするあいつをもっと簡単に捕まえられるよう、俺がどけたのだ。それで入り口のそばに座って手を広げて見つけようとして、羊だけを牧草地に送り出し、リーダー羊(5)には俺の代わりにしなければならないことを命じておいた。

---

(1) ホメロス『オデュッセイア』第九歌一〇五―五六六行では、トロイア戦争終結後に帰国の途にあるオデュッセウスとその部下たちが一つ目の巨人キュクロプスたちが住まう島を訪れた話が描かれている。本対話は、その後のこととして、キュクロプスのポリュペモスがオデュッセウスから受けた災難を、『オデュッセイア』第九歌で描かれた内容に沿って父ポセイドンに語り聞かせるものとなっている。

(2) オデュッセウスは自らΟὖτις（ウーティス）と名乗ったが、アクセントを変えるとοὔτις（ウーティス、no one,「誰でもない」）の意味になるトリッキーな名前。ホメロス『オデュッセイア』第九歌三六六行。

(3) ギリシア西方の小島。トロイア戦争開始以前にすでにオデュッセウスがイタケ王となっていた。

(4) トロイアのこと。小アジア北西部に位置する。

(5) ホメロス『オデュッセイア』第九歌で、オデュッセウスはポリュペモスの飼っていた羊たちの中で最も立派な牡羊の下にしがみついて逃げることにする（四三一―四三六行）。ポリュペモスは羊たちが洞窟から出て行く中でこの牡羊が最後に洞窟から出ていくのを不審に思い、この牡羊に話しかけて、この牡羊がオデュッセウスの隠れている居場所を教えてくれたらよいのにと願う（四四七―四六〇行）。

四　ポセイドン　分かったぞ。その羊たちの下で気づかれずに逃げたのだな。だがお前は、奴を探すために他のキュクロプスたちに助けを呼びかけるべきだったな。

キュクロプス　呼んだのだ、親父、そして来てくれた。しかし、悪巧みをした奴の名前を尋ねたので、俺は「ウーティスだ」と言ったところ、みんなは俺を気がふさいでいるのだと思って立ち去った。あの忌まわしい奴はそんなふうに名前で嵌めたのだ。とりわけ苛立たせたのは、俺の不幸を侮辱しながら「親父のポセイドンもお前を治せやしないだろう」と言った[1]ことだ。

ポセイドン　元気を出せ、息子よ。あいつには報復してやるから。たとえ目を潰されたのを治すことができなくても、航海する者どもの命運は〈奴を生かすも殺すも[2]〉わしの手のうちにあることを思い知らせてやる[3]。あいつはまだ航海のさいちゅうだったな。

三　ポセイドンとアルペイオス川の対話[4]

一　**ポセイドン**　これはどうしたことだ、アルペイオス川よ。他の河川の中でお前だけが海へ流れ込んでもあらゆる河川の慣わしのごとく海水と混ざることはせず、拡散して川をやめてしまうことがないではないか。そして川の形のままでおいしい水の流れを保持して海の中を行き、なおも混じり合わず真水のままで、まるでカモメかミズナギドリのように、深く潜行して、どこだか知らぬところへ急いでいるのではないか。それにお前はどこかで頭を出してふたたび姿を現わすことになるように思うのだが[5]。

アルペイオス川　恋に関する事柄なのです、ポセイドン様。なので詮索しないでください。あなたご自身も、幾度となく恋にかまけたことがあるでしょう。

ポセイドン　アルペイオス川よ、お前が恋しているのは、人間の女か、それともニンフか、ネレイデスの誰かなのか。

アルペイオス川　いやちがいます、泉です、ポセイドン様。

ポセイドン　地上のどこでその泉は流れているのだ。

(1) ホメロス『オデュッセイア』第九歌五二五行。なお『オデュッセイア』第九歌では、このオデュッセウスの言葉を受けてポリュペモスは父ポセイドンにオデュッセウスを無事に帰国させぬよう祈願し（五二八―五三五行）、ポセイドンはそれを了承する（五三六行）。本対話は、この『オデュッセイア』でのポリュペモスの祈願に並行する内容だとも解釈できる。

(2) 底本としたMacleodのテクストには、Hemsterhuisの削除案に基づく削除記号が付けられている。

(3) ホメロス『オデュッセイア』第五歌二八二―三八二行では、オデュッセウスがカリュプソの島からパイエケス人の国に向かうところをポセイドンが発見し、海を荒れさせてオデュッセウスを散々に苦しめる。

(4) アルペイオス川はペロポネソス半島最長の河川。ここでは河神としてポセイドンと対話している。

(5) 古代においてアルペイオス川は、ペロポネソス半島西部のエリス地方の河口でいったん伏流を成して、シケリア島東端のシュラクサイの出島オルテュギアにある泉から湧き出ていると信じられていた。ウェルギリウス『アエネイス』第三歌六九二―六九六行。

アルペイオス川　シケリアの島のものです。人々はそれをアレトゥサ(1)と呼んでいます。

二　ポセイドン　アレトゥサがとても美形であることは知っているぞ、アルペイオス川よ。透明で、浄らかな所を通って湧き出るその水は、小石に映え、その上で銀の帯のように光って見える。

アルペイオス川　とてもよくその泉をご存じでおられる、ポセイドン様。実際、その泉のもとに行くところなのです。

ポセイドン　では行って恋を成就させよ。だが教えてほしい、アルカディア(2)のお前がどこでシュラクサイ(3)のアレトゥサを見たのだ。

アルペイオス川　ポセイドン様、わたしは急いでいるのに、どうでもいいことを尋ねてお引き留めなさるのですね。

ポセイドン　それももっともなことだ。愛しの泉のもとに行くがよい。そして海から出てその泉と混じり合い、一つの水となるがよい。

四　メネラオスとプロテウスの対話(4)

一　メネラオス　さてプロテウスよ、あなたが水になることは信じられないことではありません。海の神なのですから。木になることもまだ我慢できます。そしてもし獅子に変身するとしても、信じられる範囲の外ではありません。だがしかし、海に住んでいるのに火になることができるのなら、それにはあまりにも不

思議で信じられません。(5)

プロテウス　メネラオスよ、わしはそうなれるのだから、不思議に思うでない。

メネラオス　自分でも目にはしましたが、思うところをお話ししましょう。あなたは出来事に何かまやかしを仕掛けて、見る者の目を欺き、自身はまったくそれらに姿を変えていないのです。

二　プロテウス　ではそのようにはっきりしたことにどんな欺きがあるのだろう。わしが何に姿を変えたのか目を開いて見なかったのか。高貴なお方よ、もし信じられずに、出来事が偽りで目の前で何か幻が生じ

(1) アレトゥサはもともとエリス地方のピサ出身のニンフだった。それが彼女に恋した河神アルペイオスに追われて、水に変身し、エリスから地下を通ってオルテュギアに出て泉となったとされる。この物語はオウィディウス『変身物語』第五巻四八七―五〇八、五七二―六四一行で詳しく述べられている。本対話は、アルペイオス川がオルテュギアの泉となったアレトゥサを海を渡り追っているところでポセイドンに話しかけられたという状況設定になっている。

(2) ペロポネソス半島中央部。アルペイオス川の水源がある。

(3) シケリア島東端の都市。ギリシア人の植民がなされた。

(4) スパルタ王メネラオスは、トロイア王子パリスに奪われた妻ヘレネを取り戻すためトロイア戦争を起こした。戦争終結後、トロイアからの帰国途中でエジプトに引き留められることになり、そこでメネラオスは、変身の術を有する海神プロテウス（老人の姿で知られている）に帰国の術を尋ねた。本対話は、この時にメネラオスとプロテウスが交わした会話という状況設定になっている。これはホメロス『オデュッセイア』第四歌三三二―五九二行で描かれている内容を題材としている。

(5) ホメロス『オデュッセイア』第四歌で、メネラオスはあらかじめプロテウスの娘エイドテエからプロテウスが水にも火にも変身すると伝えられるが（四一七―四一八行）、作中で火には変身していない。

ていると思うのなら、わしが火に変じたら手で触れればよい。そうすれば、わしが単にそう見えるだけなのか、本当に燃えているかどうかが分かるだろう。

メネラオス　それを試すのは危ないですな、プロテウスよ。

プロテウス　メネラオスよ、そなたはこれまで蛸を見たことがないようだし、その類いの海の生き物に何が起きるかを知らないとみえる。

メネラオス　いや、蛸は見ましたが、それに何が起きているかはぜひ教えていただきたい。

三　**プロテウス**　どんな岩にでもやってきて吸盤を合わせ、腕をいっぱいにしてぴたりとくっつけると、自身をその岩に似せて、その岩を真似て色も変えるのだ。そうして、目立たぬようにして、石だと思わせて漁師の目を逃れるのだ(1)。

メネラオス　そう聞きます。だがあなたのすることはずっと途方もないです、プロテウスよ。

プロテウス　メネラオスよ、自分の目を信じないそなたが他に何を信じられるのかわしには見当もつかぬ。

メネラオス　確かに見ましたが同じ者が火にも水にもなるなんて、奇怪すぎます。

五（八）(2)　ポセイドンとイルカたちの対話(3)

一　**ポセイドン**　イルカたちよ、お前たちがいつも人間を好きなのは結構なことだ。かつてイノの子どもを、スケイロンの崖から母といっしょに落ちた時に受け止めてイストモスへ送り届けたな(4)。そして今度はメテュムナ出身のかのキタラー弾きを救い上げて、衣装もキタラーも持たせたまま、タイナロンまで泳いで行った。(5) お前は彼が船乗りたちに殺されるのを許さなかったのだ。

イルカ　人間たちに親切にしているからといって驚かないでください、ポセイドン様、わたしたち自身もまた人間から魚になったのですから。ただ、ディオニュソス様が海戦でわたしたちを負かした後、変身させ

(1) 蛸がこのような擬態をすることについては、アリストテレス『動物誌』第九巻第三十七章六二二a八―一四、オッピアノス『漁夫訓』第二巻二三二―二四〇行などで言及されている。

(2) 対話番号については「凡例」参照。

(3) 本対話でイルカたちがポセイドンに尋ねられて語っている、キタラー奏者アリオンを救出したという話は、ヘロドトス『歴史』第一巻二三―二四でよく知られている。そのことから本対話で設定される状況は、神話上の特定の一場面ではなく、アリオンを救出後であるから、コリントスの僭主ペリアンドロスの在位中の前六二七頃―五八五年頃もしくはそれ以後ということになる。アリオンはメテュムナ出身の伝説的な抒情詩人・音楽家。ここでルキアノスが伝える話はヘロドトスのものと微妙に異なっており、ヘロドトスでは、アリオンがイタリア・シケリアでお金を稼ぎ、南イタリアのタラスからコリントスに戻る時にこの事件が起こったとされる。オウィディウス『祭暦』第二巻八三―一一八行でもこの話は描かれている。

(4) パウサニアス『ギリシア案内記』第一巻四四-七―八にも同内容の記述がある。イノはテバイ創建者カドモスの娘で、オルコメノス王アタマスの妻。イルカに救われた子の名前はメリケルテス。この話はオウィディウス『変身物語』第四巻四一六―五四二行でも詳しく描かれているが、『変身物語』では海に落ちたメリケルテスをイルカたちが助けたという記述はなく、イノがメリケルテスを海に投げた後、ネプトゥヌス（ポセイドン）によって両者とも海の神格に変えられる。

(5) メテュムナは、小アジアのミュシア地方西岸沖のレスボス島北部にある港湾都市。タイナロンはペロポネソス半島南端のラコニア地方にある岬。

たのを不満に思います。(1) 他の者どもを従わせた時のように、ただ屈服させるだけにすべきでした。

ポセイドン　イルカよ、では、かのアリオンについては、どのようだったのだ。

二　**イルカ**　思いますに、かの僭主ペリアンドロスが彼を気に入り、その技のために何度も彼を呼び寄せようとしました。思いますに、僭主のもとで裕福になると、故郷のメテュムナへと航海して富を披露したいと思うようになりました。しかし、そして、とある渡し船に乗った際、水夫たちは悪人でして、彼が多くの金と銀を携えているのを見せたので、エーゲ海の真ん中に来た際、彼を罠に嵌めました。一方、彼は――わたしは船に沿って泳いでいたのですべて聞きました――こう言ったのです。「あなたたちがそう考えるのなら、正装して、自分のための挽歌を何か歌って、そうして進んで身投げするのを許してくれ」。水夫たちはそれを許し、彼は正装して、朗々と歌い、そして、決死の覚悟で海へ落ちました。そこでわたしが彼を下で受け取り、背中に乗せて、タイナロンへと泳いだのです。

ポセイドン　お前が音楽を愛しているのは立派なことだ。歌を聴かせてもらって、それに見合うお代を払ったわけだ。(2)

六（九）　ポセイドンとネレイスたちの対話(3)

一　**ポセイドン**　あの娘が振り落とされたその海峡は、その娘にちなんでヘレスポントスと呼ばれるようにせよ。ネレイスたちよ、その遺体を回収してトロイアまで住人たちに埋葬させるために運びなさい。

アンピトリテ　ポセイドン様、けっしてそうはなさらぬよう。それよりも彼女の名を有するこの海に埋葬されるようにすべきです。彼女が継母によってきわめてひどい目に遭ったのを憐れに思うからです。

ポセイドン　それは許されぬことだ、アンピトリテよ。それに、彼女がこの辺りの砂の下に眠るのは良くないことなのだ。そうではなく、言ったように、トロイアかケルソネソス半島に埋葬されるべきだ[4]。また次のことは彼女に小さくない慰めとなるだろう。間もなくイノもまた同じ目に遭い、夫のアタマスに追われて、キタイロンの端[5]——その下には海が迫っている——から、息子をも腕に抱えて、海に飛び込むということだ。

---

(1)ここでのイルカたちは、酒神ディオニュソスによって人間からイルカに変えられた者たちとされている。この話については作者不明『ホメロス風讃歌』第七番（ディオニュソス讃歌）、オウィディウス『変身物語』第三巻五八二―六九一行に詳しい。

(2)イルカが音楽好きであることはアイリアノス『動物奇譚集』第十一巻一二でも言及されている。

(3)本対話は、アタマスと前妻ネペレとの間の子プリクソスとヘレが、継母のイノに殺されそうになった時、空飛ぶ黄金の羊に二人で乗って逃れた際、ヘレだけがプロポンティス（現マルマラ海）とエーゲ海とを結ぶ海峡に落ちて死んだという物語を題材としている。アポロドロス『ギリシア神話』第一巻九-一―二。本対話は、ヘレが落ちて死んだ直後の処遇についてポセイドンとその妻アンピトリテ（ネレイスたちに属する）およびネレイスたち（ネレイデス）が対話を交わすという状況設定になっている。

(4)ヘロドトス『歴史』第七巻五八によるとヘレの墓はケルソネソス半島にあった。ケルソネソス半島はヘレスポントス海峡のヨーロッパ側を成す半島。

(5)キタイロンはボイオティア地方とアッティカ地方の間にある山脈。ここではその端が、第五対話で言及されるスケイロンの崖ということになる。

だがディオニュソスを喜ばせるためにイノは救われなければならないだろう。(1) イノは彼の養育者で乳母だったからな。(2)

二　**アンピトリテ**　あんな悪い女に、それはなりません。

ポセイドン　だがディオニュソスに不親切にするのはふさわしくないことだ、アンピトリテよ。

ネレイスたち　それより、イノが牡羊から転落したのはどういうことでしょう。兄のプリクソスのほうは安全に運ばれましたのに。

ポセイドン　なすべくして起きたことだ。プリクソスは若者らしく乗りこなし方を心得ていたが、ヘレは経験不足で乗り方を間違え、下を見て高さに絶句し、驚き混乱し、急飛行に立ちくらみ、摑んだ牡牛の角《つの》も手放して、海へ落ちたのだ。

ネレイスたち　母のネペレが落下する彼女を助けるべきではなかったのですか。(3)

ポセイドン　そうすべきだった。だが運命（モイラ）のほうがネペレよりもずっと強力だったのだ。

七（五）　パノペとガレネの対話(4)

一　**パノペ**　ガレネさん、見ましたか、昨日不和の女神のエリスがテッサリア(5)での饗宴の席で、その席に招かれなかったからといってどのようなことをしたのかを。

ガレネ　わたしは饗宴にごいっしょしませんでしたよ。ポセイドン様がわたしに、その間は海が波立ないよう監視させていたからです。パノペさん、それでいったい、その場にいないエリスは何をしたのですか。

パノペ　テティス[6]とペレウス[7]はすでに、アンピトリテ様とポセイドン様に付き添われて寝室へと去っていました。その間にはエリスは誰にも気づかれずに入り込み——みなが酒を飲み、拍手をしたり、アポロン様のキタラーやムーサたちの歌に心を向ける者もいたので、易々とそうすることができました——饗宴の席にとても美しい林檎をひとつ、丸ごと金で出来たのを投げ入れたのです、ガレネさん。そして「その林檎には」「美しい女性が取るべし」と刻んでありました。それは転がって、まるで決められていたかのように、ヘラ様とアプロディテ様とアテナ様の食卓へ行きました。

---

(1)ポセイドンによって、イノはレウコテア、息子メリケルテスはパライモンと名を変えられて海の神格となる。オウィディウス『変身物語』第四巻五三九―五四二行。

(2)ディオニュソスはゼウスの太ももから生まれた後、叔母にあたるイノに最初育てられた。オウィディウス『変身物語』第三巻三一三―三一四行。

(3)ネペレという名前は「雲」を意味することから、ネレイスたちは落下するイノを助けられると考えたのだろう。

(4)パノペ（「すべてを見る」の意）とガレネ（「凪」の意）はともにネレイスたちであり、両者はヘシオドス『神統記』二四〇―二六四行でその名が挙げられている。パノペのほうはホメロス『イリアス』第十八歌四五行でも名前が挙げられている。本対話で話題となっている「パリスの審判」の物語は、ルキアノス第三十五篇『女神たちの審判』（本全集第四分冊所収）でも対話の形で描かれている。

(5)ギリシア東北部の地方。テッサリア地方のペリオン山でペレウスとテティスの婚礼の饗宴が催された。

(6)ネレイデスの一人。ペレウスとの間にアキレウスをもうける。

(7)テッサリア南部の都市プティアの王。ペレウスとテティスの婚礼の様子はローマの詩人カトゥルスの第六十四歌で詳しく描かれている。

二　ヘルメス様が拾って文字を読んだ時、ネレイデスのわたしたちは黙りました。女神様たちが居合わせていては何ができたでしょう。女神様たちは各々、その林檎は自分にこそふさわしいと主張し合いました。もしゼウス様が女神様たちに割って入らなかったら、殴り合いにまで進んだことでしょう。しかしゼウス様はこう言いました。「これについて判定を下すのはわしではない」――女神様たちはゼウス様が判定するのがふさわしいと考えていましたけれども――「お前たちはイダ山[1]へと行きプリアモスの息子[2]に会うがよい。美を愛し美を見定める彼の判断に間違いはなかろう」。

ガレネ　それで女神様たちはどうなさったのです、パノペさん。

パノペ　思うに、女神様たちは本日イダ山に行くでしょう。そしてまもなく勝者を知らせる者が来るはずです。

ガレネ　いまのうちに言っておくと、アプロディテ様が競う以上、判定者がよほど目の悪い者でないかぎり、他のどの女神様も勝てないでしょう。

八（六）　トリトンとポセイドンの対話[3]

一　**トリトン**　ポセイドン様、レルナ[4]に毎日水を汲みに乙女がやって来ます。きわめて美しい子です。これよりも美しい娘を見た覚えがありません。

ポセイドン　トリトンよ、それは自由身分の女か、それとも水汲みの侍女か。

トリトン　いいえ、かのエジプト人[5]の娘で、あの五〇人の娘の一人で、名をアミュモネといいます。呼び名と生まれは聞いて知りました。ダナオスは娘たちを厳しく育て仕事を自分ですることを教え、水汲みに送り出し諸事進んでするよう教育しているのです。

二　ポセイドン　その娘はアルゴスからレルナまであれほどに長い道のり[6]を一人でやって来るのか。

---

(1)小アジアの、トロイアの南方にある山。

(2)トロイア王プリアモスの息子パリスは出生時にトロイアに破滅をもたらすと予言されたためイダ山に遺棄されたが生き延び、牧人として暮らしていた。女神たちが彼の元を訪れたのはその時のことである。アポロドロス『ギリシア神話』第三巻一二‐六、摘要三‐二。

(3)トリトンはポセイドンとその妻アンピトリテの子。ヘシオドス『神統記』九三〇―九三三行。本対話では、ポセイドンがダナオスの娘アミュモネと交わるにあたりトリトンが案内役をしたという状況設定になっている。ポセイドンとアミュモネが交わったということについてはアポロドロス『ギリシア神話』第二巻一‐四参照。また失われたアイスキュロスのサテュロス劇『アミュモネ』もこれを題材にしていたと考えられる。

(4)アルゴスから南に少し離れたところにある、海に臨む沼沢地帯。アルゴスはペロポネソス半島北東部の都市。この対話の時点ではダナオスがアルゴス王の時期ということになる。

(5)第十一対話でも話題とされるイオ（アルゴスを流れるイナコス川の河神の娘）の子孫がエジプト王ベロスとなり、その息子がダナオスとアイギュプトスである。両者はエジプトで王権争いをし、敗れたダナオスは娘たちを連れて祖先イオの故郷であるアルゴスに戻って来て、後にアルゴス王となった。アポロドロス『ギリシア神話』第二巻一‐四。アイスキュロス『ヒケティデス』ではエジプトから逃れてきたダナオスとその娘たちをアルゴス王ペラスゴスが受け入れるまでを描いている。

(6)パウサニアス『ギリシア案内記』第二巻三六‐六によると四〇スタディオン（七キロメートル）ほど離れているとされる。

トリトン　一人でです。ご存じのように、アルゴスは水に乏しいです。(1)だから常に水を運ぶ必要があるのです。

ポセイドン　トリトンよ、その娘の話を聞いて興奮も限界を超えたぞ。だから彼女のもとへ行こう。

トリトン　行きましょう。いまちょうど水汲みの時間ですので。おそらくレルナへの道のりを半分ほど行くところです。

ポセイドン　それでは馬車に馬をつなげ。いや、馬どもをくびきに付けて馬車を準備するのには時間が多くかかるから、(2)快速のイルカを一頭連れてこい。それに乗れば最も早く行けるだろうからな。

トリトン　ご覧ください、これが最速のイルカです。

ポセイドン　よし。走らせよう。お前は傍らで泳げ、トリトンよ。［レルナに着いて］さてレルナに着いたからには、わたしはどこかこの辺りで待ち伏せするから、お前は見張っておれ。もしその娘がやって来るのに感づいたなら――

トリトン　［アミュモネを見つけて］彼女はあなたの近くにいます。

三　ポセイドン　美しい女だ、トリトンよ、若さの盛りの乙女だ。これはぜひとも捕えねばならぬ。

アミュモネ　ねえあなた、わたしをさらってどこへ連れていくのですか。この人さらい、きっと叔父のアイギュプトスが送り込んだのでしょう。(3)それなら父を大声で呼びます。

トリトン　黙りなさい、アミュモネよ。こちらはポセイドン様だ。

アミュモネ　どうしてポセイドンだなんて言うのです。どうして苦しめるのです、ねえあなた、どうして海に引きずり込もうとするのです。無惨に沈んで溺れ死にます。

ポセイドン　案ずるな、お前は何も危険な目に遭わぬ。それどころか、波打ち際近くの岩を三叉のほこで打つことでお前にちなんだ名の泉[4]がここで湧き出すようにしよう。そしてお前は幸福になり、姉妹のなかでお前だけが死後も水汲みをせずに済むことになるのだ[5]。

（1）アルゴスを流れるイナコス川の河神が、アルゴスの地はポセイドンのものでなくヘラのものであると証言したために、ポセイドンは怒ってアルゴスの水を泉の水まで枯渇させていた。アポロドロス『ギリシア神話』第二巻一-四。

（2）ポセイドンが馬車を準備して移動する様子はホメロス『イリアス』第十三巻一七―三一行でも描かれている。

（3）アイスキュロス『ヒケティデス』七一〇行以下では、アイギュプトスからの伝令使が訪れてダナオスの娘たちを連れていこうとする。

（4）アポロドロス『ギリシア神話』第二巻一-四では、ポセイドンは泉の場所をアミュモネに教えたことになっている。

（5）ダナオスはアイギュプトスに和解を装って、自身の五〇人の娘とアイギュプトスの五〇人の息子の結婚を承諾したように見せかけ、新婚の寝床で娘たちに新郎たるアイギュプトスの息子たちを殺させる。なお娘たちの中で唯一ヒュペルメストラだけが新郎リュンケウスを殺さなかった。この罰により、ヒュペルメストラ、アミュモネを除く四八人の娘たちは死後に冥界で穴の開いた容器で水を汲み続けるという罰を受けることになる。

九（十）　イリスとポセイドンの対話[1]

一　**イリス**　ポセイドン様、シケリアから切り離された後にいまなお海面下で自身を漂わせることになっている、あのさ迷う島[2]ですが、ゼウス様がおっしゃるには、その島をもう止まらせて出現させて、このうえなく安全に固定して、エーゲ海の真ん中にしっかりと留まってはっきりと見えるようにせよ、とのことです。ゼウス様はその島から何か必要とされているのです。

ポセイドン　そうされるようにしよう、イリスよ。だがしかし、その島が姿を現わしてもう漂わなくなることでゼウスにはどのような利益をもたらすのだ。

イリス　レト様[3]がその上で出産しなければなりません。もう陣痛で具合を悪くしておられます。

ポセイドン　いったいどうしてだ。天空は子を産むには充分ではないのか。たとえ天空がそうでないとしても、レトが出産するのをどの土地も受け入れられないとでもいうのか。

イリス　できないのです、ポセイドン様。ヘラ様が大いなる誓約で大地を縛り、レト様に陣痛の受け入れ先を提供せぬようになさったのです。[4]ところが、その島は誓約に縛られていません。見えなかったからです。

二　**ポセイドン**　了解だ。止まれ、島よ。そして海の深みから顔を出し、二度と水面下で漂わず、しっかりと留まり、わが弟［ゼウス］の、神々のなかで最美なる双子を受け入れるのだ、最も幸福なる島よ。そしてトリトンたちよ、お前たちはレトをその島へと渡すのだ。さらにすべてを静寂で満たせ。また、いま蛇[5]がレトを怖がらせて狂気に駆り立てているが、子どもたちは生まれたら直ちにその蛇を追跡し、母親のために復讐するだろう。［イリスに向かって］そしてお前はゼウスにすべて準備が整ったと伝えよ。(6) デロス島は止まった。もうレトを来させて出産させよ。

（1）イリスは虹の女神であり、神々の間で伝令の役割を担う。本対話の話題となっているレトの出産については、作者不明『ホメロス風讃歌』第三番（アポロン讃歌）およびカリマコス『讃歌集』第四歌（デロス讃歌）で詳しく描かれている。なおイリスは、『ホメロス風讃歌』ではヘラの目をかいくぐってお産の神エイレイテュイアをレトの元に連れてくる役割を果たすが（九七―一一五行）、カリマコスでは逆にヘラ側に味方し他の島々がレトを受け入れないように見張ったり邪魔をしたりする（六六―六七、一五七―一五九行）。なおルキアノスは第七十九篇『神々の対話』一八（一六）で、出産後のレトとヘラの対話を描いている。

（2）後にデロス島と呼ばれる島のこと。デロス島はそれ以前はアステリアかオルテュギアと呼ばれていた（カリマコス『讃歌集』第四歌三四―五六行、ヒュギヌス『神話伝説集』五三、一四〇）。カリマコス『讃歌集』第四歌一九一―一九四行ではデロス島は海上を漂っているだけだが、本対話では海面の下で漂うことになっている。

（3）レトはティタン神族のポイベとコイオスの娘。ヘシオドス『神統記』四〇四―四〇八行。ゼウスと交わりアポロンとアルテミスをもうける。

（4）このヘラの誓約は、ルキアノス以外には見当たらない。

（5）デルポイの大蛇ピュトンのこと。『ホメロス風讃歌』第三番（アポロン讃歌）三五六―三七四行でもアポロンのピュトン退治に言及されている。ヒュギヌス『神話伝説集』一四〇によると、ピュトンは自身が「レトから生まれた者に殺される」と知っていたので、身重になったレトを殺そうとして追い回したとされる。

（6）ヒュギヌス『神話伝説集』一四〇では、ポセイドンは「レトは太陽の光の届かないところで出産する」というヘラの取り決めを守って島を波で覆い、また後に海面上に戻したという。

十（十一）　クサントス川と海の対話[1]

一　**クサントス川**　海よ、ひどい目に遭ったわたしを受け止めてください。そしてわたしの火傷を消してください。

海　クサントス川よ、いったいどうしたのです。誰に焼かれたのですか。

クサントス川　ヘパイストス様にです。不運にもすべてが炭になるほど焼かれて、煮えたぎっています。

海　いったいどうしてヘパイストス様に火を投げつけられたのですか。

クサントス川　あのテティスの息子[2]のせいです。彼がプリュギア人[3]を殺し続けていた際に嘆願して怒りを鎮めようとした[4]のですが叶わず、それどころか彼は死体で流れをせき止めたので、わたしは無残な姿の者たちを憐み、彼を恐れさせてプリュギア人から遠ざけるため、流れに呑み込んでやろうと思い襲いかかったのです。

二　その時ヘパイストス様が——たまたまどこか近くにおられたのです——どうやら持てるかぎりの火や、アイトナ火山その他の場所からかき集めたかぎりの火でわたしに襲いかかったのです[5]。そして楡の木やタマリスクの木々を燃やし、また不運な魚や鰻を焼くのみならず、わたし自身をも沸き立たせてほとんど全身を干上がらせたのです。とにかくこれらの火傷でわたしがどのような状態かは見てのとおりです。

海　クサントス川よ、あなたが泥だらけで熱くなっているのは当然です。おっしゃるとおり、血は死体から、熱は火からでしょう。いやまったく当然のことです、クサントス川よ、わたしの孫[6]といえばネレウスの娘テティスの子なのに、それを顧りみずに襲ったのですから。

クサントス川　それなら隣人のプリュギア人を憐れむべきでなかったというのですか。

海　ではヘパイストス様がテティスの息子アキレウスを憐れむべきでなかったというのですか。(7)

(1) クサントス川はトロイアの近くを流れるスカマンドロス川の別名。本対話ではホメロス『イリアス』第二十一歌一一四―三八二行で描かれる、クサントス川がアキレウスおよびヘパイストスから受けた被害を題材としており、神格化されたクサントス川が同じく神格化された海（*θάλασσα*）と対話を交わす。

(2) アキレウスのこと。ホメロス『イリアス』の主人公。親友パトロクロスが殺されたことをきっかけに、トロイアでの戦線に復帰し、トロイア勢を次々と打ち倒していった。

(3) ここでのプリュギア人はトロイア人と同義だと思われる。プリュギアは小アジアの中部の地方・王国。トロイア戦争に際しトロイアに援軍を送った。ホメロス『イリアス』第二歌八六二―八六三行。ただし同第二十一歌でクサントス川がアキレウスに嘆願した際にアキレウスが殺していたのはパイオネス人たちである（一三六―二一三行）。

(4) ホメロス『イリアス』第二十一歌二一四―二二一行。

(5) ホメロス『イリアス』第二十一歌三四二―三六七行。

(6) ここでは海はテティスの母ということになっている。ただしヘシオドス『神統記』二三三―二四四行では、海（*Πόντος*）の子がネレウス、ネレウスの子がテティスであるので、アキレウスは海の曾孫となる。

(7) ヘパイストスは母ヘラによって天から落とされたことがあり、その際にテティスがヘパイストスを助けた。ホメロス『イリアス』第十八歌三九四―四〇九行。ヘパイストスはテティスに頼まれアキレウスの新たな武具を作るが、この時に自身がアキレウスを死から届かないところに隠すことができればよいのにと言ってアキレウスを憐れんでいる（同歌四六三―四六七行）。

十一（七）　南風と西風の対話[1]

一　南風　西風よ、ヘルメス様が若い牝牛を連れて海を渡りエジプトへ向かっているが、あれをゼウス様が愛欲に囚われて乙女でなくしてしまったのか？

西風　そうだ、南風よ。しかしその時は牝牛ではなく、イナコス川[2]の娘だった。だがいまは、ゼウス様が彼女にえらくご執心でおられるのをヘラ様が目にしたせいで、妬んでそのような姿にしたのだ。

南風　それでゼウス様はいまもその牛に夢中なのか？

西風　まったくそのとおりだ。それゆえ彼女をエジプトへ送り、彼女が泳いで渡るまで海を波立たせないようにわれわれにお命じになったのだ。その地で出産して——彼女はすでに身籠っている——彼女自身も生まれた子も神[3]になるためだ。

二　南風　あの牝牛が神になるのか。

西風　そのとおりだ、南風よ。ヘルメス様が言うには、彼女は海を行く者たちの支配者となり、われわれのうちから好きな風を送り出したり吹き止《や》ませたりして、われわれの女主人になるということだ[4]。

南風　それならば西風よ、ゼウス様にかけて今や女主人となった彼女に仕えなければならないな。そうすればいっそう好意を得られるだろうからな。

西風　いやすでに彼女は海を渡って陸地に泳ぎ着いたぞ。もはや四つ足で歩いてはおらず、ヘルメス様が真っすぐに立たせて、一番の美女にふたたび戻した[5]のがお前には見えるか。

南風　まったく途方もないな、西風よ。もはや角《つの》もしっぽも蹄の割れた脚もなく、愛らしい娘になっている。だがしかしヘルメス様はいったいどうしてご自身の姿を変えて、若者から犬の顔になってしまったのだ。(6)

西風　詮索しないでおこう、ヘルメス様は何をすべきかをわれわれよりよくご存じということだ。

（1）本対話と第十五対話では神格化された風である南風（Νότος）と西風（Ζέφυρος）が対話を交わす。この風たちが話題としている物語は、オウィディウス『変身物語』第一巻五六八―七五〇行で詳しく描かれている。またルキアノスは第七十九篇『神々の対話』七（三）で本対話の前日譚のような形でゼウスとヘルメスの対話を描いている。

（2）イナコス川はペロポネソス半島のアルゴスを流れる川。その娘がイオ。

（3）イオはエジプトのイシス女神と、またその子エパポスはエジプトの神アピスと同一視されるに至った。イシスもアピスもエジプトにおいても牛と関連する神である。ヘロドトス『歴史』第二巻四一、一五三。

（4）プルタルコス『イシスとオシリスについて』四〇の主旨が、このようにイオ（＝イシス）が風を支配することと関連すると考えられる。

（5）オウィディウス『変身物語』第一巻七三八―七四八行。

（6）ヘルメスはエジプトの犬頭の神アヌビスと同一視されるようになり「ヘルマヌビス」とも呼ばれた。プルタルコス『エジプト神イシスとオシリスの伝説について』六一。ヘルメスもアヌビスも死者の霊魂を冥界に導くという性質が共通している。

十二　ドリスとテティスの対話[1]

一　**ドリス**　テティスさん、どうして泣いているのですか。

テティス　ドリスさん、とても美しい娘が父親[2]によって、生まれたばかりの彼女の赤ちゃんもいっしょに木箱に入れられるのを見たのです。それで父親は水夫に木箱を船に乗せるよう、そしてずっと陸地から離れたなら赤ちゃん共々無惨に死なせるために海へ投げやるように命じました。

ドリス　それはいったい何のためにですか、お姉さん。何か正確に聞き知っているのなら、言ってください。

テティス　すっかり話しましょう。父親のアクリシオスが、彼女がきわめて美しかったため青銅造りの部屋に閉じ込めて乙女のままにしておこうとしたのです。その時、本当かどうか分かりませんが、ゼウス様が黄金の雨に姿を変えて屋根から彼女に降り注ぎ、彼女は胸に注ぎ落ちる神を受け入れて懐妊したと言われています。それに気づいた父は、残忍で嫉妬深い老人だったので、激昂し、何者かと関係を持ったのだと思って[3]、子を産んだばかりの彼女を木箱に入れたのです。

二　**ドリス**　それで彼女は海に下ろされた時にどうしたのですか、テティスさん。

テティス　自身のことについては黙っていました、ドリスさん。そしてその断罪に耐えていました。しかし赤ちゃんが死なずに済むように涙を流して嘆願し、誰よりも美しいその子を祖父に見せました。その子のほうはというと、災難を知らないので海に向かって微笑んでさえいました。彼女らのことを思い出すと、また目が涙で溢れます。

ドリス　あなたのせいでわたしも涙が流れてきました。ところで彼女たちはもう死んでしまったのでしょうか。

テティス　いいえ、誰も。その木箱はセリポス島(4)の周りを漂っていて、生きている彼女たちを守っています。

ドリス　ではぜひわたしたちでその木箱をセリポス島の漁師の網に投げ込んで保護しませんか。きっと引き上げて助けるでしょう。

テティス　良い考えですね。そのようにしましょう。彼女も、あれほどに美しい子も、死なせてはなりませんからね。

(1)本対話でネレイスのドリスとテティスが話題とするのは、ペルセウスを産んだダナエとその流刑についてである。アポロドロス『ギリシア神話』第二巻四-一、ヒュギヌス『神話伝説集』六三。なお、この対話でドリスとテティスが、漁師にダナエが救出されるに際し干渉しようとするのは、先行の伝承にないルキアノスの創作であると思われる。

(2)アルゴス王アクリシオス。第九対話で言及されるダナオスの曾孫にあたる。彼は娘ダナエが産む子が自身を殺すだろうとの神託を受けて、ダナエが子を産むことのないよう幽閉していたが、ダナエはゼウスと交わりペルセウスを産む。

(3)アポロドロス『ギリシア神話』第二巻四-一では、アクリシオスとアルゴスの王位を争った双子の兄弟プロイトスがダナエを犯したという説も紹介されている。

(4)エーゲ海にある小島。セリポス王の兄弟のディクテュスが、島に漂着したダナエとペルセウスを保護した。

十三　エニペウス川とポセイドンの対話[1]

一　**エニペウス川**　それはよくないことですぞ、ポセイドン様。真相を言いましょうか。あなたはわたしに化けてわたしの恋人[2]を欺き、娘を乙女でなくしたのです。彼女のほうは、わたしにされているのだと思って、あなたに身を任せたのです。

ポセイドン　エニペウス川よ、それというのもお主が高慢で鈍かったからで、あれほど美しい娘が毎日お前のもとに通って[3]、恋い焦がれる思いから身を滅ぼそうとしているのに、お前は彼女を見下し苦しめて楽しんでいたのだ。彼女は川岸をさ迷っては、川の中に入り、身を清めて、そのたびにお前に出会えるよう祈っていたのに、お前は彼女に気のない素振りをしていたのだ。

二　**エニペウス川**　それが何だというのです。だからといってあなたがその恋心を奪い、姿をポセイドンからエニペウス川に変えて[4]、うぶなテュロを欺いてもよいという道理があるのですか。

ポセイドン　エニペウス川よ、以前は彼女を軽蔑していたくせに[5]、妬むのが遅すぎるぞ。それにテュロは、乙女でなくしたのはお前だと思っているのだから何も恐ろしい目に遭ってはいない。

エニペウス川　とんでもない。あなたは立ち去る時に自分はポセイドンだと言ったではないですか[6]。そのことが何より彼女を苦しめました。わたしもひどい目に遭っていて、あなたはあの時、わたしのものを楽しみ、紫の波のようなのをおおいかぶせて[7]、自分と娘とを隠し、わたしの代わりに交わったのです。

ポセイドン　そのとおりだ。それはお前が彼女を欲しがらなかったからだ、エニペウス川よ。

十四　トリトンとネレイスたちの対話(8)

トリトン　ネレイスたちよ、お前たちはケペウスの娘アンドロメダへ海の怪物を送り込んだが(9)、そい

(1)エニペウス川はテッサリア地方を流れる川。本対話は、ホメロス『オデュッセイア』第十一歌二三五―二五九行で述べられる内容を題材とする。エニペウス川は『オデュッセイア』ではその美しさを強調されている（二三八―二三九行）。

(2)アイオロスの子サルモネウスの娘テュロ。サルモネウスの死後、同じくアイオロスの子でテッサリアの都市イオルコスの創建者クレテウスの元で育てられ、後にクレテウスと結婚する。

(3)ホメロス『オデュッセイア』第十一歌二四〇行。

(4)ホメロス『オデュッセイア』第十一歌二四一―二四二行。

(5)ホメロス『オデュッセイア』では、エニペウス川がテュロにどのような態度を取っていたかの記述はない。

(6)ホメロス『オデュッセイア』第十一歌二四八―二五二行。

(7)ホメロス『オデュッセイア』第十一歌二四三―二四四行。

(8)本対話でトリトンとネレイスたちが話題とするのは、ペルセウスによるアンドロメダの救出と婚礼である。これは第十二対話の続篇に位置づけられる。この物語はオウィディウス『変身物語』第四巻六二一行―第五巻二三五行でとくに詳しく描かれている。

(9)ケペウスはエチオピア王。王妃のカッシオペイアが自身はネレイスたちよりも美しいと高言したためにネレイスたちとポセイドンの怒りを買い、海の怪物がエチオピアに送られた。その災いを鎮めるには二人の娘のアンドロメダをいけにえとして怪物に捧げなければならないとエジプトの主神アンモン神が告げたため、アンドロメダは海辺の岩に鎖で繋がれた。アポロドロス『ギリシア神話』第二巻四-三。

つはお前たちの思惑どおりに娘を害することはなかったばかりか、すでに死んでしまった。

ネレイスたち　トリトンよ、誰に殺されたのですか。もしかしたらケペウスが娘を餌食として置いたのち、大軍勢で待ち伏せし、襲いかかって殺したのでしょうか。

トリトン　そうではない。イピアナッサよ[1]、きっとお前は、ダナエの子ペルセウスを知っているな。母方の祖父によって、母と共に木箱に入れられ、海に投げ込まれたのを、お前たちが憐れんで助けてやった子だ[2]。

イピアナッサ　その子は知っています。いまや若者となり、とても気高く、見るからに美しくなっているでしょう。

トリトン　その男が海の怪物を殺したのだ。

イピアナッサ　それはなぜですか、トリトンよ。彼はわたしたちに命を救われた礼をそんな形で返すべきではありませんでした[3]。

トリトン　事のなりゆきをすべて話してやろう。彼はとある試練を王のために果たそうとして[4]ゴルゴンたちのもとへ送られた。そこでリビュエ[5]に到着した時——

イピアナッサ　それはどのようにしてですか、トリトン。一人だったのか、それとも他に味方を連れていたのですか。いずれにせよ道のりは困難ですね。

トリトン　空を通ってだ。アテナ様が彼に翼を授けたのだ[6]。さて、彼がゴルゴンたちの住んでいる所に来た時、どうやら彼女たちは眠っていたようで、彼はメドゥサ[7]の頭を切り落として、飛んで立ち去ったのだ。

イピアナッサ　どのようにして見たのです。彼女たちは見てはならぬ者たちです。もし見れば、以後はもう何も見ることができなくなります。

トリトン　アテナ様が盾をかざしてくださった――その盾について彼がアンドロメダに、また後にケペウスに向かって話すのをわたしは聞いた――アテナ様は、輝く盾を鏡のようにして、そこに映るメドゥサの姿を彼に見させた。そこで彼は盾に映った姿を見ながら、左手に髪を摑み、右手で三日月刀を持って、彼女の頭を切り落とし(8)、彼女の姉妹たちが目を覚ます前に飛び去った。

三　こうして彼はエチオピアの海辺までやって来て、地表すれすれを飛びながら、突き出た岩に針づけにされて横たわるアンドロメダを見た。髪が隠す胸の下ははだけていて、とても美しい乙女だった。彼女の非

(1) ホメロスやヘシオドス、アポロドロスが挙げるネレイスたちの名前にイピアナッサという名前はない。ヒュギヌス『神話伝説集』序にはネレイスたちの一覧にイアナッサ(Ianassa)という名前がある。

(2) 第十二対話参照。

(3) ネレイスたちに救われたペルセウスが彼女たちの送った怪物を殺したのは恩を仇で返したことになる。

(4) ペルセウスはセリポス島の王のポリュデクテスからゴルゴンの首を取ってくるよう命じられていた。アポロドロス『ギリシア神話』第二巻四-二。

(5) リビュエはエジプトとエチオピアより西側の北アフリカ一帯を指す。オウィディウス『変身物語』第四巻六一六―六二〇行では、ペルセウスがゴルゴンのメドゥサ退治後にリビュエの砂漠上空に来た際にメドゥサの首から血の滴が落ちてそこからさまざまな蛇が生まれ出たという。

(6) アポロドロス『ギリシア神話』第二巻四-二によると、ペルセウスは有翼のサンダルを入手して空を飛ぶようになる。

(7) ゴルゴンは蛇髪の女性の怪物。その眼を見た者を石に変える力を持つ。三姉妹のゴルゴンのうちメドゥサだけが不死ではなかった。

(8) オウィディウス『変身物語』第四巻七八二―七八五行、アポロドロス『ギリシア神話』第二巻四-二。

運を憐み罰の理由を尋ねる彼を徐々に愛欲が捉え、助ける決心をさせた――娘は救われなければならなかったからだ。そして海の怪物がアンドロメダを飲み込もうと身の毛もよだつ姿を見せた時、青年は高く飛び、抜き身の三日月刀で斬り付けると同時にゴルゴンの首を見せて怪物に石化の眼差しを浴びせた。怪物は死に、その場でメドゥサの魔力で石像と化した(1)。それから彼は乙女の鎖を解き、岩からおそるおそる降りる彼女を下から手で受け止めた。いま彼はケペウスのもとで婚礼を挙げ、それからアルゴスへ彼女を連れていくつもりだが、結果、彼女は死の運命の代わりに予期せぬ夫に巡り合ったわけだ。

四　イピアナッサ　わたしとしては、この一件で不快になることはまったくありません。母が自慢ばかりして、わたしたちより美しいと言ったからといって、その娘がわたしたちに害を及ぼしたわけではありませんから。

ドリス　それでも、カッシオペイアは母親である以上、娘のことで苦しむべきでした。

イピアナッサ　ドリスさん、蛮族の女が度を過ぎてお喋りをしたとしても、それらのことは忘れてしまいましょう。彼女は娘のために恐ろしい思いをして、わたしたちに充分な償いをしましたからね。では、その婚礼を喜ぶことにしましょう。

十五　西風と南風の対話(2)

一　西風　わたしはこの世で吹き始めて以来、海の上でこれほど壮麗な花嫁行列は見たことがない。南風よ、お前は見なかったのか。

南風 どの行列のことを言っているのだ、西風よ。行列を繰り出すのは誰だったのだ。

西風 他に二度と見られないとびきり楽しい光景を見逃したな。

南風 紅海の辺りで仕事をしたり、インドの海岸沿い一帯で吹いたりしていたので、お前の言うことは何ひとつ分からない。

西風 でもシドン人のアゲノル(3)は知っているな。

南風 もちろん。エウロペの父だな。それがどうした。

西風 お前に話そうとしているのはその娘のことだ。

南風 ゼウス様が長らくその娘に熱を上げているということではないだろうな。そのことならずっと以前から知っているぞ。

西風 もちろんその色ごとのことだが、その後のことをいまは聞いてくれ。

二 エウロペが海岸へと降りてきて、同年代の娘たちを連れて遊んでいたところ、ゼウス様が自身の姿を

---

(1) オウィディウス『変身物語』第四巻七〇三―七三四行では、ペルセウスは剣のみで海の怪物を倒し、メドゥサの首の石化能力は使わない。アポロドロス『ギリシア神話』第二巻四‐三では単に「殺した」と表現されているのみである。

(2) 本対話で西風と南風が話題とする、牡牛に変身したゼウスによるエウロペの連れ去りは、モスコス『エウロペ』、オウィディウス『変身物語』第二巻八四三行―第三巻二行で詳しく描かれている。

(3) シドンはフェニキアの都市。アゲノルはその王。イオの子エパポスの孫であり、エジプト王ベロスとは双子の兄弟。

牡牛に変えていっしょに遊び始めたのだ。その姿はきわめて美しいものだった。その牡牛は色あくまで白く、角《つの》は見事に曲がり、目つきも穏やかなものだったからだ(1)。やがて牡牛も海岸で飛び跳ね始め、とても甘い声で鳴き始めたので、エウロペは大胆にも牡牛に乗った。すると、ゼウス様は彼女を運んで全速力で海へと駆けて行き、飛び込んで泳ぎ始めた。彼女の方は事のなりゆきに肝をつぶし、滑り落ちないようにと左手で角《つの》を摑み、右手で衣が風で膨らむのを抑えた(2)。

三　**南風**　お前が見たその光景は甘美だな、西風よ。それに魅惑的なものだ。ゼウス様が泳いで愛する女性を運ぶわけだからな。

西風　それから後のことはもっともっと楽しいのだ、南風よ。海はたちまち波を収め、凪を引き寄せてまっ平になった。われわれはみなが声もなく、ただ起きていることを見物する以外のことは何もせずに随行していた。エロース(3)たちが海面すれすれのところで傍らを飛び、ときどき足先が水に軽く触れて、火の点いた松明を運びながら、同時に祝婚歌を歌っていた。水面に上がって来たネレイスたちはほとんど裸といってよく、イルカに跨がり拍手を打ちながら、進んでいった。トリトンの一族や海の怪物でも見た目に恐ろしくないものたちは全員で、娘の周りで踊っていた。ポセイドン様はアンピトリテ妃と相乗りで戦車に乗り、泳ぎゆく弟［ゼウス］のために喜々として道を開き先ぶれを勧めた。そして最後に、二枚貝の上に横たわるアプロディテ様を二人のトリトン(4)が運んでいた。アプロディテ様は花嫁にあらゆる花を振り撒いていた。

四　フェニキアからクレタまでずっとこんな様子だった。しかし島に上陸した時には、ゼウス様はもはや牡牛の姿をとらずに、手をとってエウロペをディクテ(5)の洞窟へ連れて行った。彼女は顔を赤らめ視線を下に向けていた。自分が何のために連れてこられたのかすでに分かっていたからだ。われわれは思い思いに、海のあちこちに襲いかかって波を起こしていた。

南風 その光景を見たお前は幸せ者だな、西風よ。わたしが見ていたのは、グリュプス(6)どもと象どもと肌の黒い人間たちだよ。

(1)オウィディウス『変身物語』第二巻八四七—八五八行。
(2)オウィディウス『変身物語』第二巻八六四—八七五行。
(3)古くは恋の抽象概念だったが、のちアプロディテの幼な子とされ、翼をもって飛び回るとイメージされた。ローマのクピード(キューピッド)。
(4)エーゲ海南端に位置する島。
(5)クレタ島東部の山。
(6)鷲頭の有翼の獅子の怪物。アイリアノス『動物奇譚集』第四巻二八(二七)で詳述されており、インドに棲息するとされた。

神々の対話（第七十九篇）

内田次信 訳

一（二十一）[1]　アレスとヘルメス

一　**アレス**　ゼウスがわれわれをどのように脅したか、聞いているか、ヘルメスよ？[2]　とても尊大な、とても信じられない言葉を口にしたぞ。「もしわたしがその気になれば」――こう彼は言うのだ――「わたしのほうは天から綱《つな》を垂らす、[3]お前たち［他の神々］はそれに取り付いて、わたしを力ずくで引きずり降ろすよう試《ため》してみるがよい。だが力を尽くしても無駄だろう。引き降ろせはすまい。逆にわたしのほうが持ち上げる気になれば、お前たちだけでなく、大地と海をもいっしょに引き上げて宙に吊るしてやる」、とな。他にも、お前も聞いていることがあるだろう。わたしとしては、一人一人では彼が誰よりも優っていて力が強いことは否定しないが、これだけいるわれわれ全部でも――たとえ大地と海をいっしょに摑もうとも――彼を下へ降ろすことはできないだろうというのは信じられないね。

二　**ヘルメス**　口をつぐめ、アレスよ。そういうことを話すのは安全ではない。こういうおしゃべりで、何か悪い目に遭うことになるかもしれないから。

アレス　わたしがこれをみなに言うと思ってるのか？　黙っているだろうと分かっているお前だけに話す

のではなく？　とにかく、その脅しを聞いているさいちゅう、とりわけ滑稽に思えたことをお前に言わないわけにはいかない。わりと最近、こういうことがあったのを憶えているのだ──ポセイドンとヘラとアテナが反乱を起こして共謀し、[4]彼を捕えて縛り上げようとしたとき、震え上がった彼は本当に取り乱してしまった、それも相手は三人だけなのに。それでテティスが同情して、彼の助太刀に、百の腕を持つブリアレオスを呼ばなかったら、実際に稲妻と雷もろとも彼は縛り上げられていたことだろう。こういうことを考えていると、彼が豪語するのを笑ってやりたい気になったのだ。

ヘルメス　口をつぐめと言ってるだろう。そういうことをお前が話すのも、わたしが聞くのも安全ではないのだから。

二（二十二）　パンとヘルメス

一　パン　お元気ですか、お父さん、ヘルメスよ！

（1）対話番号については「凡例」参照。
（2）ヘルメス（神々の伝令役）とアレス（軍神）とはゼウスを共通の父とする兄弟（母は異なる）。アレスのほうが年長だろうがここは同格的に訳しておく。
（3）以下は、ホメロス『イリアス』第八歌一七行以下に基づく。
（4）ホメロス『イリアス』第一歌三九六行以下での異なる趣向のエピソードを挙げる。

ヘルメス　お前も元気か？　だが、わたしがどうしてお前の父なのだ？
パン　あなたはキュレネ(1)のヘルメスですよね？
ヘルメス　もちろんそうだ。それで、どうしてお前がわたしの子なのか？
パン　不義の子なのですよ、僕は。あなたの愛の行為から生まれたのです。
ヘルメス　まったく、牡山羊《おやぎ》が牝山羊《めやぎ》と不義をしたのだろうな。お前がどうしてわたしの子なのだ——角《つの》を生やし(2)、そういう鼻を持ち、もじゃもじゃのあごひげと、蹄《ひづめ》の分かれた山羊の脚と、尻の上にしっぽのあるお前が？
パン　僕を愚弄すれば、父よ、あなた自身の子を恥ずべき者にされるのですよ。いやむしろ、あなた自身をです。こういう者を生み出し、子にもうけたのはあなたですから。僕には責任はありません。
ヘルメス　では誰がお前の母だと言うのか？　わたしが相手のことを知らずに牝山羊と密通したとでも？
パン　牝山羊と密通されたのではないです。想い出してください、アルカディアで自由人(3)の娘を犯したことがないかを。どうして指をくわえて考えこみ、長いこと首をひねってるのですか？　僕の言ってるのは、イカリオスの娘のペネロペ(4)のことですよ。
ヘルメス　では彼女はどういうわけで、わたしにではなく牡山羊に似たお前を生んだのだ？
二　パン　彼女自身の言葉を伝えましょう。わたしをアルカディアに送り出すとき、彼女はこう言ったのです——「わが子よ、あなたの母は、わたし、スパルタ人の娘ペネロペです。そして父は、いいですか、マイアとゼウスの子、神のヘルメスなのですよ。お前が角《つの》を生やし、山羊の脚を持っているということを悲しんではいけません。お前の父がわたしと交わったとき、それと知られぬよう、ご自分を牡山羊に似せたのです。それでお前は牡山羊と同じ姿になったというわけなの」。

ヘルメス　たしかにそういうことをしたのを想い出した。するとわたしは、自分の美しさを誇っているし、まだ自分自身はひげを生やしていないのに(5)、お前の父と呼ばれて、よい子を持ったとみなに笑われることに

---

(1)ギリシア・アルカディア北部の山。ここでヘルメスはマイアを母として生まれた。アルカディア住まいのパンが親愛心でこう呼ぶ。

(2)以下は山羊や羊の特徴。神パン（Πάν）の名は例えばラテン語 pasco「（家畜を）放牧する」と同語源らしく、羊飼いの間で信仰された「牧羊神」、人間の本体に山羊の脚や耳や角《つの》を持つ。

(3)奴隷ではなく、ちゃんとした身分の者。

(4)スパルタ人イカリオスの娘で、イタケ人オデュッセウスの妻になる。一説で、オデュッセウスに嫁いだあと、その出征中に求婚者アンティノオスと交わった、帰国したオデュッセウスに暇を出され父のいるスパルタに戻った、その後アルカディア・マンティネイアへ移住し、そこでヘルメスと交わってパンを産んだという話がある（アポロドロス『ギリシア神話』摘要七-三八以下、パウサニアス『ギリシア案内記』第八巻一二-六）。さらに、求婚者たち「すべて（パーン）」と交わった、その子がパン（イタケで出産）という異説もある（セルウィウス『アエネイス』第二歌四四行註解など）。しかし、ここでは処女のペネロペとヘルメスとがスパルタで交わった、パンが生まれた、彼はアルカディアへ（捨て子のように）出された、という設定だろう。なお、「大いなるパンは死せり」という深遠な言葉で有名なパンもヘルメスとペネロペの子というが（プルタルコス『ピュティアは今日では詩のかたちで神託を降ろさないことについて』四一九D—E）、軽妙な本篇と比べると興味深い。

(5)例えばホメロス『イリアス』第二十四歌三四七行以下ではヘルメスは少年姿で現われる。しかし、初期の美術ではむしろあごひげを充分生やした姿で描かれるのが通例だった。ただ、より後代にはひげなしになってくる。

なるのか！

三　**パン**　でも、僕があなたを辱《はずかし》めることはないでしょう、父よ。僕は音楽が得意で、シューリンクス笛(1)を朗々と吹き鳴らすし、ディオニュソスも僕なしでは何も行なわずに、彼の一団の仲間にしているのです。そして僕が彼の歌舞隊の先導をします。また、僕がテゲアの周辺やパルテニオン(2)の山上で養っている羊の群れを目にされたら、とても喜ばれるでしょう。アルカディア全体を治めてもいる僕なのです。この前はまたマラトンで、アテナイ人に加勢して格別の働きをしてやったので、アクロポリスの下の洞穴が僕の働きの顕彰のために選ばれた(3)ほどなのです。とにかく、アテナイに行かれたら、そこではパンの名がどれほどのものか、お分かりになるでしょう。

四　**ヘルメス**　言ってくれ、お前はもう結婚しているのか、パンよ？　これがお前の呼び名なのだな。

パン　してません、父よ。色事が好きな僕なので、一人の女だけといっしょにいても満足できないでしょう。

ヘルメス　では、きっと牝山羊たちに手を出すのだな？

パン　からかわないでください。僕が交わるのは、エコとかピテュスとか、ディオニュソスに仕えるマイナス(4)たちの一人一人で、彼女たちは僕にとても真剣なのですよ。

ヘルメス　初めてお前に頼み事をするが、どういうことを叶《かな》えてほしいか、分かるか、わが子よ？

パン　命じてください、父よ。そのようにしますので。

ヘルメス　わたしに近づいてもよいし、親しく思ってもよい。だが、他の者が聞いているところで、わたしを父と呼ばないよう注意せよ。

三（二十三）　アポロンとディオニュソス

一　アポロン　どう説明したらよいのだろう？　エロースとヘルマプロディトスとプリアポスは、ディオニュソスよ、同じ母［アプロディテ］を持つ兄弟同士なのに、姿はまちまちだし、ふだんすることもそうだ。一人はとても美しく、弓矢を持ち、並々ならぬ力を身に着けていて、すべてのものを支配している。(5)　別の一人は(6)女だが半分男だし、見た目ではどちらか分からない。青年か乙女か区別できないだろう。さらにもう一人のプリアポスは、みだらなほどに男らしい(7)。

ディオニュソス　不審には及ばない、アポロンよ。［母の］アプロディテがその原因なのではなく、父親が

---

(1)パン笛、七本の葦の茎を束ねた形（原文 συρίζω）。
(2)テゲアはアルカディアの都市、パルテニオンはその山。
(3)マラトン戦役（パンのアテナイ軍助力についてヘロドトス『歴史』第六巻一〇五参照）の後、アクロポリスの北の斜面に、祠をすえた洞窟が彼に捧げられた。
(4)エコやピテュスはパンに愛されたニンフだが、のちにそれぞれこだまと松に変えられた。マイナス「狂女」は、ディオニュソスの従者たちで、野山を躍り狂いながら行く。
(5)エロースすなわち愛欲の力は全宇宙を支配下に置いている。
(6)ヘルマプロディトスは「半陰陽」「おとこおんな」で、両性の特徴を持つ。
(7)巨大な陽根（本来の宗教観念では魔除けのため）が特徴。

違ってるからなのだ。父が同じ場合でも、同じ腹から、お主《ぬし》たち［アポロンとアルテミス］のように、しばしば一方は男、一方は女という形で生まれてくるではないか。

アポロン　たしかに。しかしわれわれは似ていて、同じことを常にしているのだ。つまり二人とも弓を使うのだから。

ディオニュソス　弓までは同じだな、アポロンよ。しかし、ああいう点は違う、つまりアルテミスはスキュティアでよそ者を殺す[1]が、お主は託宣をし、病んでいる者を療《い》やしている。

アポロン　姉がスキュティア人たちを好《す》いていると思うのか？　彼女は、誰かギリシア人がタウリケにやって来ることがあれば、その者といっしょに船に乗って出てゆく心づもりでさえいるのだ[2]。そこの人身御《ひとみご》供《くう》のことを嫌がっているからね。

ディオニュソス　彼女がそうするのはよいことだ。ところが――滑稽な話をしてやろう――、この前ランプサコス[3]に寄ったとき、その町を通り過ぎようとするわたしをプリアポスが迎え入れて自分のところで歓待してくれたのだが、酒盛りでもうしこたま飲んで泊まることになった。すると夜中にあの立派なご仁《じん》はベッドから起き上がると――いや、言うのも恥ずかしいな。

アポロン　お主を犯そうとしたのか、ディオニュソスよ？

ディオニュソス　そんなところだ。

アポロン　で、お主はそれに対して？

ディオニュソス　笑うしかなかったよ。

アポロン　突っ慳貪《けんどん》でもなく、粗野でもないそのやり方はよかったな。彼の振舞いは大目に見てやれるよ、これほどに美しいお主を犯そうとしたとしても。

ディオニュソス　その点、お主にも手を出すかもな、アポロンよ。お主も美しく、髪も見事だ。(4) だから、プリアポスは酔っていなくてもお前を襲うかもしれぬ。

アポロン　いや襲いはすまい、ディオニュソスよ。わたしには、この髪のほかに、弓もあるのだから。

四（二十四）　ヘルメスとマイア

一　ヘルメス　わたしほど惨めな神が天にいるでしょうか、母よ？

マイア　そういうことを言ってはいけません、ヘルメス。

ヘルメス　言わないでおけますか！　あれほどの用事の数々をわたし一人で苦労しながらこなし、あれほ

（1）下記タウリケ（クリミア）の風習に言及。

（2）エウリピデス『タウロイ人の地のイピゲネイア』で、イピゲネイアの弟オレステスとその友ピュラデスがタウロイ人の地（タウリケ）を訪れたが、捕えられ、土地の掟に従ってアルテミスへの犠牲にされようとした、女神の女神官であったイピゲネイアが弟たちであることを知り、土地の王をだました上で三人で、しかもアルテミス像を携えて出奔し、ギリシアに帰るという話を踏まえている。

（3）小アジア北西部ヘレスポントス（ダーダネルス）海峡に面した町で、ここがプリアポス崇拝の発祥地。

（4）長髪が特徴。

どのお勤めの数々に忙殺されるわたしなのですよ！　朝早くから起き出して宴の間《ま》を掃除しないといけないし、カウチ[1]の敷物を広げたり、一つ一つのことをきちんとしてからゼウスの前に参上して彼からの伝言を上へ下へ駆け回りながらあちこちに伝え、戻って来ると、まだ埃《ほこり》まみれの身で、［神々の食物］アンブロシアーを準備する必要もある。新しく手に入れたこの酌人[2]がやって来るまでは、わたしが［神々の飲み物］ネクタルを注ぐことまでしてたのですよ。いちばん大変なのは、夜もわたしだけは眠りもせず、その間もプルトン[3]のために人間の魂の先導役、死人のエスコートを勤め、あの地の裁判に立ち合わねばならないということです。昼間の仕事、つまりレスリング訓練所にいたり[4]、議会で触れ役をしたり、弁論家を教えたりすることだけではわたしには充分ではなく、死者に関することもいっしょに勤め上げるよう割り当てられているわたしなのです。

二　ところがレダの子たち[5]は、日ごとに、どちらかが天か冥界にいるということになっている。それなのに、わたしのほうは、来る日も来る日も、あっちのことも、こちらのこともしないといけない。それにまた、アルクメネとセメレの子たち[6]は、こういう惨めな女たち[7]から生まれた後、［いまは天で］気苦労もなく宴を楽しんでいる[8]というのに、アトラスの娘マイアの子のわたしのほうは彼らの召使いをしているのです。

またいまも、シドンのカドモスの娘[9]が何をしているか見てこいと彼［ゼウス］に遣わされ、ちょうどそこから戻って来たところなのに、一息もつかないうちに、またアルゴスへ行ってダナエ[10]のことを偵察してこいと言いつけられ、その上、「そこからボイオティアに向かい、アンティオペのことをついでに見てくるように」とおっしゃる。もうわたしは完全にグロッキーです。とにかく、できることなら、わたしを誰かが買い取ってくれるよう要望したい[11]くらいです、地上でひどい目に遭っている奴隷たちのようにね。

マイア　そういう愚痴はやめなさい、わが子よ。若いお前は父に何でも仕えないといけないのです。そしていまは、派遣の沙汰があったとおりにアルゴスへ、それからボイオティアへ急行しなさい。ぐずぐずして

（1）その上に横臥して食事を摂る。

（2）トロイア王子ガニュメデス。

（3）ハデス、冥界の神。以下に関し、ヘルメスは「魂の先導者（ψυχοπομπός）」という称号も持ち、死んだばかりの魂たちを地下へ導く。ホメロス『オデュッセイア』でミノス（生前はクレタの王）が冥界で死者の裁判をしていると言われるが（第十一歌五六八行以下）、ここは到着した魂たちの生前の行為に関する裁きということか（ミノス、その弟ラダマンテュス、アイギナの王だったアイアコスがその裁判官であるとプラトン『ゴルギアス』五二三E以下で語られる）。かの地の裁判にヘルメスが関与するという説について、プルタルコス『イシスとオシリスについて』三五八D等参照。

（4）ヘルメスには ἀγώνιος「競技の（守護）神」という称号もあり、伝令として俊足・機敏なので運動競技家から崇められる。また次の「触れ役」や「弁論家」の教育というのは、伝令の彼が弁も立つことに関連。

（5）ディオスクロイ、カストルとポリュデウケス。第二十五対話参照。

（6）ヘラクレスおよびディオニュソス。

（7）アルクメネは故国ティリュンスからテバイに亡命した（そこでヘラクレスを生んだ）。テバイ女セメレはゼウスの雷火に当たって死んだ（その胎内から胎児ディオニュソスが取り出された）。

（8）両者は地上から天に引き上げられて神となった。

（9）フェニキア・シドン市の王女エウロペ。後に、クレタでミノスたちの母となる。

（10）ギリシアのアルゴス女ダナエはペルセウスの母となる。次出のテバイ女アンティオペはアンピオンとゼトス（テバイ城壁の建築者、王たち）の母。

（11）奴隷が、現在の主人を嫌って他の人に代わりに買ってもらえるよう要望できた（「よりまともな主人に代えること」、プルタルコス『迷信について』一六六D）。

打《ぶ》たれないようにね。愛する者たちは、怒るときついので。

五（一）　プロメテウスとゼウス

一　**プロメテウス**　わたしを解放してくれ、ゼウスよ。もう辛《つら》い目に遭ってきた。

ゼウス　わたしがお前を解放すると思うのか？　むしろ、もっと重い足かせをはめられ、カウカソス(1)全山がお前の頭に伸しかかり、一六羽のハゲタカによって肝をついばまれるだけでなくその両目もえぐり出されるべきお前だというのに！　人間というああいう生き物をこねて造り(2)、火を盗み出し、女たちを作り上げたその酬《むく》いにな！　［犠牲獣の］肉の分配のとき、お前がわたしをだましたこと(3)、つまり骨を脂で包んでわたしの前に置き、よりよい部分はお前自身のために取っておいたあの振舞いのことは言うまでもあるまい。

プロメテウス　もうわたしは充分に罪を償ったではないか――こんなに長い間カウカソスに打ちつけられ、あの、鳥の中でもいちばん呪わしい鷲を肝で養ってきたわたしなのだから？

ゼウス　それはお前が受けるべき刑罰のほんの一部にもならない。

プロメテウス　だが、わたしを解放してくれればお返しをしよう。お主にとって、ゼウスよ、本当に欠かすことのできない情報を明かしてやるから。

二　**ゼウス**　わたしをたぶらかそうとしているな、プロメテウスよ。

プロメテウス　そうして何の得《とく》になる？　カウカソスがどこにあるか、お主が忘れてしまうこともあるまいし、鎖に不足することもないはずだ、何かわたしの企《たくら》みが露見したという場合には。

ゼウス　先に、どういうお返しをするつもりなのか、その欠かすことのできない情報というのを言うがよい。

プロメテウス　もし、お主がいま何に向かおうとしているのか言って当てたら、その後のことの予言も信じてくれるか？

ゼウス　もちろんだ。

プロメテウス　お主はテティス(4)のところに向かおうとしている、彼女と交わろうとして。

ゼウス　それはお前の見立てのとおりだ。ではその次のこととは？　お前の言おうとしていることはどうやら真実らしいから。

プロメテウス　ネレウスのあの娘といっしょになってはいけない、ゼウスよ。もし彼女がお主の子を宿したら、生まれた子は、お主が父［クロノス］にしたのと同じことをお主に対してするだろう。

ゼウス　わたしが支配者の座から転落するだろうと言うのか？

（1）この山（コーカサス）にプロメテウスは、三万年（異説三〇年）の間、鎖で緊縛され、一羽の鷲（エキドナとテュポンの子）に肝臓を日々食われていた。ヘラクレスが通りかかりその鷲を射殺した。「一六羽のハゲタカ」という誇張的付け足しは独特（ルキアノス第七十一篇三でも同様）。

（2）人間の製造者としてのプロメテウスについては、アポロドロス『ギリシア神話』第一巻七‐一「水と土から人間を捏ねて造り（火を与えた）」など参照。

（3）ヘシオドス『神統記』五三五行以下参照。

（4）海神ネレウスの娘の一人。

プロメテウス　そうならなければよいが、ゼウスよ。だが、彼女と交わればそうなる恐れがあるのだ。
ゼウス　では、テティスにはおさらばを言おう(1)。お前のほうは、この報酬としてヘパイストスに解放させる(2)ことにする。

六（二）　エロースとゼウス

一　エロース　僕が何か間違いを犯したとしても、ゼウスよ、許してください。僕は子どもで、まだ思慮が足りないのです。
ゼウス　お前エロースが子どもだって？　イアペトスよりずっと昔からいる(3)お前が？　それとも、あごひげも白髪も生やしていないということから、性悪《しょうわる》の老人であるのに赤ん坊と見なされるべきだと言うのか？
エロース　あなたのおっしゃる老人である僕が、いったいどんな大きな害をあなたに加えたのでしょう——足かせをはめようとまでお考えになるとは？
ゼウス　お前のしたことが小さいことかどうか、見てみるがよい、呪わしい奴め。お前はわたしをかくも愚弄して、あらゆるものにわたしを変えてきた(4)——サテュロスに、牡牛《おうし》に、黄金に、白鳥に、鷲に、というようにな。だが、わたしを愛するよう誰か女性を仕向けたことは全然ない。お前のおかげで女に喜ばれる身になったと認めることができたのは一度もない。いや、わたしは彼女たちをだまして自分の正体を隠さない

といけないのだ。そして彼女たちは牡牛や白鳥のことは愛するが、もしわたしの正体を見たら、恐怖で死んでしまう。(5)

ニ　**エロース**　当然ですよ、死すべき人間の女たちは、あなたを直視することには耐えられないので。

ゼウス　では、どうしてブランコス(6)やヒュアキントスはアポロンを愛するのか?

エロース　でも、彼もダプネには逃げられました――髪の見事な、あごひげも生やしていない彼ですがね。

(1)けっきょく人間のペレウスに嫁がせる(アキレウスがその結婚から生まれる)。

(2)彼を鎖で縛り付けたのも鍛冶神ヘパイストトス。

(3)イアペトスはティタン族の一(天と地の子、プロメテウスらの父)で、ゼウスらオリュンポス族よりも古い世代。「旧時代」の代名詞(アリストパネス『雲』九九八行参照)。しかしエロースは、ヘシオドス『神統記』一一六行以下で、さらに古い、最古の神々のうちに数えられている(カオス、大地、タルタロスとともに)。

(4)女神や人間の女たちと交わるためわが身をいろいろ変身させた、と。以下、サテュロス(ディオニュソスの従者、野生の精、人体に馬の尻尾や山羊の脚を持つ)になったのはアンティオペへの求愛に際して(エウリピデス『アンティオペ』(散逸)、ヨハンネス・マララス『年代記』第二巻四九参照)、また、牡牛はエウロペと、黄金はダナエと、白鳥はレダ(ヘレネらの母)と、鷲はガニュメデスとの恋愛事件に関係する変身姿。

(5)セメレに対して、彼の真の姿、すなわち雷電として現われた、彼女は焼け死んだ、という話を参照。

(6)ブランコスは、小アジア・ディデュマ(ミレトス近く)のアポロン神託所をもうけた男のことか。そこの神官一族ブランキダイの祖となった(ポティオス『ビブリオテケ』第百八十六書三三[コノン])。以下、スパルタの少年ヒュアキントスや、ニンフのダプネ(アルカディアのラドン河またはテッサリアのペネウス河の娘)への愛はよく知られている。

しかし、ご自分が愛される者になりたいと思われるのなら、アイギス(1)を揺するのはやめ、雷電を持つのもやめなさい。いや、できるだけご自身を魅力的にするのです――見た目に優しげにして、髪の房を垂らし、リボンでそれをたばね上げる、また深紅の衣を身に着け、黄金のサンダルをはき、笛とタンバリンに合わせてリズムよく歩いてゆく、というようにすれば、ディオニュソスの［お伴の］マイナス(2)たちより多くの女性があなたについてくるのが見られることでしょう。

ゼウス　あっち へ行け。そのようななりをして魅力的になるというのはお断りだ。

エロース　では、ゼウスよ、恋愛をしようとも思わないでください。このほうが簡単です。

ゼウス　いや、恋愛はしたい。だが面倒なことはせずに彼女たちを手に入れたいのだ。そのようにできるのなら、お前を放免してやろう。

七（三）　ゼウスとヘルメス

ゼウス　イナコス(3)の美しい娘を知っているか、ヘルメスよ？

ヘルメス　ええ、イオのことですね？

ゼウス　彼女はもう人間の子ではなく、若い牝牛《めうし》になった。

ヘルメス　それは奇怪なことですね。どういう仕方で変えられたのですか？

ゼウス　ヘラが焼きもちから彼女を変身させたのだ。だが他にも新奇な恐ろしいことを、可哀想な彼女に対して企《くわだ》てている。牛飼いで、目をいっぱい持っているアルゴス(4)という名の者を彼女のそばにつけたのだが、これがこの牝牛に草を食《は》ませながら不眠で見張っているのだ。

ヘルメス　では、どうすべきなのですか？

ゼウス　ネメア(5)まで飛んで降りて――アルゴスはそこで牛飼いをしているだろう――、殺してしまえ。そしてイオのほうは、海原を渡ってエジプトまで連れて行き、イシス(6)にするのだ。これからはあの地の女神となり、ナイルの水かさを増したり、〔順〕風を送ったり、船乗りたちを救ったりする働きをさせよ。

八（五）　ゼウスとヘラ

一　**ヘラ**　プリュギア人のこの童《わらべ》をあなたが、ゼウスよ、〔トロイア地方の〕イダ山からさらってここ〔天〕

(1) 神的な盾でそれを揺すって敵を驚愕させる。

(2) ディオニュソス一行《いっこう》に含まれる「狂女」たち。

(3) ギリシア南部アルゴス地方のイナコス河に名を与えた王。その娘イオはゼウスに愛され、のちエジプトのエパポス王の母となる。

(4)「アルゴス」は地名のほか、何人かの神話人物にもつけられている。ここの「目をいっぱい持っている」「すべてを見る」アルゴスは両親の伝承は不定で、大地から生まれた、とも称される。

(5) アルゴス地方北西部の峡谷地。

(6) このエジプトの女神と同一視された。

まで連れ上がって来て[1]から、わたしのことは前ほど気に掛けてくれないのですね。

ゼウス　この童のことまでもう焼きもちを焼いているのか、ヘラよ、これほどに素朴で無邪気な者であるのに！　お前が厳しい顔を見せるのは、わたしと交わる女たちに対してだけだと思っていたが。

二　**ヘラ**　ああいう行ないもよろしくありません。またこれもあなたにふさわしくないことです、神々すべての王であるあなたが、正式な配偶者のわたしを捨て置いて、地上へ不義をしに降りてゆく——黄金や、サテュロスや、牡牛になって——というのは。それでも、あれたちは地上には留まっているわけですが、このイダ山の子どものほうはあなたが、鷲の中でもいちばん立派なお方よ、彼をさらうと天上まで飛んできた。そしてわたしの頭越しに中に入れて、わたしたちの一員にしている。表向きは酌の役をさせるということですが、それほどあなたは酌人に困っていらしたの？　へべ[2]とヘパイストスはお仕えするのをもう放棄したのでしょうか？　それに彼から盃を受け取るのは、先に彼に、みなが見ている前で、キスをしてからでないとなされないようね。そのキスはあなたにはネクタルよりも甘いので、喉《のど》が乾いていなくても何度も飲むことを所望されるわけです。ときには、一《ひと》なめしただけで彼に与え、彼が飲むとその盃をまた受け取り、残っている分をお飲みになる。この子がそこから飲み、そこに唇をつけた盃から飲むと同時にキスもするためですね。この前など、すべての者の王であり父でもあるあなたが、アイギスと雷電を脇に置いて、彼とサイコロ遊びをして坐っておられたわね——それほどのあごひげを垂らしているあなたが！　わたしにはそういうすべてが見えているので、ごまかしていられるとは思わないことですね。

三　**ゼウス**　だが、けしからぬことだろうか、ヘラよ、これほど美しい童に、酒盛りのさいちゅうにキスをし、キスとネクタルと両方を楽しむということは？　実際、一度でもお前にキスすることを彼に許したなら、彼のキスがネクタルよりも優れていると考えるわたしにもう難癖はつけないだろう。

ヘラ　それは少年愛者のお言葉ね。でも、わたしはこんなにめめしい軟弱なこのプリュギア人(3)に口付けしようとするほど狂いたくはないですわ。

ゼウス　愛される少年たちのことを悪く言わないでくれ、この上なく尊い妻よ。このめめしい、外《と》つ国の、軟弱な子が、わたしを喜ばせ憧れさせるのは——誰々より以上だ(4)と言うのは控えておこう、お前をこれ以上怒らせまい。

四　ヘラ　わたしに関して言えば、彼と結婚もなさるがよいわ(5)。とにかく、この酌人のせいであなたがど

---

(1) トロイアの王子ガニュメデスを愛して鷲の姿になり（または鷲を派遣して）天までさらってきた。「プリュギア」は後註（3）参照。

(2) ヘベ（「青春」）はヘラの娘、ヘパイストスはその息子。前者の給仕はホメロス『イリアス』第四歌二行以下、後者のそれは同第一歌五八四行以下参照。

(3) 小アジア北西から中央部の広い領域を指し、トロイア地方と区別もされるが、しばしばそれを含めて言われる。

(4)「お前以上だ」と露骨に言うのを避ける。ホメロス『イリアス』第一歌一一三行以下参照（アガメムノンが、妾クリュセイスは妻以上だと口走る）。

(5) 例えばネロ帝が寵童スポルスと「結婚式」を挙げたという事例参照（スエトニウス『ローマ皇帝伝』「ネロ」二八）。

れほど酔狂なまねをしておられるか、忘れないようになさって。

ゼウス　いいや、ヘパイストスのほうが、足の悪いお前の息子が、われわれに酌をすべきだったな――鍛冶場の炉から、まだ火花を体いっぱいに付け、やっとこを置いてきたばかりの格好でやって来た彼がな。そして彼の指から盃を受け取り、ぐいと飲みながらその間に彼にキスをする、となるべきだった――母のお前でさえ、顔を煤《すす》まみれにしているあれには喜んでキスをしそうにはないがな。そのほうが楽しかろう、そうではないか？　この酌人のほうが、神々の酒盛りにはずっとふさわしかったわけだ。そしてガニュメデスはまたイダに送り降ろさないといけない――清らかな子で、バラ色の指を持ち、気の利いた仕方で飲み物を差し出すし、お前をいちばん苦々しく思わせるのは彼がまたネクタルよりも甘いキスをする、ということなのだからな。

五　**ヘラ**　ヘパイストスは、ゼウスよ、いまは、足も悪く、あなたの盃を持つにふさわしい指を持たず、煤にまみれてもいる、そして彼を見ると吐き気を催すというのですね――この美しい、髪の見事な子をイダが育て上げてからは。でも、以前は［ヘパイストスの］そういう点にあなたは目をやらなかったし、火花も溶鉱炉も、あなたが彼から盃を受けて飲むのを阻みはしなかったですわ。

ゼウス　お前は自分を苦しめているだけだ、そしてその焼きもちによってわたしの愛をもっと強めることになる。もし美しい子から盃を受け取るのが嫌だと言うのなら、お前にはあの息子が酌をすればよい、しかしお前のほうは、ガニュメデスよ、わたしだけに盃を差し出せ。そしてその都度二回わたしにキスをするのだ――それを一杯にして差し出すときと、ふたたびわたしからそれを戻されるときとな。どうした？　泣くのか？　恐れずともよい。お前を苦しめようとする者は、吠え面《づら》をかくことになるだろう。

九（六）　ヘラとゼウス

一　**ヘラ**　このイクシオン(1)をどのように見ておられますか、ゼウスよ？

ゼウス　いい人間だ、また宴席仲間によい男だ。酒宴にふさわしくない者だったら、われわれといっしょに過ごしていないだろう。

ヘラ　でも、ふさわしい男ではありません。乱暴な男なのです。だから、もういっしょにいさせないようにしてください。

ゼウス　どういう乱暴をしたのか？　わたしも知らねばならないと思うから。

ヘラ　ほかならぬ――でも、それを言うのは恥ずかしいですわ。それほどのことを企《たくら》んだのです。

ゼウス　いやいや、それだからこそいっそうそれを言ってほしい、恥ずべきことをくわだてたというのなら。ひょっとして誰かを誘惑しようとしたのか？　お前が言うのをためらうようなこととはどんな恥ずべき

(1)ギリシア・テッサリアの王。人殺しを犯したが、ゼウスに清められ、さらに天に滞在することを許された。本対話はこの段階。しかしその後、ヘラに横恋慕した罰として（炎の）車輪に縛りつけられ、永遠に回り続けることになった。「この」は、比較的近くにいるが、こちらの会話は聞こえないという設定。

ことか、察しがつくのでな。

二　ヘラ　他でもない、まさにこのわたしに対してなのです、ゼウスよ、それももう以前から。初めは、彼がどうしてわたしのほうをじっと見るのか、のみこめませんでしたが、彼が嘆息をし、ちょっと涙を流したり、わたしが飲んでからガニュメデスに返した盃で飲むことを求めて受け取ると、飲む合間にそれにキスをする、また自分の目にそれを近づけてからふたたびわたしのほうを見る、といったことをするので、これはもう色情の振舞いだとわたしも悟りました。恥ずかしくて、あなたにお話しするのは長いことようせず、あの男も狂ったまねをやめるだろうと思っていました。ところが、あつかましく言い寄ってきさえしたので、彼がまだ涙を流しながらはいつくばっているのを、その非礼な嘆願の言葉も聞きたくないので両耳をふさぎながら放置して、あなたに言うためにやって来たのです。彼をどう懲らしめるか、あなたのほうでお考えください。

三　ゼウス　よくもやるものだな、あの人でなしは！　わたしの地位をおびやかし、ヘラとの同衾まで企《たくら》むとは！　ネクタルでそんなにまで酔ってしまったのか？　だが、こういうことはわれわれに責任がある。度を越して人間によくしてやり、酒宴の仲間にまでしたわれわれにな。だから、大目に見てやらないといけない、もし彼らがわれわれと同じものを飲んだ上で、地上ではかつて見たことのないような天上の美を目にして愛欲に捉われ、それを味わいたいという気を起こしたとしても。愛欲は有無を言わさぬ力を持ち、人間だけでなく、ときにはわれわれ自身をも支配するのだ。

ヘラ　それは実際あなたの主人でもあり、世に言うように「鼻づらを引いて」あなたを連れ回していますね。そして、どこへ連れてゆかれようとあなたはついてゆくし、それが命じるものに、何であれ、あなたの身を唯々諾々《いいだくだく》とお変えになる。要するにあなたは愛欲の持ち物であり玩具《おもちゃ》なのです。いまイクシオンを大目に見るとおっしゃるのも、あなたご自身がかつて彼の妻と密通したことがあるからですね――あなたにペイリトオスを生んだあの女と[1]。

四　ゼウス　まだああいうことを憶えているのか、わたしが地上に降りて遊びでやったことを？　だが、イクシオンに関してわたしがどう考えているか分かるか？　彼を懲らしめたり、宴席から閉め出したりしようとは思わない。それは野暮だ。しかし、彼が愛していて、お前の言うように涙を流し、辛い思いをしているということなら――

ヘラ　どうされるのですか、ゼウスよ？　あなたも何か乱暴なことを言い出されるのでないか心配ですが。

ゼウス　いやけっして。だが、お前に似せた幻像を雲から作り[2]、酒宴が終わった後、あの男がおそらく愛のゆえに眠れずにいるところへそれを持っていって、そのそばに横たわらせよう。そうすれば、欲望を充たすことができたと信じて苦しみもやむことだろう。

ヘラ　よして！　自分の分を超えたことに欲望を向けるあの男は不幸になればよいわ！

（1）イクシオンの妻ディアとの密通から、ペイリトオスが生まれた（ホメロス『イリアス』第十四歌三一七行以下）。

（2）イクシオンをたぶらかすため、ヘラに似せた幻像を雲で作り、彼と添わせる、その後に懲罰を下す（アポロドロス『ギリシア神話』摘要一-二〇）。しかし本対話ではゼウスの態度はやや煮え切らない。

ゼウス　でも我慢してくれ、ヘラよ。それとも、イクシオンが雲と添い寝するとして、その作り物のせいでお前がどんなひどい目に遭うというのか？

五　ヘラ　でも、わたしがその雲に他ならないと思われて、その類似のせいでわたしに恥が振りかかることになるでしょう。

ゼウス　それは馬鹿げた言葉だ。雲がヘラになることも、お前が雲になることもないだろう。イクシオンだけがだまされることになろう。

ヘラ　でも人間はみな下品なので、きっと彼は下へ降りたら、自慢して、ヘラと付き合った、ゼウスとベッドを共有したとみなに言い触らすことでしょう。ことによると、わたしが彼のことを愛しているとまで言うかもしれないし、人々は、彼が雲と添い寝したことを知らないので、それを信じるかもしれません。

ゼウス　では、もしそういうことを言った場合は、冥界に堕ちて輪に惨めに縛りつけられ、それといっしょに永遠に転がりながら、やむことのない苦しみを味わい続けることになるだろう。愛欲の罰ではなく――それはひどい罪過ではない――、大口をたたいた罰として、ということだ。

十（四）　ゼウスとガニュメデス

一　ゼウス　さあ、ガニュメデスよ、目的の場所(1)に来たから、いまはわたしにキスをしてくれ。もはやわたしが、曲がったくちばしや尖った爪や、翼を持ってはいないということを知ってほしい――お前に、羽《はね》を持つもののように思わせて現われたときの姿とは違うということを。

ガニュメデス　不思議な人よ！(2)　さっきはあなたは鷲だったですよね、そして飛び降りてくると羊の群れの真ん中から僕をさらったではないですか！　では、どのようにしてあの羽はあなたから脱け落ち、あなたのほうはいまは別のものの姿を見せているのですか？

ゼウス　いや、お前の見ているのは人ではない、少年よ、鷲でもない。このわたしは、すべての神々の王である。その折々に合わせてわが身を変えるのだ。

ガニュメデス　何ですって？　あなたがあのパン(3)なのですか？　では、どうしてシューリンクス笛や角《つの》を持たず、脚も毛深くないのですか？

ゼウス　あれだけが神だと思っているのか？

ガニュメデス　そうです。そして彼には、去勢していない牡山羊《おやぎ》を、像が立っている洞穴まで連れていっていけにえにします。だが、あなたは僕には奴隷商人のように思えますね。

二　**ゼウス**　言ってくれ、お前はゼウスの名を聞いたことはないのか？［イダ山の高峰］ガルガロンにある、雨を降らし、雷を鳴らし、稲妻を引き起こす彼の祭壇を見たことはないのか？

---

(1) 天上のどこか。
(2)「不思議な」は訳者の補い。原文は単に「人よ（ἄνθρωπε）」、「おじさん」。ゼウスを人間と思っている。
(3) ゼウスの「すべての（πᾶν パーン）」という言葉から、パン神（Πάν）のことと勘違いした（トロイア地方のイダ山で羊飼いをしていたのでこの牧羊神に親しんでいる）。

ガニュメデス　では、尊い方よ、あなたが先日僕たちに多くの霰《あられ》を降らした神だとおっしゃるのですか？　あなたが、天上に住まうと言われ、雷鳴をとどろかし、父が牡羊《おひつじ》をいけにえに捧げた神であると？　では、僕がどんな悪いことをしたというので上までさらってきたのですか、神々の王よ？　僕の羊たちは、彼らだけになったところを、たぶん狼どもが襲いかかって八つ裂きにしたことでしょう。

ゼウス　まだお前には羊のことが気になるのか、不死の身になり、ここでわれわれといっしょに暮らすことになるというのに？

ガニュメデス　どういうこと？　僕を今日イダに連れ戻すつもりはもうないと？

ゼウス　ない。神の代わりに鷲になった意味がなくなる。

ガニュメデス　では、父が僕を捜して見つけられなかったら怒るでしょう。それで後で羊たちを置いてけぼりにしたということで打《ぶ》つでしょう。

ゼウス　いったいどこで彼がお前に会うのか？

ガニュメデス　言わないで！　もう父のことが恋しいので。でも、もし僕を連れ戻してくれたら――約束します――、身受けの代として彼が別の牡羊をいけにえにするでしょう。三歳の大きなやつで、群れを牧草地まで先導する羊がいるのです。

三　ゼウス　なんて素朴で単純な子だ！　まさしくまだ子どものままだ。だが、ガニュメデスよ、そういうものにはみなおさらばを言うがよい。忘れるのだ、羊たちやイダのことは。お前はもう天上の者なので、この場所から父にも祖国にもたっぷり恩恵をほどこしてやれるだろう。またチーズとミルクの代わりに、アンブロシアーを食べ、ネクタルを飲むことになるのだ。われわれ、他の神々にもお前はネクタルを注《つ》いで渡す役をするのだ。いちばん大事なことは、お前はもう人間ではなく不死の者になるということだ。そしてお前の星は、いちばん見事に輝くようにしてやろう[1]。すべての面でお前は幸福な者になるのだ。

ガニュメデス　でも、遊びたいときには誰がいっしょに遊んでくれるの？　イダでは同じ年ごろの子がたくさんいたので。

ゼウス　ここにもお前の遊び仲間になりそうなのがいる、このエロースだ。サイコロもいっぱいある。とにかく元気を出して明るい顔をしなさい。下界のことはけっして恋しく思ってはいけない。

四　**ガニュメデス**　あなたたちに僕はどんなお役に立てるのでしょう？　ここでも羊飼いをしないといけないのですか？

ゼウス　いや、お前は酌をするのだ。ネクタルの係りになって酒宴のことに気を配るのだ。

ガニュメデス　それは難しくありません。ミルクを注《つ》ぎ、飲み物の椀を回す仕方は知ってます。

ゼウス　ほら、この子はまたミルクのことを思い、人間に仕えることを考えている。この場所は天なのだ、そしてさっき言ったように、われわれはネクタルを飲むのだ。

（1）例えば、人間から神になったディオスクロイは星を表徴とする（第二十五対話参照）。人が死ぬと星になるという信仰に関係（アリストパネス『平和』八三三行以下参照）。

ガニュメデス　ミルクよりおいしいのですか、ゼウスよ？
ゼウス　すぐ後で分かるだろう。それを味わったらもうお前はミルクは欲しくなくなるだろう。
ガニュメデス　夜はどこで寝るの？　お友達のエロースといっしょにですか？
ゼウス　いや、そうではない。わたしがお前をさらってきたのは、わたしたち二人でいっしょに寝るためなのだ。
ガニュメデス　一人では寝られないの？　僕といっしょのほうが気持ちがよいの？
ゼウス　そのとおりだ。お前ほどに、ガニュメデスよ、美しい子といっしょだとな。
五　ガニュメデス　相手の美しさがあなたの眠りを助けるのですか？
ゼウス　とろかすように気持ちがよくて、それだけ寛《くつろ》いだ眠りを引き起こしてくれるのさ。
ガニュメデス　だけど、父は僕がいっしょに寝るのを嫌がってましたよ。僕が、寝ているさいちゅうに、寝返りしたり、足で蹴ったり、寝言をいったりするので眠りを邪魔されると明け方よくこぼしていました。それで、たいていは母のところに寝にゆかせたのです。もし、言われるような理由で僕をさらってきたというなら、いまはまた僕を地上へ戻すべき時です。さもないと、あなたは眠れずに困ることになるでしょう。僕がひっきりなしに寝返りを打ってあなたを悩ませるでしょうから。
ゼウス　それこそいちばんの快楽をもたらしてくれるだろう。お前といっしょに眠らずにいて何度もキスをしたり抱きしめたりするのなら。
ガニュメデス　ご自分でよく分かることでしょう。でも僕は、あなたがキスをいくら降らせようと、眠ってると思います。

ゼウス　どうすべきか、そのときに分かるだろう。いまは彼を連れてゆけ、ヘルメスよ、そして不死の性《さが》を飲ませたら(1)、まずはどのように盃を差し出すべきか教えた上で、われわれに酌をさせるために連れてきなさい。

十一（七）　ヘパイストスとアポロン

一　ヘパイストス　見たか、アポロンよ、生まれたばかりのマイア(2)の赤子を――とても美しい子で、みなに笑いかけ、立派な大物になりそうなあの様子を？

アポロン　あの赤子が立派な大物だと、ヘパイストスよ？　ならず者ぶりでは、イアペトス(3)より老錬であるのに？

ヘパイストス　生まれたてで、どんな悪さができるというのか？

アポロン　ポセイドンに訊いてみろ、彼の三叉ほこを盗んだのだ。あるいはアレスに訊け。彼からもその

（1）神々の飲食物アンブロシアーやネクタルを摂ると不死の身になると言われた。

（2）アトラスの娘、アルカディアの女神。ゼウスとの間にヘルメスを生む。

（3）第六対話一を参照。

剣を気づかれずに鞘《さや》から抜き取ったのだ。わたし自身のことは言うまい、弓矢をさらわれたのだ。

二　ヘパイストス　生まれたばかりの、ろくに立つこともできず、産着にくるまれているあの子が？

アポロン　お前にも分かるさ、ヘパイストスよ、お前に近づきさえすれば。

ヘパイストス　だがもう近づいたぞ。

アポロン　ではどうだ？　道具は全部あるか？　何もなくなっていないか？

ヘパイストス　全部ある、アポロンよ。

アポロン　だが綿密に調べてみろ。

ヘパイストス　たしかに、やっとこが見当らない！

アポロン　だが、きっと赤子の産着の中に見つかるだろう。

ヘパイストス　こんなに手先が利《き》くとは、まるで胎《はら》の中で盗みを練習してきたみたいだな。

三　アポロン　彼がもう滑《なめ》らかにすらすらとしゃべるのを聞いたことがないのか？　そしてわたしたちに仕える(1)つもりでもいる。また昨日はエロースに組打ちを挑み、すぐに地面に投げ倒したが、どうやら相手の両足をすくったみたいだ。それから、周りが誉めそやす中で、アプロディテが彼の勝利を祝って自分の胸へ抱きしめたとき、彼女の帯を盗んだし、ゼウスが笑っているさいちゅうにその王杖をくすねた。雷電があまりに重くなく、炎を盛んに燃え立たせていなかったら、それも盗《と》ったことだろう。

ヘパイストス　とても目はしが利く子だというのだな。

アポロン　おまけに、音楽の才ももう見せている。

ヘパイストス　どうしてそう思うのか？

四　アポロン　亀の死んだのをどこかで見つけて、それから楽器をこしらえたのだ。(2) つまり、二本の腕をそれに差し入れて両方を横棒でつなぎ、次いで糸巻を打ちこんで、駒を下に支《か》うと、七本の絃を張ってとても朗々とした調子のよい音楽を奏でるようになっているのだ、ヘパイストスよ。それで、前から竪琴の技に励んでいるわたしも彼を妬むほどだ。またマイアの言うには、夜も天に留まってはいず、好奇心から冥界にまで降りて行くという。もちろん、あそこからも何か盗むためなのだ。また翼の生えたサンダルをはき、驚くべき力のある杖を自分に作らせて、死者の魂をそれで導き冥界へ連れてゆく。

ヘパイストス　わたしがその杖を彼の玩具に与えたのだ。

アポロン　それでお前に報酬を払ったのだな、やっとこを(3)——

ヘパイストス　よく想い出させてくれた。取り返しに行ってくる。お前の言うように産着の中に見つかるかもしれない。

---

(1) 神々の伝令などとして。「駒」は琴柱《ことじ》。

(2) 竪琴の発明に関して『ホメロス風讃歌』第四番（ヘルメス讃歌）二五行以下、パウサニアス『ギリシア案内記』第五巻一四-八等参照。以下の「糸巻」は弦をそれに巻きつける釘、

(3)「盗んで」という反語を略す。

十二（九）　ポセイドンとヘルメス

一　ポセイドン　いまゼウスに会うことはできるか、ヘルメスよ？[1]
ヘルメス　駄目です、ポセイドン。
ポセイドン　それでも、彼に告げてくれないか。
ヘルメス　はっきり言いますが、困らせないでください。いまはその時ではないのです。だから目下のところは彼にお目見えできません。
ポセイドン　よもやヘラといっしょではあるまい？
ヘルメス　いいえ、他の事情です。
ポセイドン　分かった。ガニュメデスが中にいるのだな。
ヘルメス　それでもないです。彼は疲れているのです。
ポセイドン　いったいどうして、ヘルメス？　たいへんなことを言うな。
ヘルメス　それを言うのは恥ずかしいことですが、そういう事情なのです。
ポセイドン　お前の叔父のわたしに遠慮するな。
ヘルメス　彼はちょうど子を産んだところなのです、ポセイドンよ。
ポセイドン　よせ、あれが子を産んだって？　誰の子を？　では、おとこおんなだったが、われわれには気づかれずにいたということか？　だが、彼の胎に子がいるという徴《しるし》もなかったぞ。

ヘルメス　おっしゃるとおりです。「彼女」は胎児を宿していたわけではないので。

ポセイドン　分かった。また頭から産んだのだな――アテナをそうしたように。[2] 彼の頭は子を産めるのだから。

ヘルメス　いいえ。太ももの中にセメレの赤子[3]を宿していたのです。

ポセイドン　あっぱれだ！　全身で、どこででも胎児をはらんでいられるとは！　だがセメレとは誰だ？

二

ヘルメス　テバイ人で、カドモスの娘の一人です。彼女と交わり、妊娠させたのです。

ポセイドン　それから、ヘルメスよ、彼女の代わりに彼が産んだと？

ヘルメス　そのとおりです。奇妙に思われるでしょうが。つまりヘラが――ご存知のように嫉妬深い方ですね――セメレをだまし、ゼウスに、雷と電光といっしょに彼女のもとを訪れるよう求めよと言いくるめたのです。彼女が言われたとおりにし、ゼウスが稲妻も持ってやって来ると、[4] 屋根は燃え上がり、セメレは炎で焼き尽くされましたが、ゼウスはわたしに、彼女の胎を切り裂いて、七ヵ月の未熟な胎児を連れてくるよう命じました。わたしがそうすると、彼は自分の太ももを切り開き、そこで成長するように埋めこんでから、

(1) ヘルメスは、アリストパネス『平和』一八〇行以下で描かれるように、神々の館の門番もしているという設定。

(2) 女神メティス（「知恵」）を飲み込んだゼウスは、やがてヘパイストスにわが額をかち割らせてアテナを誕生させた。

(3) 雷火で焼け死んだセメレの胎から胎児ディオニュソスを取り出し、わが太ももに縫いこんだ。

(4) 雷（神鳴り）と閃光と槍のような稲妻との三要素に分けて言っている。

三ヵ月目のいま出産したので、陣痛の後で疲れておられるのです。

ポセイドン　それで赤子はいまどこに？

ヘルメス　ニュサ[1]へ連れてゆき、育てるようニンフたちに委ねました――ディオニュソスと名づけたその子を。

ポセイドン　するとわが兄弟は、このディオニュソスの母でもあり父でもある、その両方だということになるな。

ヘルメス　そうなるようです。ではわたしは彼に、傷の手当てのための水を運んでゆきます。他にも、出産した女にそうする慣わしのことをあれこれしようと思いますので。

十三（八）　ヘパイストスとゼウス

ヘパイストス　わたしは何をすべきなのですか、ゼウスよ？　お命じになったように、とても鋭い刃の斧《おの》を持ってきました。岩を一振りで切り分けよということなのかとも思って。

ゼウス　よし、ヘパイストス。さあ、わたしの頭に打ちおろして二つに割れ。

ヘパイストス　わたしが狂っていないか、試しているのですか？　とにかく、望まれている本当のことを言いつけてください。

ゼウス　まさにそのことだ――わたしの頭の骨をかち割ってくれ。言うことを聞かなければ、わたしが怒ったらどうなるか、もう経験済みのお前だ。[2] さあ、気合いをこめてわたしに打ちかかれ、ためらうな。陣痛がわたしの脳をひっかき回すので死にそうになっているのだ。

ヘパイストス 何かまずいことを仕出かさないか用心してください、ゼウスよ。斧は鋭くて、血を流さずには済まないし、エイレイテュイア[3]のような産婆役はしてくれないでしょう。

ゼウス とにかく、ひるまずに打ちおろせ、ヘパイストス。どうするのがよいか、わたしには分かっているから。

ヘパイストス 打ちおろしますよ――あなたが命じるからにはそうするしかないので。これは何だ? 武具をまとった娘[4]だ! ひどい頭痛の種をあなたは持ってたのですね、ゼウスよ。怒りっぽくなってたのも道理です、脳の膜の下にこのような娘を、しかも武装した娘を育てていたのですから。頭ではなく兵舎をあなたが持っていたとは誰も知らなかった。そして彼女は跳びはね、武具踊りをし、盾を揺すり、槍を振り回し、気炎を上げている。そしていちばん目立つのは、彼女がとても美しく、短い間に盛りに達しているということだ。目は灰色だが、かぶとがそれを美しく見せている。だから、ゼウスよ、わたしに産婆の報酬をくださ

(1)神話的な土地。それがあった地域としてトラキア、エチオピア、リビア等の諸説が唱えられた。

(2)ゼウスが怒ってヘパイストスを地上に投げ下ろした(レムノス島に落下した)というホメロス『イリアス』第一歌五八九行以下参照。

(3)出産の女神。

(4)知恵の女神アテナは戦争にも関係し、武装した姿で表わされる。

い。わたしの許嫁《いいなずけ》にするといま約束してほしいのです。

ゼウス　できないことを要求するお前だな、ヘパイストスよ。彼女はずっと乙女でい続けたいと願うだろう。しかし、とにかくわたしに関しては反対はしない。

ヘパイストス　そう言ってほしかったのです。後のことはわたしのほうでやります。いますぐにでも彼女をさらうかもしれません。

ゼウス　簡単にいくならそうするがよい。だが、わたしには分かっているが、お前はできないことを望んでいる(1)。

十四（十）　ヘルメスと太陽神

一　ヘルメス　太陽神よ、今日は車を駆るな、明日もあさっても、というゼウスのお達しです。中に留まっていてください、そしてこの間は長い一夜にするのです。だからホライ(2)にまたあなたの馬たちをほどかせ(3)、あなたのほうは炎を消して長い間お体を休めてください。

太陽神　これはこれは奇妙な伝達をしにやって来たものだな、ヘルメスよ。だが、よもやわたしがちょっと走路からはずれ、境界を超えて車を駆ったと思われたのではあるまい？　そして彼がわたしに怒り、夜を昼の三倍にしようと決めたというわけではないだろうな？

ヘルメス　そういうことではないです。また、ずっとそうせよということでもないでしょう。彼がご自分のほうで、自分のために、少し長い夜になってほしいと思われているのです。

太陽神　それでまた彼はどこにいるのか？　どこからお前はこの伝達をしに遣わされたのか？

ヘルメス　ボイオティア[4]からです、太陽神よ。アンピトリュオンの妻[5]のもとからです、彼がこの女を愛していっしょにいるので。

太陽神　それで一晩では充分ではないのか？

ヘルメス　いえ、けっして。この交わりから、多くの労に耐える偉大な男が生まれねばならないのです。この人間が一晩で出来るのは不可能です。

二　**太陽神**　運よくそれを成し遂げてもらいたいものだ。とはいえこういうことは、ヘルメスよ、クロノス[6]の時代には起きなかったな――われわれだけしかいないので言うが――、彼がレア[7]のそばから離れて寝

（1）彼の求愛は受け入れられなかった。のちアテナに無理やり迫ることがあったが、彼女は逃げる、それを追った彼が彼女の脚に精液を漏らすと、彼女は羊毛でそれをぬぐって地上に投げ捨てた（そこから後のアテナイ王エリクトニオスが生まれた）という話参照（アポロドロス『ギリシア神話』第三巻一四-六）。

（2）時間、季節の秩序を司る女神たち。太陽神の時間どおりの出発も世話する。

（3）馬たちをいったんくびきに掛けさせ、出発準備をしたが。

（4）ギリシア中部の地方。そのテバイ市でヘラクレスは生まれる。

（5）アルクメネ。ヘラクレスの母となる。

（6）ゼウスの父神。

（7）ゼウスの母神。

ることはなかったし、天を去ってテバイで眠るということもなかっただろう。いや昼は昼だったし、夜は季節に応じてそれにふさわしい長さであったわけだ。奇妙な、変わったことは何もなかったし、死すべき女と彼が交わることもなかっただろう。だがいまは、哀れな女[1]のためにすべてがくつがえされ、馬たちは動かないので筋肉が硬《こわ》ばり、道は三日間踏みならされないままなので行きにくくなり[2]、人間たちは哀れにも闇の中で生きてゆかねばならない。彼らはゼウスの愛欲からそのようなおかげをこうむりながら、お前の言うその闘士を彼が仕上げるまで長い闇の下で坐って待ち続けることになるのだ。

ヘルメス　口をつぐんでください、太陽神よ、そのお言葉のせいであなたが何かよくないおかげをこうむらないように。わたしのほうは、月と「眠り」のもとまで行って、彼らにもゼウスの命令を伝えてきます——月はゆっくりと進むように、そして「眠り」は人間たちを離さず、夜がこれほど長くなっていることに彼らが気づかないようにせよ、と。

十五（十三）　ゼウス、アスクレピオスとヘラクレス

ゼウス　人間のように互いに争い合うのはやめなさい、アスクレピオス[3]とヘラクレスよ。神々の酒宴にはふさわしくない場違いな振舞いだから。

ヘラクレス　だがあなたは、ゼウスよ、この薬師《くすし》がわたしより上手《かみて》に横たわる[4]ことを望まれるのですか？

アスクレピオス　当然だとも、わたしのほうが優れているのだから。

ヘラクレス　どういう点でだ、雷を落とされた男よ？(5)　あるいは、許されぬことをするお前にゼウスが雷電を当てた、しかしいまは憐れみを受けて不死にあずかることができた、ということでか？

アスクレピオス　お前も、ヘラクレスよ、オイテ(6)で焼き尽くされたということを忘れたのか、わたしが炎に包まれたということを詰《なじ》るとは？

ヘラクレス　われわれが生きた仕方は同じではない。わたしはゼウスの息子であり、人間の生きる環境を清めながら、野獣を平らげたり、暴慢な人間たちを懲らしめたりして多くの苦労を味わった。しかしお前は薬草を集めて売り回る男だ。惨めな人間たちの間では薬の処法で役に立つのだろうが、勇敢な業《わざ》は何もして見せたことがない。

アスクレピオス　わたしがお前の火傷《やけど》を治してやったことは何も言わないのだな——先日、肌着と、その

---

(1)アルクメネはティリュンスから亡命を余儀なくされた。またいまは、ゼウスにたぶらかされ、彼を夫と信じて臥所をともにしている。

(2)地上の道で言えば、雑草がはびこったりして通りにくくなり。

(3)アポロンの子。医薬神。

(4)宴席でカウチに横たわって飲食するときのこと。

(5)死んだカパネウスあるいはヒッポリュトスあるいは他の人間を医術でよみがえらせたが、運命に反する行為ということでゼウスに雷電を落とされた（アポロドロス『ギリシア神話』第三巻一〇-三）。その後、父のアポロンの請願で天に迎えられた。

(6)ギリシア北部テッサリアのこの山で築かれた薪山の上で自らの意志で焼け死んだ。その後に昇天。

後に火との両方に身体をさいなまれ(1)、半焼けになって昇ってきたときのことだが。またわたしは、他のことはともかく、お前のように奴隷になった(2)ことはない。リュディアで深紅の衣を着て、オンパレに黄金のサンダルで打《ぶ》たれながら羊毛を梳《す》いたりしたことはない。またメランコリーの発作から子どもと妻を殺した(3)こともない。

ヘラクレス　お前がわたしへの侮辱をやめないなら、その不死の性があまり役に立たないことをすぐに思い知らせてやろう。お前をひっつかまえて天から真っさかさまに投げ落としてやる。頭の骨を砕かれて、パイアン(4)すらお前を治せないということになるだろう。

ゼウス　お前たちやめなさい、厳命だ、楽しい宴を乱してはならぬ。さもないと二人とも酒の席から追い払うぞ。とはいえ、ヘラクレスよ、アスクレピオスがお前の上手に横たわるのは理屈に合っている、彼が先に死んだ(5)のだから。

十六（十四）　ヘルメスとアポロン

一　**ヘルメス**　どうしてふさぎこんでいるのか、アポロンよ?

アポロン　恋愛のことでわたしが運が悪いからだ、ヘルメスよ。

ヘルメス　そういうことで悩むのはもっともだな。それでお前の不運とは?　ダプネのことでいまでもくよくよしているのか?

アポロン　そうではない。いや、わたしが悲しんでいるのは、愛していたスパルタ人、オイバロスの子のゆえなのだ。

ヘルメス　言ってくれ、ヒュアキントスが死んだのか？

アポロン　そうなのだ。

ヘルメス　誰の手で、アポロン？　あの美しい少年を殺すほどに彼を愛していなかった者がいたのか？

アポロン　わたし自身のしわざなのだ。

ヘルメス　では気が狂っていたのか、アポロン？

アポロン　いや、わたしの意に反した不幸なことが起きてしまったので。

ヘルメス　どのようにして？　そのいきさつを聴いてみたい。

二　アポロン　円盤投げを覚えた彼といっしょにわたしもそれで遊んでいた。しかし、風たちのうちでい

(1) 妻のデイアネイラが彼に送りつけた肌着に毒がついていた、それを知らずに身に着けたヘラクレスがその作用で自分の肉を火炎に冒された。

(2) 次出のオンパレ（小アジア・リュディアの女王）に一年間奴隷として使えた（イピトスという知り合いを狂気の発作で殺した償い）。

(3) テバイ王クレオンの娘メガラを娶り、子どもをなしたが、ヘラのせいで狂気におちいり、家族を殺した（この償いに「十二の難業」を果たすことになる）。

(4)「救いの神」、アスクレピオスの父アポロン（彼も医薬の神）の称号。

(5) この時間的順序は、昇天してきたヘラクレスの傷を直してやったという前出の成行きを可能にする作者の想定によるだろう。

ちばん呪わしい西風も以前から彼を愛するようになっていたのだが、無視されるのでこの侮辱に耐えられず、こういうことを仕出かした。つまり、わたしがいつものように円盤を投げ上げたとき、西風はタユゲトス[1]のほうから吹き下ろすと、それを風で運んで少年の頭に打ち当てたのだ。その打撃で多くの血が流れ、少年はたちまち死んでしまった。わたしはと言うと、すぐ西風に矢を射かけて仕返ししながら、山まで逃げる彼を追い払ったあと、少年には、アミュクライ[2]で円盤のために倒れた所に墓を盛ってやり、さらに、ヘルメスよ、彼の血から地上に花が咲き出るようにしてやった。どの花よりも気持ちのよい豊かな花弁をつけたもので、おまけにこの死者を悼む文字[3]まで見せている花だ。わたしの悲しみは当然だと思わないか？

ヘルメス　思わないね、アポロンよ。お前の愛した相手は死すべき人間だと知っていたはずだ。だから、彼が死んだことを嘆いてはいけない。

十七（十五）　ヘルメスとアポロン

一　**ヘルメス**　彼［ヘパイストス］が、足も悪く、手仕事をする者でもあるのに、アポロンよ、いちばん美しい女神たち、アプロディテとカリスを娶っているとは[4]！

アポロン　運のよい奴だね。ただ、不思議なのは、彼女たちが彼といっしょに過ごすことに我慢していることさ。とくに、彼が汗を垂らしながら溶鉱炉にかがみこみ、顔には煤《すす》をいっぱい付けている様子を見ることがあるのにね。そういう彼であるにもかかわらず、抱きつくし、キスするし、いっしょに寝る彼女たちなのだ。

ヘルメス　それにはわたしも憤慨する。ヘパイストスが羨ましいね。お前は、アポロンよ、髪を伸ばし、竪琴をかき鳴らし、自分の美しさを誇ることができる。わたしも、整った身体とリュラー(5)を自慢する。だが、寝るときが来るとわれわれは自分だけで眠ることになるのだ。

二　アポロン　わたしは恋愛では他のことでも愛情を充たせられないし、とくにわたしが格別愛した二人についてそうだった。ダプネとヒュアキントスのことだ。彼女はわたしを嫌って逃げ、わたしと交わるよりも木になることを選んだし、彼は円盤に当たって死んでしまい、いまは彼の代わりに［彼を偲ばせる］花の冠を頭に抱くわたしなのだ。

ヘルメス　わたしはかつてアプロディテを(6)――いや、自慢はできないな。

アポロン　知っている。そしてヘルマプロディトスがお前の子として生まれたそうだな。だが、もし知っ

（1）スパルタ西方の有名な連峰。
（2）スパルタ南方の町。
（3）ヒュアキントス（ヒアシンス）の花にはＡＩＡＩの文字が見える、それは哀号を表わすとされた。
（4）ヘパイストスの妻として、ときにアプロディテ（ホメロス『オデュッセイア』第八歌二六七行以下）、ときにカリス（優美女神）の一人（ホメロス『イリアス』第十八歌三八二行）が挙げられる。互いに異説と思われるが、本対話では一方を正妻、一方を妾と見なしているようである。
（5）アポロンの竪琴（キタラー）より小型の竪琴。
（6）妻とし、次出のヘルマプロディトスをもうけたが、この子が「半陰陽」になったので（オウィディウス『変身物語』第四巻二八五行以下）、言葉を濁した。

ているなら教えてくれ、アプロディテはなぜカリスに嫉妬しないのか、また逆にカリスは女神に対してなぜそうしないのか？

三　**ヘルメス**　それは、アポロンよ、カリスのほうはレムノス(1)で彼と交わり、アプロディテのほうは天でいっしょになるからだ。それに、アプロディテはアレスのことにかまけて首ったけになっているので、この鍛冶師の夫のことはろくに気にかけていないのさ。

アポロン　それでそのことをヘパイストスは知っていると思うか？

ヘルメス　彼は知っているよ。でも、相手が立派な若者で軍人であるのを目にすると、何もできないじゃないか。だから静かにしてるのさ。それでも、二人を捕える仕掛けを考案してベッドの上でその罠《わな》に絡め取ってやると脅しはしてるがね。

アポロン　それは初耳だ。でもわたし自身がそのように絡み取られたいものだね(2)。

十八（十六）　ヘラとレト

一　**ヘラ**　レトよ、ゼウスのためにあなたが生んだ子たち(3)も美しいわね。

レト　わたしたち女神がみな、ヘパイストスのような子を生めるわけではありません(4)。

ヘラ　でも彼は、足が悪くても、とても腕の利くよい職人です。そしてわたしたちのために天を整え上げたし(5)、伴侶はアプロディテで、彼女から真剣に愛されています。ところがあなたの子たちはと言うと、娘

［アルテミス］のほうは度を越えて男っぽく、山中をうろつき、[6]あげくの果てが、スキュティアまで遠出して——みなが知っているように——異国人を殺しながら、人食らいのスキュティア人の真似をして食べてしまうとは！[7]　またアポロンは、表向きはすべてのことを知っている、弓矢を使い竪琴を鳴らし、医術を揮い、予言を与えると触れこんで、予言の仕事場をデルポイ[8]やクラロスやコロポンやディデュマに建てている。そして彼の託宣を求める者たちをたぶらかしながら、あいまいな、どっちつかずの言葉で、質問されたことに対しどちらともとれる答えを与えている——へまをしたということにならぬよう予防線を張っているわけです。こういうことで富んではいます。自分のほうからたらしこまれようとする愚か者がいっぱいいますからね。でも、もっと賢い者たちには、しばしばはったりを言う彼だということがばれています。早い話が、予言者の彼自身が、自分の愛する少年を円盤で殺してしまうことを知らなかったし、ダプネが、あれほど美し

（1）エーゲ海のこの島はヘパイストスの崇拝地のひとつ。
（2）美しい女神と密着できるなら罠に絡められてもよい。ホメロス『オデュッセイア』第八歌三三九以下で、そのとおりにいっしょに絡まれ身動きできないアレスとアプロディテを前に見ている神々のうち、アポロンに対してヘルメスがこういう趣旨で答えるのを、逆にアポロンの言葉にしている。第二十一対話と比較。
（3）アポロンとアルテミス。以下の「美しい」は皮肉っぽい調子。「も」はヘラの嫉妬が誰にも向けられることを反映。
（4）足の不自由なヘパイストスに皮肉を込めて言及。
（5）神々の館は彼の建造による。
（6）狩りをして。
（7）スキュティア人がタウリケ（現クリミア）でアルテミスに捧げた人身御供に言及。
（8）以下、アポロンの聖地の数々。デルポイはギリシア中部だが、他の三箇所は小アジアにある。

く髪も見事な神である自分から逃げるだろうとは予見できなかった。だから、ニオベ(1)より立派な子どもを持っているとあなたが思ったわけが分からないわ。

ニ　レト　あの子たちが――異国人を殺す娘と偽予言者が――神々の中にいるのをご覧になって苦々しく思われるのは分かっています。とくに、娘はその美を誉めそやされ、息子は酒宴の場で竪琴を鳴らしてみなから感嘆されるときにはね。

ヘラ　笑ってしまうわ、レト。感嘆される息子とはね――マルシュアス(2)は、もし歌女神たちが正しく判定する気になったら、自分のほうが彼に音楽で勝って生剝《なま》ぎにしたことでしょう。でも実際は哀れにもだまされ、不当な判定をされて死んだのです。またあなたの美しい娘は本当に美しくて、自分がアクタイオン(3)に見られたことを知ると、この若者が自分の醜さを言い触らすのではないかと恐れ、犬どもを彼にけしかけたほどでした。処女の彼女が、出産する女たちの産婆役をしたことはない(4)という点は言わずにおきましょう。

レト　あなたは、ヘラよ、ゼウスの伴侶であり王権をともにしているということで思い上がり、何も恐れずに侮辱をなさる。でも、またすぐに涙を流すあなたが見られることでしょう、彼があなたを捨て置いて、牡牛や白鳥の姿になって地上に降りてゆくときにはね。

十九（十一）　アプロディテと月

一　アプロディテ　あなたが、月よ、いましていると噂されていることはいったいどういうことなの？

カリアのところまで来るとあなたは車を止め、エンデュミオン(6)を見つめている――彼は狩人なので大空の下で眠る慣わしね――、そしてときには［大空の］道の途中で彼のそばまで降りてくる、とかいうけれど。

月　あなたの息子［エロース］に訊いてください。彼がわたしのこういう振舞いを引き起こしたのです。

アプロディテ　よして。彼は無茶な子で、早い話が母親のこのわたしにもひどいことをしてきました。あ

---

(1) テバイ王アンピオンの妻。子どもが男女六人（七人）ずつあることを誇り、アポロンとアルテミスの二人の子しかいないレトより幸せだと自慢した。怒ったアポロンたちがニオベの子たちをすべて射殺した。彼女は故郷のシピュロス（小アジア）に帰り、泣き暮らすうちにそこの岩と化した。

(2) サテュロス（小アジアにあるマルシュアス河と関連するか）。アポロンと音楽の技を競った（彼は縦笛、神は竪琴で）。そのさいアポロンは竪琴を逆さにして演じてから、同様にするよう相手に命じたが、逆さの笛では吹けないので神の勝ちとされた。神は彼を松の木に吊り下げてその皮を剝いだ（アポロドロス『ギリシア神話』第一巻四-二）。

(3) 狩猟中に、ボイオティア・キタイロン山中で水浴しているアルテミスを目撃。それに気づいた女神が彼を鹿に変えた。彼の猟犬が襲いかかって殺した。

(4) アルテミスは *Λοχία*（お産にかかわる女神）などの称号で呼ばれることもあり、楽な出産を助けると言われた（アイスキュロス『嘆願する女たち』六七六以下、九五八行など）。デロスではまさに出産の女神エイレイテュイアの名で称され、婦人が髪の毛を捧げた。なお、乳房をいっぱいつけた像で知られるエペソスのアルテミスは「子を養う女神」としてこれに関連する。ここでは、だが彼女は「処女神」としてそういうことには無縁だろう、という趣意で言う。

(5) 小アジア南部の地域。

(6) カリアのラトモス山の洞窟で永遠に眠っているという美青年（月の嘆願、または彼自身の祈願によりゼウスからこの永世を得た）。本対話では、まだその前の段階。

るときはトロイア人アンキセスを愛させてイダまで降《くだ》らせたし、あるときはリバノスのあのアッシリア少年(1)のところまで行かせました。しかもこちらの子は、ペルセポネにも愛されるように息子がしてしまったので、わたしからこの愛人が半分奪われることになったのです。(2)それで、よく彼を脅して、こういう振舞いをやめないと弓と矢入れをへし折りますよ、背中の翼もむしり取りますよと言ってやったし、実際すでに彼のお尻をサンダルで打《ぶ》ったこともあるのですが、彼のほうは、そのときはおびえて許しを乞うものの、どういうわけかすぐにみな忘れてしまうのです。

二　ところで、言ってちょうだい、エンデュミオンは美しい子なの？　そうだとすると、あなたの禍《わざわ》いはなぐさめようがないわね。

月　わたしには本当に美しく思えます。アプロディテよ——とくに、岩の上に外套を敷いて眠りながら、左手には、もう手から落ちかけている投槍を握り、右手は頭の上の周りで肘《ひじ》を折り曲げながら顔を覆って美しく輝いている、そして彼自身は眠りにとらわれてぐったりしつつ、あの神々しい吐息をついている、というときには。そういうときにわたしは音を立てずに降りてゆき、爪先《つまさき》で歩みながら、彼が起きて慌てふためくことのないようにし——その後のことはお分かりですね、お話しするまでもない。とにかくわたしは愛のゆえに身を滅ぼしているのです。

二十（十二）　アプロディテとエロース

一　アプロディテ　わが子エロースよ、お前がどういうことをしているか、よく考えてみなさい。お前が地上の人間たちに、自分に対して[3]あるいはお互いの間でするように仕向けていることは言いません。天においてもお前はゼウスをそのときどきの都合によいとお前に思われるものに変えて、いろんな姿の神にするし、月を天から引きずり降ろしたり、ときには太陽神をクリュメネ[4]のもとでぐずぐずさせて車を駆るのを忘れさせてしまう。母のわたしに対して無茶をするときも遠慮をしない。いや、この上なく大胆なお前は、もう老婆で多くの神々の母となったレア[5]をも少年への愛に向かわせ、プリュギアの若者[6]を恋うようにさせた。それでいまやお前のせいで狂ってしまった彼女は、ライオンたちをくびきにつなぎ[7]、同様に狂っているということでコリュバンテス[8]もそばに侍《はべ》らせて、イダ山を上に下に走り回っている。彼女はアッティスのことで声を

(1)リバノス（レバノン）のアッシリア（＝シリア）人アドニス。
(2)冥界の女王ペルセポネのもとにいるとき、すなわち冬季は地上から姿を消す（年毎の自然サイクルに従う植物霊の神話）。
(3)ナルキッソスにおけるような自己愛へ仕向けて、あるいは性的自慰をさせて。
(4)太陽神の妻は数人挙げられるが、クリュメネは彼との間にパエトンを生んだ女神（オケアノスの娘）。
(5)ゼウスたち神々の母。小アジアの大女神キュベレと同一視された。
(6)後出のアッティス（原文では異形アッテス（Ἄττης））。キュベレ（レア）が彼に恋したが、彼が森の精と通じたため、嫉妬から狂気に走らせた。彼は自ら去勢し死んだ（オウィディウス『祭暦』第四巻二二三行以下）。
(7)キュベレ（レア）は自然を支配する女神として「野獣の女王」の性格を有し、猛獣たちをも従える。
(8)キュベレ（レア）に狂騒な歌舞とともに付き従う男性神官の一団。

張り上げつつ、またコリュバンテスは剣で腕を傷つけたり、髪を振り乱して山中を狂い回ったり、角笛《つの》を吹いたり、ドラムを打ち鳴らしシンバルを叩いたりしながら進んでゆき、イダの全山が騒然たる狂気に充たされています。それでわたしは、どんなことでも起こりうるのではないか心配なのです。お前というこのように大きな禍いを生んでしまったわたしは、ひょっとしてレアが完全に狂い、あるいはむしろまだ冷静でいるときに、お前をひっつかまえて八つ裂きにしたり、ライオンたちに投げ与えよとコリュバンテスに命じるのではないか心配するのです。お前が無謀なことをやらかしているのを目にするとね。

二　**エロース**　安心してください、お母さん。ライオンたちとももう仲良しの僕なので。その背中に乗って、たてがみを摑んで彼らを御するのはしょっちゅうだし、彼らのほうも僕にじゃれつき、僕の手を口の中に入れてなめ回してはまた返すのです。レア自身にしてからが、全心でアッティスに夢中なのに、僕に注意を向ける暇がいつあるでしょうか？　それに、僕が美しいものとはどういうものか教えてやったことがどうして悪いのですか？　あなたたちのほうで美しいものに欲を持たなければいいんです。だから、こういうことで僕を責めないでください。それともお母さんは、自分がアレスを愛することも、彼から愛されることも欲しないのですか？

アプロディテ　お前は本当に恐ろしい子。みなを支配しているわね。でも、いつかわたしの言葉を想い出すこともあるでしょう。

二十一（十七）　アポロンとヘルメス

――**アポロン**　どうして笑っているのか、ヘルメスよ？

ヘルメス　とてもおかしなことを見たのだ、アポロンよ。

アポロン　話してくれ、わたしも聞いていっしょに笑いたいから。

ヘルメス　アプロディテがアレスと逢引している現場を見つかった。そしてヘパイストスが二人を捉え、縛ってしまったのだ。[1]

アポロン　どのようにして？　楽しそうな話だな。

ヘルメス　きっと以前からこのことを知っていて、二人を摑まえてやろうとしていたのだろう。ベッドのぐるりに見えないひもをめぐらすと、溶鉱炉のほうに立ち去って仕事をしていた。するとアレスが、自分の考えでは誰にも知られずに中へ入ったが、太陽神が上から見ていてヘパイストスにそれを告げた。愛人たちがベッドにのぼり、事に及ぶと、網の中に捉われてひもが彼らに絡みつく。そこへヘパイストスがそばに立った。彼女は、裸だったので、恥ずかしくても自分を覆うことができない、またアレスは初めは逃げようと試み、ひもを引きちぎろうと思ったが、逃れられない状態にあることを悟ると嘆願した。

（1）以下、ホメロス『オデュッセイア』第八歌二六七行以下に基づく。鍛冶神が作った「細い蜘蛛《くも》の巣」（同二八〇行）のような罠にアプロディテらが絡み取られる。蜘蛛の「糸」の代わりに、金属製の透明なひもをベッドの周囲に張り巡らした。

二　アポロン　それで、ヘパイストスは彼を解放したのか？
ヘルメス　まだだ。神々を呼び集め、この密通のていたらくをみなに見せつけている。二人はどちらも裸なのでうつむき、縛られた姿に赤面している。この見物《みもの》は、まるで行為のさいちゅうと同じみたいで本当に楽しく感じられたよ。
アポロン　それで鍛冶師は自分で恥ずかしくないのか、結婚の汚点を見せびらかすとは？
ヘルメス　全然だね。二人のそばに立って笑いを浴びせているくらいだよ。だがわたしは、本当のことを言うと、アレスが羨ましかったね――いちばん美しい女神と密通するばかりか、いっしょに縛られているのだから。
アポロン　そういう状況になるなら縛られることさえ我慢するだろうということか？
ヘルメス　お前ならしないのか？　とにかく、そこへ行って見てみろ。もし自分でそれを見て同じことを願わなかったら、お前をほめるよ。

二十二（十八）　ヘラとゼウス

一　ヘラ　もしわたしに、ゼウスよ、ああいう息子［ディオニュソス］がいたら、恥ずかしく思ったことでしょう――あれほどにめめしく、酔ってだらしなく、髪をリボンで結び上げて、狂った女たちとしばしばいっしょに過ごしている、しかも彼女たちよりもっと軟弱で、ドラムと笛とシンバルに合わせて踊っている。

総じて、父のあなたには似もつかぬ者ですわ。

ゼウス　ところが、その婦人用のリボンを着けた、女たちより軟弱な息子が、ヘラよ、リュディアを制してトモロス[1]の住民を捕捉し、トラキア人たちを屈服させたのみならず、インドまでその女軍団と進撃して象たちを倒し、その国を制圧して、そこの王が少しだけ抵抗を試みたのを囚《とりこ》にしてから連れ去ったのだ。しかもこういうことすべてを、きづたの巻きついたテュルソス杖[2]を揮いつつ踊り舞いながら行なったのだ。お前の言うように、酔って、とりつかれたような状態でな。また誰かが、彼の祭儀を侮辱してけなしたりしようものなら、そういう者もぶどうの小枝で縛ったり、まるで子鹿をそうするように母親に引き裂かせて復讐をした[3]。こういう行ないがいかに男らしく、父たるわたしにふさわしいものであることか、お前にも分かるはずだ。そこに遊びや柔《やわ》な調子が加わっているとしても、眉をひそめずともよい。とくに、酔っていてもそういうことを仕遂げるなら、素面《しらふ》のときにはどれほどの者になるか考えてみればな。

ニ　ヘラ　あなたは彼の発明もおほめになるのでしょうね——ぶどうの木とぶどう酒のことを。酔った者たちが千鳥足になり、乱暴を揮い、全体にこの飲み物のせいで狂ってしまうのをご覧になられるのに。例え

(1) 小アジアのリュディアにある山（サルディス市の近く）。

次のトラキアはギリシア北部の地域。

(2) ディオニュソスの信者たちが携える杖。

(3) ディオニュソス宗教を排斥しようとしたリュクルゴス（トラキア王）とペンテウス（テバイ王）が受けた神罰。ロンゴス『ダプニスとクロエ』第四巻三で、前者が（ぶどうの枝で）縛られ、後者が（母たちに）引き裂かれている絵画への言及がある（ミュティレネにおけるディオニュソス神殿内の絵）。ペンテウスの運命は、エウリピデス『バッコス教の信女たち』一一一一行以下の描写でとくに有名。

ば、彼が最初にぶどうの接《つ》ぎ木を与えたイカリオス(1)は、ほかならぬ飲み仲間たちが鍬《くわ》で打って殺してしまいました。

ゼウス　お前の言うことは当たっていない。ぶどう酒やディオニュソスがそういうことを仕出かしたのではなく、過度の飲酒のせい、然るべき以上にあおった生《き》の酒のゆえなのだ。逆にほどほどに飲めば、陽気で楽しい者にしてくれるだろう。そしてイカリオスがこうむったような被害を飲み仲間の誰かが加えるということにもならないだろう。だがお前は、ヘラよ、相かわらず焼きもちを焼いてセメレ(2)のことを忘れないでいるようだな、ディオニュソスのいちばん良いところをけなすのだから。

二十三（十九）　アプロディテとエロース

一　**アプロディテ**　いったいどうして、エロースよ、他の神々を――ゼウスを、ポセイドンを、アポロンを、レアを、母のわたしを――すべて屈服させたお前が、アテナだけには手を出さないの？　彼女に対してはお前の松明《たいまつ》も火を消していて、矢入れの矢も空《から》で、お前が弓を引いて狙うこともしないというのは？

エロース　彼女がこわいのです、お母さん。恐ろしい方で、猛々《たけだけ》しい目をして、ひどく男っぽい。実際、弓を引き絞って彼女に向けようとすると、かぶとの頂き(3)を揺すって僕の度肝を抜くので浮足立ってしまい、矢玉もこの手から滑り落ちるのです。

アプロディテ　アレスはもっと恐ろしかったのではないの？　それでも彼の武器を役立たずにして彼に

勝ったのでは？

エロース　でも彼は進んで僕を受け入れ、呼び寄せてくれます。ところがアテナはいつも僕を睨みつけるし、この前は僕が松明を持って[4]何気なしに彼女のそばを飛び過ぎようとすると、「近寄ったら、わが父にかけ、この槍でお前を差し貫くか、足を摑んでタルタロス[5]に投げ入れるか、それともこの手でお前を八つ裂きにして……」というようにいっぱい脅しました。目付きは鋭いし、胸には、毒蛇を髪にした何か恐ろしい顔[6]を着けていて、それが僕にはとてもこわいんです。それを見ると僕は震え上がって逃げ出してしまいます。

ニ　アプロディテ　アテナとゴルゴンは、お前の言うには、こわいわけね、ゼウスの雷はそうではないく

---

(1)アッティカ（アテナイ地方）の農夫で、ディオニュソスを歓待しぶどう酒の製造法を授けられた。隣人たちに、できたぶどう酒を分けたが、初めてそれを味わって酩酊した彼らは、毒を飲まされたと思い、彼を殺害した。

(2)ディオニュソスの母。

(3)かぶとの頭頂の装飾的突起部で、（馬毛などの）総が付いている。

(4)愛の炎あるいは結婚式を象徴・連想させる。

(5)垂直的に、天、地上、冥界、そしてタルタロスとなる。地下の奥の奥の、一種の牢獄で、例えばティタンたちが投げ入れられた。

(6)メドゥサ（ゴルゴン）の首（髪は毒蛇）を胸甲に付けて（彼女の盾に付けられていることもある）。

せに。でも歌女神たちはどうしてお前に傷つけられず、矢を免れているの？　彼女たちもかぶとの頂きを揺すり、ゴルゴンを見せつけるの？
エロース　彼女たちのことは尊敬しています、お母さん。厳粛で、いつも思慮にふけり、歌のことに身を捧げています。よく僕は彼女たちの曲にうっとりとしてそばに立ち尽くしているのです。
アプロディテ　厳粛な者たちだからということなら、彼女たちも放っておきなさい。でもアルテミスはどういうわけで傷つけないの？
エロース　そもそも、山中をいつも逃げる彼女を捉えることができません。それから、彼女独得の恋愛をすでにしています。
アプロディテ　誰に対してなの、わが子よ？
エロース　狩りで鹿と子鹿を追いかけ、摑まえたり射殺したりすることを愛し、全心で打ちこんでいます。彼女の兄弟のほうは、弓使いで遠矢を射る神だけれど——
アプロディテ　知ってるわ、わが子よ、彼にはいっぱい矢を射当てたわね。

二十四（二十五）　ゼウスと太陽神

一　**ゼウス**　なんということをしたのか、ティタン族[1]の中でも最悪の者よ！　地上のすべてをお主は滅してしまったぞ、考えの足りない少年［パエトン］にお主の車を任せてな。彼は、あるところでは地上付近に車を駆って焼き尽くしたし、別のところでは炎を遠く引き離して寒気のために多くのものを滅ぼした。総じて、彼がかき乱し滅茶苦茶にしなかったものは何もない。そしてわたしが起きつつあることに気づいて彼に雷を落とさなかったら、人間の残骸さえ跡をとどめていなかっただろう。そのように立派な御者、車の駆り手をお主は送り出したのだ。

太陽神　わたしは過ちを犯した、ゼウスよ。だが怒らないでいただきたい、わたしが、しきりに嘆願する息子の言うとおりにしたとしても。こういう災難が起きることをわたしがどうして予見できたろうか？

ゼウス　このことはどれほど厳密にやらねばならないか、そして少しでも道からはずれたらすべては破滅する、ということをお主は知らなかったのか？　また馬たちの気性について、その馬銜《はみ》をしっかり抑えていないとたいへんなことになると認識していなかったのか？　自由にさせてしまうと彼らはすぐに手綱を無視し、この少年をあらぬ方向へ連れていったように、左手へ、またすぐに右手へ、ときには走路を逆に、また上に下にと、要するに自分が行きたいほうへ走り回るのだ。彼は馬たちをどう扱えばよいか、分かっていなかったわけだ。

(1) ゼウスらオリュンポス神族の前の世代。クロノスやヒュペリオンやイアペトス。ヒュペリオンの子の太陽神や、イアペトスの子プロメテウスのような子たちの世代が含められることもある。ゼウスらの敵対者で排斥されたが、太陽神はその役割が重要なので留め置かれている。

二　太陽神　そういうことはすべて知っていた。それで長いことわたしは反対し、彼に操縦を任せようとはしなかった。ところが彼が涙を流しながらせがむし、母のクリュメネも彼に加担するので、車に乗らせると、彼に忠告して、どのように立っているべきか、どれだけの間手綱を緩めて上方へ昇り、それからふたたび下へ降ってゆくか、いかにして手綱を制御し、馬たちの気性に委ねないようにするか、言い聞かせた。真っすぐ進めないと、どれほどの危険があるか付け加えもした。ところが彼は、子どものことゆえ、それほどの炎の車に乗り、あぎとを開《あ》けている下方の深みをのぞきこむと、当然ながら肝を潰《つぶ》してしまった。また馬たちは、乗っているのがわたしではないことに気づくと、少年を軽蔑して道からはずれ、こういう恐ろしいことを引き起こしたのだ。彼は手綱を放り出し、落ちないかと恐れたのだろう。手すりにしがみついていた。だが彼はもう罰を受け、わたしも、ゼウスよ、充分な悲しみを味わったのだ。

ゼウス　このようなことを厚かましくもしておいて、充分だと言うのか？　いまはお主を許すとしよう。だが今後、同様の過ちを犯したり、お主の代理を送り出したりしたら、お主の炎よりも雷のほうがどれほど激しい炎か、思い知ることになるだろう。だから、彼のほうは姉妹たちに、彼が車から落ちて墜落したエリダノス[1]のほとりで埋葬させよ、そしてその哀悼のために琥珀の涙を流す黒ポプラになるようにさせよ。またお主は、車のながえが折れ、車輪の一方が壊れたので、それを修理してから馬をつないで駆るがよい。だが、こういうことすべてを肝に銘じておけ。

二十五（二十六）　アポロンとヘルメス

アポロン　この二人(2)のうち、どちらがカストルで、どちらがポリュデウケスか、言うことができるか、ヘルメスよ？　わたしには見分けられそうにないから。

ヘルメス　昨日われわれといっしょになった(3)あの者がカストルで、こちらがポリュデウケスだ。

アポロン　どうやって区別できるのだ、両方似ているが？

ヘルメス　こちら［ポリュデウケス］は、アポロンよ、顔に傷跡がある。拳闘の対戦相手から受けたものだが、とくに、イアソンとともに船旅をしたとき、アミュコスの息子ベブリュクス(4)から傷つけられたのが目立

（1）神話的な河、後にはイタリアのポー河とされる。ここ近辺に彼は墜落した、姉妹たちが嘆き悲しんで河畔の黒ポプラ（*αἴγειρος*, 白ポプラ *λεύκη* と区別される）となり、その涙は琥珀になると語られた（第六篇『琥珀』参照）。

（2）ディオスクロイと総称される双子神。

（3）二人は日々交替で天に昇ってくる（後出）。

（4）テオクリトス『エイデュリア』第二十二歌、アポロニオス・ロディオス『アルゴナウティカ』第二歌一行以下参照（イアソン率いるアルゴ船冒険談の中の一話）。なおそちらでは（また通例は）アミュコスとの闘いになっている。

つ。もう一方〔カストル〕はそういう跡は何も見せていない。きれいで無傷の顔だ。

アポロン　見分ける徴《しるし》を教えてくれてありがたい。他の点ではまったく同じだから——卵の半分の殻(1)と星がそれぞれの頭の上にあり、槍を手に持ち、馬もどちらとも白馬だ。それでわたしは、一方を、ポリュデウケスなのにカストルと話しかけ、片一方をポリュデウケスの名で呼んだことがよくある。だがこのことも言ってくれ、どうしてわれわれといっしょに〔天で〕暮らすのは二人そろってではなく、交替で一方があるときは死者になり、あるときは神になるという仕方をするのか？

ヘルメス　兄弟愛からそうしているのだ。つまり、このレダの息子たちの一方が死なねばならない、もう一方が不死になるということになったとき、二人はそういう形で不死を分け合ったのだ。(2)

アポロン　二人は分け合い方を知らなかったな、ヘルメスよ。これだと、彼らがいちばん欲していたはずの、お互いを見るということができなくなる。一方は神々の間に、他方は死者の間にいるのだから。だが、わたしが託宣をし、アスクレピオスが治療を行ない、お前は訓錬者としてレスリングの仕方を教え、アルテミスは産婆役をする、また他の神々のそれぞれが神々や人間に役に立つ技術を持っているというのと同様のどういうことを彼らはしてくれるのか？　それとも、こういう年齢で何もせずにご馳走を楽しむのか？

ヘルメス　いや。彼らには、ポセイドンに仕え、海原を騎乗して、船乗りが嵐に会っているのを見かけたら船の上に止まって彼らを救助するという務めが課せられている。(3)

アポロン　それは、人の助けになる立派な技だな、ヘルメスよ。

（1）以下、神々のイメージに付随する表徴（attributes）の数々。この双子神のかぶっていた卵の殻については、女神ネメシス（「応報」）がゼウスと交わり卵を産んだ（両者ともこのとき鳥、前者はガチョウ、後者は白鳥）、それがスパルタ王妃レダのところにもたらされ、彼女はそれを箱に入れておいた、とき至って卵からヘレネが誕生したという話（アポロドロス『ギリシア神話』第三巻一〇-七）の付説として、その卵からディオスクロイも生まれた、その殻の半々をキャップとしてかぶったという話（リュコプロン『アレクサンドラ』五〇六行以下とその中世パラフレーズ・註釈）参照。星については、例えばアイゴス・ポタモイの海戦（前四〇五年）のさい、スパルタ将軍リュサンドロスがランプサコス港から艦隊を出すとき「ディオスクロイが彼の乗艦の舵の両側に、星となって降り立って光った」（プルタルコス『リュサンドロス伝』一二、城江良和訳）などの伝承があり、また彼らの像の頭上にはよく星が載せられていた（cf. Cook, A. B., *Zeus: A Study in Ancient Religion*, Vol. I, New York 1964［1914］, p. 760 sqq.: The Dioskouroi as Stars）。援助者、救助者の徴である。また槍や白馬は騎馬戦士としての彼らに関係。ローマでも篤く崇拝された。レギルス湖の戦い（前四九六年）で白馬にまたがった白装束の二人の若者（すなわちこの双子神）がローマ軍の先頭に立って戦い、勝利へ導いた（キケロ『神々の本性について』第二巻六など参照）といった伝承がある。

（2）カストルが死に瀕したとき、ゼウスに請うてこういう交互昇天を叶えられた（細部異説あり）。

（3）星としての彼らがいわゆる「聖エルモの火」——キリスト教的表現、古代そのものにおいては「船の上に星のように現われ『ディオスクロイ』とも称されるもの」と言うようにまさしくこの双子神の名で呼ばれることがあった（擬プルタルコス『哲学者たちの自然学説誌』第二巻一八（八八九D））——として（ときにヘレネとともに）嵐に見舞われた船に現われ、救助する、船乗りたちを元気づけると言われた（セネカ『自然研究』第一巻一-一三参照）。今日では、摩擦による発電現象のことと解される。

遊女たちの対話（第八十篇）

内田次信 訳

一　グリュケラとタイス

グリュケラ　ねえタイス、アカルナニアの兵士で、前はアブロトノンを愛人にしてたけど、その後わたしを愛するようになった男のことを知ってる？　きれいに縁取りをした軍人マント(1)を羽織ってる人よ。それともう忘れた？

タイス　知ってるわよ、グリュケラちゃん、去年、収穫祭(2)でわたしたちと飲んだわね。彼のことで何か話したいことがあるみたいね。

グリュケラ　あの質《たち》の悪い女ゴルゴナが、友達と見せかけておいて、少しずつわたしから彼を遠ざけていって引き離したのよ。

タイス　で、いまは彼はあなたには近づかずにゴルゴナを情婦にしているわけ？

グリュケラ　そうなの、タイス。これはわたしにはだいぶこたえることよ。

タイス　質は悪いけど、思いもつかないということではないわね、グリュケラちゃん。むしろ、わたしたち遊女(3)がいつもやる手よね。だから悔《くや》しがったり、ゴルゴナを非難したりすべきではないわ。前のときにも、

西洋古典叢書

月報 153

2021＊第4回配本

サモスのヘラ神殿（柱高は約 18 メートル）
【サモスの西郊に位置し、後方に見える山がアクロポリスである】

2021年12月
京都大学学術出版会

ルキアノスのエクプラシス

羽田康一

ルキアノスはその浩瀚な書き物の中で頻繁に美術作品に触れている。絵画と彫刻への言及のリストを作ったところ、絵画について何か言えそうに思ったのでまとめてみる。

分類すると、第一に、美術論。と言っても総じて代表的な造形作家たちの名の羅列が多いが、後述のようにその選択と順番には彼の志向が現われている。『肖像』三＝アペレス、ゼウクシス、パラシオス、ペイディアス、アルカメネス。『お雇い教師』四二＝アペレス、パラシオス、アエティオン、エウプラノル。

第二に、画家の特徴や、作品にまつわる逸話。『肖像』七＝理想的な女の肖像。ポリュグノトスの描いたカサンドラの記述（デルポイのクニドス人のレスケ）など多数。『デモステネス讃美』七＝パウソン「砂埃の中を転げ回る馬」は、まず普通に立った馬を描いた後、絵を逆さにしてできた。『カロン』七およびスコリア＝前三世紀初めの画家ガラトンの絵ではホメロスが吐き、詩人たちがその吐瀉物から霊感を得る、など。

第三に、詳細な、または大雑把なエクプラシス。

まず『広間について』二二―三一。《〔要約〕この広間は次の絵画で装飾されている。絵画を見れば誰でも記述したくなるものだ。①ペルセウスとアンドロメダ、②オレステス＋ピュラデスによるアイギストス＋クリュタイムネストラ殺害、③アポロンと弟子ブランコス、④メドゥサの首を切るペルセウス、〔④⑤の間にアプロディテの大理石彫刻が置かれている」、⑤アテナを追いかけるヘパイストス、ガイアの子エリクトニオス誕生、⑥オリオンは、ヘパイストスの弟子ケダリオンの肩に乗ってレムノス島から昇る太陽の方に向かう、⑦出征を避けるため狂気を装うオデュッセウス、テレマコスを脅すパラメデス、⑧子供たちの首を切るメデイア》。

残念ながらそれぞれの絵に作者名も詳細な記述もないので年代や描法は分からない。また八点の組合せ原理を画題だけから推測するのは浅慮に過ぎよう。

ギリシア絵画の絶頂期は、遠近法を導入した前五世紀第二四半期のポリュグノトス、ミコンに始まり、陰影法を導入したアポロドロス、ゼウクシス、描線を特徴としたパラシオスを経て、前四世紀中頃から前三世紀初めのエウプラノル、ニキアス、ピロクセノス、アエティオン、アペレス、プロトゲネスの百花繚乱を以て終わるまでの二〇〇年ほど。そのうちルキアノスのエクプラシスのお蔭で今に甦ることができているのは、前四世紀に描かれた三作品である。

年代順に、まずゼウクシス「ケンタウロスの家族」（『ゼウクシスまたはアンティオコス』三―八）。後出ボッティチェッリ「カルムニア」の右下隅、玉座の基台に嵌め込まれた浮彫パネルに、再現画がさりげなく描き込まれている（図1）。

《［要約］ゼウクシスは女ケンタウロスと双子の新生児ケンタウロスを描いた。オリジナルはスラが掠奪し、その積載船がマレア岬沖で沈没したため失われたが、アテナイに正確なコピーがあって、私はつい最近それを見た。密生した芝の上に女ケンタウロスが身を横たえている。後ろ脚二本は伸ばし、前脚の一本は折り、一本は立とうとするように踏ん張っている。子の一人は母の人間部分の胸に抱かれて乳を吸い、もう一人は馬部分の乳房を吸っている。その上方に夫であるケンタウロスが立って、妻の方にかがんで微笑している。その馬体は上半分しか描かれていない［おそらく手前に描かれた妻および岩の向こうにいる

図　1

という遠近表現」。右手に持ったライオンの仔を頭の高さに掲げて子どもたちを脅して楽しんでいるようだ。……ゼウクシスがこの絵を初めて公開したとき人々はその主題の目新しさを讃えた［従来もっぱらケンタウロスたちとラピテス人たちとの戦い場面が描かれてきた］》。

次はアエティオン「ロクサネとアレクサンドロスの結婚」（『ヘロドトスまたはアエティオン』四―六）。前三二七年＝結婚の年―三二四年＝ヘパイスティオンの歿年に描かれた。前五世紀のペイディアスでは青年、前四世紀のプラクシテレス、リュシッポスでは少年の姿で表わされていたエロースがとうとう幼児になった、劃期的な作品である。これについてはルキアノスに基づくラッファエッロの再現素描に基づくイル・ソドマのフレスコ画（一五一九年、ローマ、ヴィッラ・ファルネジーナ）などが知られている（図2）。

《［要約］画家アエティオンは「ロクサネとアレクサンドロスの結婚」を描き、オリュンピアで公開した。今は［掠奪により］イタリアにあり、私はここに記述できるほどそれを見た。豪華な部屋に婚礼の床があり、そこにロクサネが座っている。美しい乙女は慎ましく視線を落とし、その前にアレクサンドロスが立っている。周りにはエロースたちがいて微笑している。一人は花嫁の後ろに立ち、その頭からヴェールを取って花嫁を花婿に見せる。別の一人は床入りを促すかのように花嫁の足からサンダルを取る。もう一人はアレクサンドロスの外衣を摑んで彼をロクサネの方に引っ張る。王は乙女に花冠を見せている。王の友人ヘパイスティオンは花嫁を家から馬車で連れてきて、松明を握り、婚礼の神ヒュメナイオスに寄りかかる。エロースたちはアレクサンドロスの槍、楯、鎧を弄んでいる》。

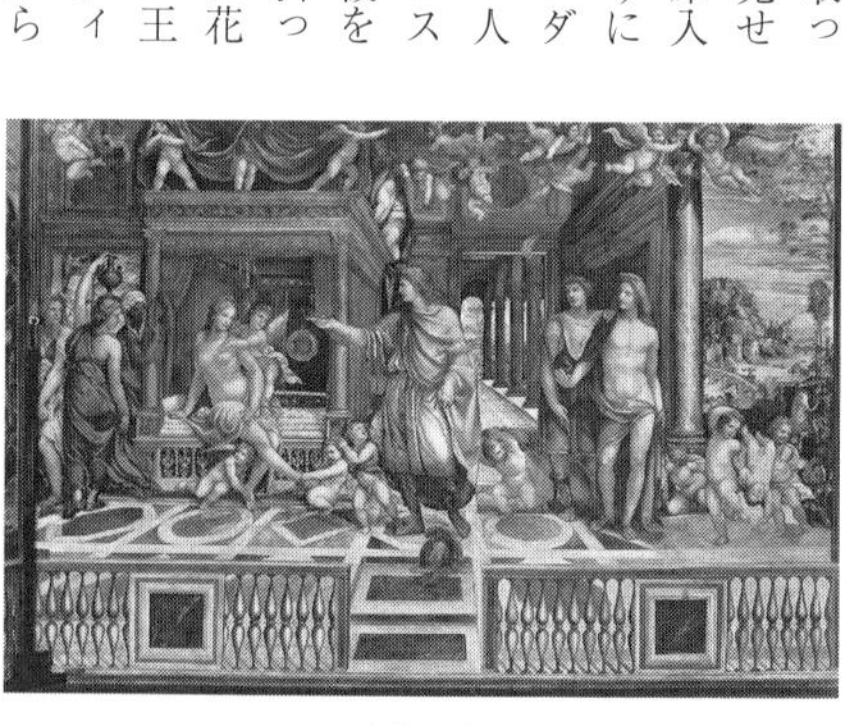
図 2

もう一つはアペレスのアレゴリア画「讒言／誹謗／中傷」（前三〇〇年頃）。アペレスは讒言の被害者となった自身の経験を作品化したと伝わる。ルキアノスのエクプラシス（『誹謗について』二―五）に基づいてボッティチェッリ「カルムニア Calumnia」（一四九一／九五年、ウッフィツィ）が再現している（図3）。右から左に、ミダス王のように耳の長い男［讒言を真に受ける愚かな権力者］、その左右に「無知 Ἄγνοια」と「疑惑 Ὑπόληψις」。その前に立つ男「嫉妬 Φθόνος」の後ろの女が「讒言 Διαβολή」。左手に松明を持ち、右手で若い男［讒言の被害者］の髪を摑んで引き摺っている。その左右の二人の女は「陰謀 Ἐπιβουλή」と「欺瞞 Ἀπάτη」。黒い喪服の女は「悔恨 Μετάνοια」、その後ろの女は「真実 Ἀλήθεια」。

ほぼ同時代のパウサニアスが委細を盡くして描写したのは前五世紀のポリュグノトスの作品だった。『ギリシア案内記』一・一五―一七＝アテナイ、ストア・ポイキレの「イリウー・ペルシス」、一〇・二五―三一＝デルポイ、クニドス人のレスケの「イリウー・

図　3

ペルシス」「ネキュイア」など。

これに対し同じく同時代、後二世紀後半のアキレウス・タティオスの志向は独特で、『レウキッペとクレイトポン』に描かれた四点の絵画＝「エウロペ」（一・一）「アンドロメダ」「プロメテウス」（三・六―八）「ピロメラ」（五・三）＝のうち前三点はヘレニズム末期からローマ時代の様式、すなわち広く開けた風景の中で神話の場面が繰り広げられる「神話的風景画 mythological landscape」である。「ピロメラ」の絵は「テレウスによる陵辱場面を描いた織物をピロメラがプロクネに見せる場面」と「テレウスに自身の子イテュスを食べさせた後で、残った頭と手を見せる場面」からなり、どちらも屋内であるが、これに前二世紀後半に出現した「連続話法 continuous narrative（＝一つのセッティングの中に同一人物を含む場面を複数描き込む）」が適用されているかは判断が難しい。

「神話的風景画」「連続話法」は当然のことながらルキアノスによる上記三点の記述には認められない。因みに約八〇点の絵画を収めた後三世紀前半のピロストラトス『エイコネス』では同時代までの多様な描法が混在している。

＊図版のクレジット：パブリックドメイン（古代ギリシア美術／文学・https://www.greek-bronze.com）

連載

西洋古典雑録集 (27)

怒りについて

ギリシア神話にメデイアという女性がいる。コルキスの出身で、魔女キルケの姪にもあたり魔術に通じていた。金羊毛皮を求めてやって来た美男のイアソンとの恋に落ち、みずからの夫とする。夫婦はお互いの故郷を離れコリントスで暮らしていたが、同国の王クレオンが娘グラウケ（あるいはクレウサ）の婿にとイアソンを望んだため、イアソンは妻と子どもたちを捨て、この縁組みを承諾する。怒りと悲しみにくれるメデイアはイアソンとクレオン父娘への復讐を決意し、王と王女を魔法によって焼き殺し、それでも怒りは収まらず、みずからの息子二人をも手にかけてしまう。

　この話はエウリピデスの『メデイア』に詳しいが、周知のようにエウリピデスではメデイアの殺害に至る心理描写に焦点が当てられている。同作品で哲学者が好んで引用するくだりがある。「どんなひどいことを仕出かそうとしているか、それは自分にもわかっている。しかし、いくらわかっていても、たぎり立つ怒りのほうがそれよりも強いのだ。これが人間の、一番大きい禍いの因《もと》なのだが」（一〇七八―八〇行、中村善也訳）。この箇所は解釈が悩ましいところで、原文（*θυμὸς δὲ κρείσσων τῶν ἐμῶν βουλευμάτων*, 1079）を「テューモス（怒り）はブーレウマタ（熟慮）に勝る」と解する読み方には批判もあり、ブーレウマタはむしろ「（殺害）計画」ではないかと言われる。すなわち、「怒りはこの計画を支配する」と読むわけだが、この解釈はディラー（H. Diller）を嚆矢とし（*Hermes* 94）賛同者が少なくない（D. J. Mastronarde など）。西洋古典叢書の丹下和彦訳の解説でも、「このわたしの計画の主宰者は情念なのだ」（第一巻 p. 431）と説明されている。

　エウリピデス解釈は別として、少なくとも古代ではこの箇所は知性と怒り（情念）の二項対立として読まれていた。とりわけ、これに注目したのがストア派である。同派の第三代学頭のクリュシッポスの著作はすべて散逸してしまったが、マルクス・アウレリウス帝の侍医を務めたガレノスがその議論を紹介している。『ヒッポクラテスとプラトンの学説』（西洋古典叢書の第一分冊）でクリュシッポスの学説を紹介する中で、ブーレウマタは何度か「知性（ロギスモス）」と言い換えられている（同書第三巻第三章）。その言葉をここに引用してみよう。「一方――オデュッセウスの場合は知性（ロギスモス）、メデイアの場合は激昂（テューモス）――が勝つという場合がある。これはそれらが魂の二つの部分であると考えるか、あるいは部分とまで言わずとも、二つの機能であると考えた場合のことである。しかし、クリュシッポスは、それらが魂の部分であるとも見なさず、知性と別の非知性的な機能があるとも見なさずに、それにもかかわらず、明らかに自分の学説に反しているオデュッセウスとメデイアの詩句にはためらうことなく言及しているのである」（内山勝利、木原志乃訳）。

　引用がいささか長くなったが、メデイアと対比されるオデュッセウスの場合とは、彼の館で求婚者たちと情を通じていた女召使たちの所業に憤る心を宥《なだ》めるくだりを言っている（ホメロス『オデュッセイア』第二〇歌一七―一八）。それはプラトンが魂（心）の中の異なる働き（部分）を説明するのに、好んで引用する箇所でもある（『国家』三九〇Dなど）。ガレノスの狙いは、魂（心）に知性、欲望、気概（怒り）というプラトン的な区分を否定するクリュシッポスを批判して、むしろプラトンに近い中期ストア派のポセイドニオスなどの立場に与《くみ》することにある。

　魂（心）の機能、あるいは部分をめぐるこのような議論は今は措くとして、ストア派においてメデイアの子殺しは、「怒り」が対処しがたい感情であることを示す好例として用いられてきた。すでにホメロスにおいて、「怒りは思慮ある者でも煽《あお》って逆上させ、したたり落ちる蜂蜜よりもはるかに甘く、人びとの胸の内に煙のごとく充満する」（『イリアス』第一八歌一〇八）と歌われており、これは怒りの本質について述べた最も古い例であると言えるだろう。

　しかし、怒りは時として必要な場合もあるとも考えられる。例えば戦争である。敵に対して怒りを感じることは味方の士気を挙げる手っ取り早い方法となる。アリストテレスは人間にとって怒りは時として必要となると言っている。今は失われた彼の対話篇『政治家』には、「怒りは必要なものである。怒りがなければ、怒りが心に満ちあふれ気概に火をつけるのでなければ、なにごとも打ち破ることができない。ただし、怒りを指揮官としてではなく、兵士として扱わねばならない」（アリストテレス、引用はセネカ『怒りについて』第一巻九・二）とある。もっとも、セネカがアリストテレスの言葉を引用したのは賛同するからではない。むしろ、これに批判の矛先を向けるためである。セネカの倫理論集のひとつ『怒りについて』を読むと、怒りがなにかの役に立つことはないと語られているが、この話の続きはまた次回に。

（文／國方栄二）

西洋古典叢書

［2021］全５冊

★印既刊　☆印次回配本

●ギリシア古典篇

デモステネス　弁論集　7☆　栗原麻子・吉武純夫・木曽明子 訳

プルタルコス　英雄伝　6★　城江良和 訳

ルキアノス　遊女たちの対話 ── 全集　8★　内田次信・西井　奨 訳

●ラテン古典篇

オウィディウス　恋の技術／恋の病の治療／女の化粧法★　木村健治 訳

サルスティウス　カティリナ戦記／ユグルタ戦記★　小川正廣 訳

●月報表紙写真 ── 小アジアのエーゲ海沿岸に近接したサモス島は早くからイオニア系ギリシア人の重要拠点として栄え、前六世紀に独裁僭主ポリュクラテスの下で最盛期を迎えた（ピュタゴラスがこの島に生まれたのもその時代）。サモスについて詳しい記述を残しているヘロドトスの挙げる「三大事業」の第一、トンネル水道はすでに紹介した（月報81）。第二は長大な防波堤、そして第三が壮麗なヘラ神殿である（サモスはこの女神の生誕の地でもあった）。外陣五二・五×一〇五メートル、イオニア式二重周柱様式の巨大建築だった。前六世紀前半にロイコスとテオドロスによって建造されたものは前五三〇年頃に火災崩落し、現存するのはその後の再建の遺構である。ただし、その造営は前三世紀までつづけられたが、完成には至らずに終わった。（一九九五年六月撮影　高野義郎氏提供）

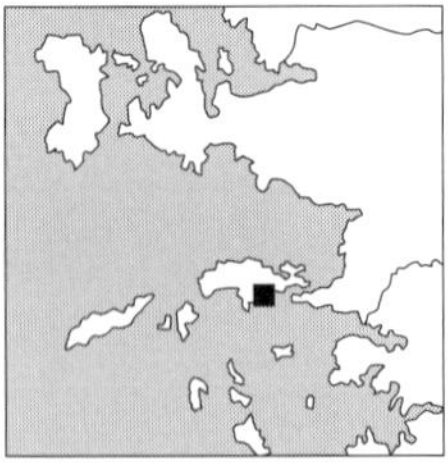

アブロトノンは彼のことであなたを非難はしなかったわよね。友達同士なのにそういう目に遭ったわけだけれど。

ニ　でも、わたしが驚くのは、その兵隊さんが彼女のどこをよいと思ったのかということなの。全然目が見えないというなら別だけど——髪の毛は薄く、生え際は額のずっと上まで後退して、唇は色あせ、首は細く、血管が浮き出て、鼻は長い、といったことが見えないというならね。ただ、背は高くて姿勢が真っすぐだし、魅《ひ》きつけるような笑みをするけど。

グリュケラ　そのアカルナニアの男が、彼女の美しさを愛したと思ってるの、タイス？　彼女の母のク

（1）ギリシア西部の地域（エペイロスとアイトリアの中間）。

（2）*Γλυκέριον* という縮小辞形。グリュケラ（*Γλυκέρα*）への親愛さを示す。

（3）多くの場合、遊女（ヘタイラー *ἑταίρα*,「女友達」）は自由人でいちおう自立した家庭を持っており、奴隷的に主人に仕えながら身を売る娼婦（ポルネー *πόρνη*,「買いうる女」）とは基本的には異なる（元奴隷だったがわが身をあがない自由人の身になった遊女もいたが、ルキアノスの作品ではそういう例は少なくとも明示的には見出されない）。ただし、見方により、「娼婦」とも称されうるし、男女の交際から生活の糧を得ていた点は間違いない。芸に長け、教養に富む遊女は少なくなかった。わが国の花魁《おいらん》のように世人に讃嘆されてもてはやされ、巨万の財をなした者たちも知られる（大政治家ペリクレスに愛されソクラテスと議論もしたというアスパシア、プラクシテレスのクニドス・アプロディテ像のモデルになり、デルポイへわが身の黄金像を寄進したというプリュネなど）。ただしルキアノスの本篇で登場する遊女は、もっぱら現実的に性的交際を通じて世過ぎをする意識とともに暮らしている女たちが中心。解説も参照。

リュサリオンが魔法使いで、テッサリア[1]風の呪文を知っていて月を引き降ろすということを知らないの？　夜には空を飛ぶとも言うわよ。この女が盃に薬を注ぎ入れて彼に飲ませ、狂わせて[2]、その果実をいま彼女たちが手にしているというわけなの。

タイス　あなたも、グリュケラちゃん、他の果実が手に入るわよ。この男は放っておきなさい。

二　ミュルティオンとパンピロスとドリス

ミュルティオン　あなたは、パンピロス、船主のピロンの娘と結婚するの？　もう結婚したとも言われるけど？　あなたがしたあれほどの誓いとあなたの涙はあっという間に消えうせ、いまはミュルティオンのことは忘れてしまったの？　それも、もうわたしが八ヵ月のお腹《なか》になっているというときに！　あなたに愛を捧げてわたしが得たのは、こういうことだけなのね――あなたにこういう大きなお腹にしてもらい、やがて遊女にはたいへんな子育てをしなければならなくなる、ということを。生まれた子を捨てるつもりはないわ、とくにそれが男の子だったらね。いえ、パンピロスと名づけて、この愛の慰めに育てます。いつか彼は、自分の可哀想な母に対してあなたが不実をしたと詰《なじ》ることでしょう。だけど、あなたが娶ろうとしているのは美しい娘ではないわね。最近、母親といっしょにいる彼女をテスモポリア祭[3]で見かけたの。そのときはまだ、彼女のせいでもうパンピロスには会えなくなるということを知らなかったのだけれど。とにかくあなたもまず彼女をしっかり見て、その顔と両目がどんなか確かめることね――目の色がすごい灰色[4]で、それも眇《すがめ》で内側に向き合っていても、ぞっとしないようになさい。それより、あなたは花嫁の父、ピロンをすでに見ていてその顔を知っているのだから、娘を見る必要ももうないでしょう。

二　**パンピロス**　この上お前が、ミュルティオンよ、船主一家の娘との結婚についてたわ言を話すのを聞いておられようか？　わたしが、獅子鼻であれ、美人であれ、自分のどんな花嫁を知っているというのか？　アロペケ区(5)のピロンのことを言ってるようだが、そもそも彼が結婚適齢期の娘を持っているということがわたしに知られていただろうか？　この男はわたしの父と仲もよくない。先日は契約のことで裁判になったことを憶えている。たしかわたしの父に一タラントンの借りがあったのに支払おうとしないので、父が海事法廷(6)に引きずり出した。やっと支払ったが全額ではなかったと父が言っていた。かりにわたしが結婚するこ

---

(1) ギリシア北部のこの地域はここで述べられるような働きをする魔女たちを擁すると言われた。文学で伝統的なトポスとして利用されるが、「人間が妖術や供犠によって月を空からおろしたり日を暗黒にしたり、暴風雨や晴天を作るならば、云々」（小川政恭訳）と合理的医学者ヒッポクラテスに批判的に言及されるように（『神聖病について』四）、そういう迷信が根深かった。

(2) 媚薬を相手に飲ませて、こちらへの愛欲に捉われるようにする（恋を忘れさせる種類の薬もあったらしい）。

(3) デメテルのための三日間の祭礼で、女たちだけが参加。

(4) ここの形容詞 γλαυκός は「煌く」の意にもなりうるが、ここでは瞳の色合い。オリーブの実のような、青緑を帯びた灰色っぽい、「藍に白の混じった」ような色。女神アテナが γλαυκῶπις（「γλαυκός な瞳の」）と称され、見るものを震撼させるが、ここもぞっとさせる色合いとして言及。

(5) アッティカ地方の区。アテナイ市の南方。

(6) アテナイの貿易商人たちの訴訟などを扱う。

とを決めていたとしても、去年将軍職を務めたデメアスの娘を――しかも母方の従妹《いとこ》である人を――差し置いて、ピロンの娘を娶っていただろうか？　お前はそれをどこから聞いたのか？　幻と闘って空《むな》しい嫉妬の種を自分に見つけてきたのか、ミュルティオンよ？

三　**ミュルティオン**　では結婚するわけではないの、パンピロス？

パンピロス　狂ったのか、ミュルティオン？　それとも二日酔いか？　昨日われわれはとくに酔っぱらったわけでもないが。

ミュルティオン　ここにいるドリスがわたしを苦しめたの。このお腹の子のために羊毛を買い、わたしの代わりに出産の女神[1]にお祈りしてくれるよう送り出したのだけれど、彼女の言うところではレスビアに出会って――むしろあなたのほうから聞いたことを話して、ドリス、これが作り事でないなら。

ドリス　わたしが嘘をついていたら、この身が粉微塵になってもよいです、奥様。市議堂のところに来たとき、レスビアと出会ったのですが、彼女が微笑んで、「あなた方の愛人パンピロスはピロンの娘と結婚するつもりね」と言うのです。そしてわたしが疑うなら、あなたたちの家の路地をのぞいて、その辺りが全部花輪で飾られ、笛吹き女たちがいて、大騒ぎをしていて、祝婚歌を歌う者たちもいるという様子を見てきなさいと言ったのです。

パンピロス　それで、のぞいてみたのか、ドリス？

ドリス　はい、そして彼女が言ったとおりのことを目にしました。

四　**パンピロス**　お前たちが感違いしていることが分かったぞ。レスビアがお前に、ドリスよ、すべてを偽ったわけではないし、ミュルティオンへのお前の報告も正しかったのだ。ただ、お前たちが気をもんでいることには根拠がない。つまり、わたしたちのところで結婚式があるわけではないのだ。しかし、昨日ここから戻ったときに母から聞いたことをいま想い出したのだが、彼女はこう言っていた――「パンピロスよ、お前と同年輩のカルミデス、隣のアリスタイネトスの息子は、いまは結婚して分別がついてきているけど、お前はいつまで遊女といっしょにいるつもりなの?」。こういうことを聞かされてから寝てしまったわたしは、明け方に家から出ていった。だから、後でドリスが見たことは何一つわたしは見ていないのだ。もし疑うなら、ドリスよ、またあちらに行ってしっかりと見てこい――路地ではなく、どちらの戸が花輪で飾られているか、という点を。それは隣人の戸だと分かるだろう。

ミュルティオン　わたしを救ってくれたわ、パンピロス。そのことが本当だったら首をくくってたわよ。

パンピロス　そんなことにはならないよ、また、ミュルティオンのことを、それもわたしの子を妊《はら》んでいるのに、忘れるほど狂いたくはない。

三　ピリンナと母

一　**母**　お前は狂ったの、ピリンナ?　昨日の酒盛りではいったいどうしたわけ?　明け方わたしのとこ

(1) *Λοχεία*「お産にかかわる女神」アルテミス。*Λοχία* とも称する。

ろへディピロスが泣きながらやって来て、お前から受けた仕打ちを話してくれたわ。お前は酔っぱらったあげく、みなの前に立つと、彼が止めるのもかまわず踊ってみせ、それから彼の仲間のランプリアスにキスをした、彼が不機嫌になると彼のそばを離れてランプリアスのところに行き、彼を抱いた、ディピロスのほうはこういう成行きに怒って口もきけなかった、と言ってたわ。夜もどうやらいっしょに寝なかったみたいね。泣いている彼をほったらかして近くの添えベットに一人で横たわり、歌を歌いながら彼を苦しめていたのでしょう?

ニ　ピリンナ　自分がしたことはあなたに、お母さん、話さなかったのね。そうしてたら、お母さんが彼の肩を持つこともなかったでしょう。ひどいことをする人で、ランプリアスがまだ来ていないときにわたしから離れて、彼の遊女のタイスとしゃべり合ってるの。わたしの不機嫌な顔を見ると、そしてわたしが、その振舞いはなにと目で言うと、彼はタイスの耳の先を摑んでその首をあおのかせ、口をひしと押し当ててキスし続け、脣を引き離すのもしぶしぶという始末。それからわたしが泣いていると、彼は笑ってタイスの耳元にあれこれつぶやいている。わたしに当てつけているのに相違なくて、わたしを見ながらにやりとしているタイス。でも、ランプリアスがやって来るのに気づくと、二人は互いにキスするのはもう気が済んだの。わたしはそれでも彼のそばに横になったわ、後で彼がそういうこともわたしの悪口を言う口実にしないようにね。タイスのほうは、自分がまず立ち上がって踊り出したのだけれど、くるぶしをすっかり露《あら》わにして、それが美しいのは自分だけと言わんばかりだった。踊りが止むと、ランプリアスが黙っていて何も口にしなかったのに対し、ディピロスはリズムのよさや衣裳の映えを誉めそやし、足の動きが竪琴に合っている、なんと美しいくるぶしだ、とかいっぱい持てはやして、カラミスのソサンドラ像を相手にしているみたいだったわ――お母さんも、わたしたちといっしょに風呂屋にいるのを見て本当はどんな女か知っているあのタイスではなくってね。だけどタイスは、すぐにわたしに対してこんな愚弄もしてみせたのよ――「誰か、お脚《あし》が細すぎるのを恥ずかしく思ってなかったら、自分も立ち上がって踊ったら！」。何も言い返せないでしょう、お母さん？　わたしは立ち上がり、踊りました。どうすべきだったの？　我慢して、その愚弄が本当だということにし、タイスを酒宴の女王でいさせておくべきだったの？

二　母　あまり張り合いすぎだね、娘よ。気にすることはなかったのよ。でも、その後のことを話して。

ピリンナ　他の人たちはわたしを持てはやしてくれたけど、ディピロスだけはあお向けに身を投げて天井を見つめてたわ、わたしが疲れてやめるまでね。

母　でも、お前がランプリアスにキスしたというのは本当？　彼のほうに行って抱きついたというのは？　どうして黙ってるの？　これはもう許せない振舞いね。

ピリンナ　仕返しに苦しめてやろうと思ったの。

母　それから、いっしょに寝もせず、むしろ彼が泣いているそばで歌まで歌ってたの？　わたしたちは乞食だということが分かってないわけ、娘よ？　彼からどれほど受け取ったか、去年の冬この男を「愛の女神」

（1）アテナイでペリクレスの時代（前五世紀）にアテナイで活躍した彫刻家。そのアプロディテ・ソサンドラ（「人々を救う女神」）の像がアクロポリスにあった。

アプロディテがわたしたちに送って寄越さなかったらどんな冬を過ごしていたことか、憶えていないの？

ピリンナ　では、そういう理由で、彼からひどい目に遭わされても我慢しろというの？

母　怒るのはよいけど、やり返すのは駄目。恋人たちはひどい仕打ちを受けると愛するのをやめ、互いに詰《なじ》り合うようになるということを知らないの？　お前はいつもあの人に邪険な態度できた。諺に言うように、あまり綱を引っぱりすぎてぷっつり切れる、ということにならないように用心しなさい。

四　メリッタとバッキス

一　**メリッタ**　もしもバッキス、テッサリアにたくさんいると言われ、呪文を唱えて、恋人に嫌われた女がいても愛されるようにしてしまうという老婆たち(1)のような人を知っていたら、わたしのところに連れてきてくれない？　お礼はするわよ。こういう衣裳や金の飾りをあなたに喜んで差しあげるから——もしもカリノスが、いまわたしに対してそうであるようにシミケを嫌いになってわたしのところに帰ってくるのを目にできれば！

バッキス　何ですって？　あなたたちはもういっしょではないの？　カリノスは、メリッタよ、あなたを去ってシミケのところに行ってしまったの？　この女のために彼はご両親の怒りをあんなにも耐え忍ぶ羽目になったのに！——五タラントンの婚資を持ってくると噂されたあの金持ちの女と結婚するのを望まなかったせいで、とあなたから聞いてるので。

メリッタ　すべてお終いよ、バッキス。今日で五日目になるけど、彼を全然見かけないの。彼の仲間のパンメネスのところで、シミケと飲んでるのよ。

ニ　バッキス　とんでもない目に遭わされてるのね、メリッタ。でも何があなたたちを疎遠にしたの？　些細なことではなさそうね。

メリッタ　全部を言い尽くすことはできないけど、先日彼がペイライエウス(2)から戻ってきたとき――きっと父親が、お金の取り立てに行かせたのでしょう――、中に入ってもわたしを見もしないし、いつものように走り寄っても受け止めもしない。抱きつこうとするわたしを払いのけながら、「船主のヘルモティモスのところに行け！　それとも、ケラメイコス(3)の市壁に書いてあることを読んでこい、お前たちの名前が墓石に落書きしてあるぞ！」と言うの。わたしが、「どのヘルモティモス？　どういう墓石のこと？」と訊いても何も答えず、食事も摂らずにあっちを向いて寝てしまったわ。こういう様子を見てわたしがどんな手を尽くしたか、考えてみて。抱きついたり、こちらを向かせようとしたり、あっち向きのままの彼の背中にキスをしたりしたのよ。だけど彼は少しも態度を和らげず、「これ以上うるさくするなら、もう出てゆくよ、深夜であろうと」と言ったの。

(1)テッサリアの魔女について第一対話参照。
(2)アテナイ南方の港。
(3)アテナイ北西部の（陶工の）地域で、（テミストクレス建造の）城壁の外側（墓地）と内側（広場アゴラを含む）とに分かれる。

三　バッキス　だけど、あなたはヘルモティモスを知っていたの？

メリッタ　わたしが船主のヘルモティモスとかいう人を知っていたなら、いまよりもっと惨めな日々を送るわたしを見られてもかまわないわ。(1)とにかく彼は明け方、雄鶏が鳴くとすぐ起きて出て行ったの。わたしのほうは、ケラメイコスの壁のどこかに名前が書いてあると彼が言ったのを憶い出し、それを見させにアキスを遣わしたところ、彼女が見つけたのは、ディピュロン(2)門を入って右手にこう書きつけてあることだけだったの――「メリッタはヘルモティモスを愛している」、またその少し下に、「船主ヘルモティモスはメリッタを愛している」、と。

バッキス　よけいなことをする若者たちね！　分かったわ。誰かがカリノスの嫉妬深さを知っていて、悩ませてやろうと落書きしたのよ。彼はすぐに信じてしまった。彼を見たら、わたしから言って聞かせるわ。世の中のことを知らないし、まだ子どもなのね。

メリッタ　彼とどこで会うの？　閉じこもってシミケと暮らしてるわよ。ご両親はまだわたしのところにいるかと捜しているけど。だけど、言ったように、誰か老婆を見つけられたらと思うの、バッキス。そういう人が現われてくれたら救《たす》かるでしょう。

四　バッキス　いるわよ、愛《いと》しいあなた、とてもできる魔女で、生まれはシリア(3)、まだかくしゃくとして、しっかりした老女よ。彼女は以前、パニアスが――これもカリノス同様に謂《いわ》れなく――わたしに腹を立てていたのを、丸々四ヵ月経ってから仲直りさせてくれたの――わたしはもう諦めてたのだけれど、彼のほうが呪文のせいでまたわたしのところに帰ってきたのよ。

メリッタ　で、老婆は何をしたの――まだ憶えてるなら？

バッキス　お礼もたくさんは取らないし、メリッタ。一ドラクマ(4)とパンだけよ。それに付け足して、塩と七オボロス(5)と硫黄と松明《たいまつ》が要るの。こういうのを老婆は取り、さらに［水を］混ぜた混酒器から彼女一人で飲まないといけない。ただ、当の男に属する何かが要るようね、つまり外衣とかブーツとか髪の毛少々とかいったものよね。

メリッタ　彼のブーツはあるわ。

五　バッキス　こういうものを老婆は釘から吊り下げて硫黄でいぶす。塩を火に撒き散らしながらね。そ

---

(1) 自己呪詛の言葉を介した誓言、確言。

(2) ケラメイコスの壁にある「二重の戸の」（市内へ向かう側が二重の）門。

(3) 今日のシリアより広い地域を表わす。

(4) 一ドラクマは六オボロス。一〇〇ドラクマで一ムナとなる。第六対話一で、女性二人所帯が「二ムナで……七ヵ月を過ごし」とあり、毎月一人当たりにすると（二ムナ）二〇〇ドラクマ÷七÷二＝一四・二強ドラクマとなる。かりに現代日本で一人の生活費を一〇万円前後とすると、一ドラクマはおおざっぱに六ないし七〇〇〇円（一オボロスで一〇〇〇円強）というところか？　なお古典時代のアテナイで「観劇手当」として二オボロス（三分の一ドラクマ）が市民に支給された（裁判日当は三オボロス）。一日を潰す償いである。メナンドロス『エピトレポンテス』一四一行でも、一日の生活費を二オボロスとしている（ただし、けちん坊の視点から）。もちろん時代・地域差、物価変動やインフレの要素もあるから計算は単純に行かない。またルキアノスが実生活の点からこういう数字を挙げるのか、文学（新喜劇等）模倣によっているのか、ということも不明瞭。

(5) これは、誰か神霊に捧げるという名目のお代か（塩などと並べられるので）。

の上で彼とあなたと、両方の名前を唱える。それから懐《ふところ》から［魔術用具の］ロンボス(1)を取り出して回転させながら、滑らかな舌で、異国の、ぞっとさせる名前の数々が混じる呪文を唱える。(2)こういうことをその時にしたのよ。すると、しばらくしてパニアスが、仲間の諫《いさ》めにもかかわらず、いっしょにいたポイビスも同時に言葉を尽くして懇願したのに、わたしのところへ戻ってくれたの。もっぱらその呪文に導かれたのね。さらに老婆は、彼がポイビスを嫌うようになる強力なまじないも教えてくれたわ、つまり、彼女が立ち去るときにその足跡によく注意する、そしてそれを不鮮明にしてから、彼女の左の足跡にわたしの右足を乗せる、また右の足跡にわたしの左足を乗せる、(3)そして、「お前の上にわたしは乗った、わたしのほうが上にいる」と唱えよ、とね。その指示どおりにしたわ。

メリッタ　早く、早く、バッキス！　いまそのシリア女を呼んで！　お前は、アキス、パンとか硫黄とか、その他の、呪文に要り用のものをそろえなさい。

五　クロナリオンとレアイナ

クロナリオン　あなたのことで変なことを聞いたわ、レアイナ、金持ちのレスボス女メギラがあなたのことを男のように愛し、いっしょに過ごして互いに何かし合ってるって。どうしたの、赤くなって？　本当なのか、言ってちょうだい。

レアイナ　本当よ、クロナリオン。でも恥ずかしいわ、おかしなことなので。

郵便はがき

料金受取人払郵便

左京局
承認

4109

差出有効期限
2022年11月30日
まで

6 0 6 - 8 7 9 0

(受取人)

京都市左京区吉田近衛町69
京都大学吉田南構内

京都大学学術出版会
読者カード係 行

▶ご購入申込書

書　　名	定　価	冊　数
		冊
		冊

1. 下記書店での受け取りを希望する。

都道府県　　市区町　　店名

2. 直接裏面住所へ届けて下さい。

お支払い方法：郵便振替／代引　　公費書類(　　　)通　宛名：

送料
ご注文 本体価格合計額　2500円未満:380円／1万円未満:480円／1万円以上:無料
代引でお支払いの場合　税込価格合計額　2500円未満:800円／2500円以上:300円

京都大学学術出版会
TEL 075-761-6182　学内内線2589 / FAX 075-761-6190
URL http://www.kyoto-up.or.jp/　E-MAIL sales@kyoto-up.or.jp

お手数ですがお買い上げいただいた本のタイトルをお書き下さい。

（書名）

■本書についてのご感想・ご質問、その他ご意見など、ご自由にお書き下さい。

■お名前

（　　歳）

■ご住所

〒

TEL

■ご職業

■ご勤務先・学校名

■所属学会・研究団体

■E-MAIL

●ご購入の動機

A.店頭で現物をみて　B.新聞・雑誌広告（雑誌名　　　　）
C.メルマガ・ML（　　　　）
D.小会図書目録　E.小会からの新刊案内（DM）
F.書評（　　　　）
G.人にすすめられた　H.テキスト　I.その他

●日常的に参考にされている専門書（含 欧文書）の情報媒体は何ですか。

●ご購入書店名

都道府県　　市区町　　店名

※ご購読ありがとうございます。このカードは小会の図書およびブックフェア等催事ご案内のお届けのほか、広告・編集上の資料とさせていただきます。お手数ですがご記入の上、切手を貼らずにご投函下さい。各種案内の受け取りを希望されない方は右に○印をおつけ下さい。　案内不要

クロナリオン　子育ての女神[4]にかけて、いったいどういうこと？　彼女は何を求めてるの？　いっしょにいるとき、二人で何をしているの？　ほら、わたしを愛してないのね、そうでなかったら隠し事にはしなかったでしょう。

レアイナ　あなたを愛してるわ、他の誰にも劣らず。でも彼女はとても男性的なの。

二　**クロナリオン**　何を言ってるのか分からないわ、彼女が女狂いの女[5]というのでなければ。そういう男っぽい女がレスボスにいると言うわね。男からそういうことをされるのは好まず、自分のほうで男のように女たちに近づくのだと。

レアイナ　そんなところよ。

クロナリオン　では、レアイナ、ずばりその話をしてよ、彼女が初めはどのように言い寄ってきたか、どのようにあなたもそれになびいたのか、またその後のこともね。

（1）小さい木製や金属製の道具 *ῥόμβος*. 楕円形ないしダイヤモンド形のこの道具の一端にある穴に紐を通し、振り回して、回転に応じ高いあるいは低い音を出すものだったと言われる（Gow, A. S. F., *Theocritus*, Vol. II, Cambridge, 1952（Second ed.）, p. 44）。音を伴なうその回転が相手の心の転回を助長すると見なす。

（2）こういった恋愛関連の呪術についてテオクリトス『エイデュリア』第二歌参照（そこでそれを唱えるシマイタは遊女か）。ルキアノス『嘘好き人間』一四も参照。

（3）交差は魔術で障礙の効果を持つとされた。

（4）アルテミスや、アプロディテらの称号。

（5）「遊女狂いの男（*ἑταιριστής*）」の女性形 *ἑταιρίστρια*,「遊女に狂う女」。

レアイナ　彼女とコリントス女デモナッサが飲み会をお膳立てしたの。こちらも裕福で、メギラと同じ技の持ち主ね。そして二人のために竪琴を弾《ひ》くよう、わたしにもお伴をさせたというわけ。それを弾き、夜もふけて眠る時間になったとき、酔いの回っている中でメギラがこう言ったの――「さあ、レアイナ、いまは寝るのがよいわ。ここに、わたしたちと並んで、両方の真ん中に寝なさい」。

クロナリオン　寝たの？　その後どうなったの？

三　レアイナ　二人は初めは男のようにキスをしてきたわ。唇を押し付けるだけでなく、口を少し開け[1]もしてね。そして抱き締めながら乳を揉《も》みしごく。デモナッサは、キスをしながら咬みまでしたの。でも、わたしのほうは、何が何やらわけが分からなかった。やがてメギラがもう熱くなってきて、本物にとても似せた、ぴったり合ったかつらを頭から取りのけると、彼女の髪が、競技家でもとくに男らしい者たちのように地肌まできっちり刈りこんであるのが見えたの。わたしはそれを見て仰天してしまったわ。すると彼女が、「これまでこんなに美しい青年を見たことがある、レアイナよ？」と言うので、「ここには青年はいないけど、メギラ」と答えると、「わたしを女にしないように。わたしの名はメギロス、[2]そして以前からこのデモナッサを娶っている。彼女はわたしの妻なのだから」と言ったのよ。これを聞いて笑ってしまったわ、クロナリオン、そして言ってやったの――「ではあなたは、メギロスよ、男だということをわたしたちに気づかれずにきた、ちょうどアキレウスが少女たちの間に隠れていたと[3]言われるようにね、そしてあの、男のものも持っていて、男たちのようにデモナッサに対して行為に及ぶと？」。「あれは持ってはいない」と彼女は言ったわ、「でも、全然必要でもない。独特の仕方でもっとずっと悦《たの》しい交わりをするわたしだということが分かるでしょう」。「でも、よもやヘルマプロディトス[4]ではないのでしょう？　あれを両方持っている人がたくさんいるとはいうけれど」とわたしは訊いたわ。まだ、どういうことか分からなかったの、クロナリオン。「いや」と答えたわ、「わたしは全体は[5]男だ」。**四**　「ボイオティアの笛吹き娘イスメノドラからあちらの炉端の話として聞いたことがあるけど、テバイで女から男になった人がいる、それも、たしかテイレシアス[6]という名の優れた占い師になった、とか。ひょっとしてあなたもそういう体験をしたの？」。「いや、レアイナ、わたしはあなたたち他の女性と同じような体で生まれた、でも心や欲望やその他の点では男なのだ」。「その欲望であなたは満足できるの？」。「させてみて、レアイナよ、信じられないなら」と言ったわ、「わたしが男たちに少しも劣らないことが分かるから。男のものに代わるもの[7]を持っているので。さあ、身を任せて、納得するから」。応じたわ、クロナリオン、彼女がしきりに懇願し、高価な首飾りと薄いリンネルの服をくれたので。まるで男に対するように彼女に抱きつくと、彼女はそのことをし、キスをしたり、あえいだりし

(1)みだらなキスの仕方の一。アテナイオス『食卓の賢人たち』第十三巻五七一E、アプレイユス『黄金のロバ』第四巻三一（「〔ウェヌスは〕口を開け、息子に長いこと密着したキスをしてから」）参照。
(2)メギラを男性形にした。
(3)少年アキレウスがトロイアへ出征しなくてもよいよう母がエーゲ海のスキュロスという小さな島に、しかも女装させてそこの少女たちの間に紛れ込ませた。
(4)「半陰陽」。
(5)心（性的傾向）は男性だ（うわべの身体は女性だが）。
(6)ギリシア中部ボイオティア地域のテバイ市の予言者で、いったん女に変じた後、また男に戻ったという経歴を持つ。
(7)男性器を模した張り形。

て、快楽の極みという感じだったわ。

クロナリオン　彼女は何をしたの、レアイナ、あるいはどういう仕方で？　それをとくに聞きたいわ。

レアイナ　細かいことを尋ねないで。恥ずかしいから。天の女神(1)にかけて、言うつもりはないわ。

六　クロビュレとコリンナ

一　**クロビュレ**　コリンナよ、お前が考えていたように乙女が女になるのはとくに恐ろしいことではないということをもう学んだでしょう――美しい若者といっしょになり、初めて報酬として一ムナ(2)を稼いできたのだから。その金でお前に首飾りをすぐ買ってあげます。

コリンナ　はい、お母さん。ピライニスのあれのように炎色の玉を連ねたのがいいわ。

クロビュレ　そのようにしましょう。それで、他にも、お前が何をして、男たちとどう接するべきか聞かせたいことがあるの。というのも、他には、わたしたちが生きてゆく手立てはないのだからね、娘よ。いまは至福の身(3)のお父さんが亡くなってからこれで二年になるけど、どうやって生き延びてきたか分かってる？　彼が生きていた間は、わたしたちには全部が満ち足りていた。鍛冶師としての彼の名はペイライエウス(4)でとどろいていて、「まことにピリノスの後には他に鍛冶師は現われまい」と誰もが誓って言うのを耳にすることができます。でも、彼が死んでからは、まずやっとこと鉄敷《かなしき》とハンマーを二ムナで売って、七ヵ月をそれで過ごしてきました。それから、ある時は織り物を織り、ある時は横糸を繰ったり縦糸を紡いだりしてなんとか食べ物を手に入れてきたのです。で、お前を養ってきたのは、娘よ、望みがかなうのを待っていたからなのよ。

二 コリンナ あのムナのこと？

クロビュレ いいえ。わたしが考えていたのは、お前がこういう年齢《とし》になればわたしのほうを養ってくれるだろう、またお前自身の着飾りもお前のほうで楽にできるようになり、裕福になって、紫染めの服を着たり小間使いを持つようになるだろう、ということなの。

コリンナ どういうこと、お母さん？ どうせよと？

クロビュレ 若者たちといっしょに過ごし、彼らといっしょに飲み、お代をもらっていっしょに寝るということ(5)。

コリンナ ダプニスの娘リュラのように？

クロビュレ そう。

コリンナ でも彼女は遊女よ。

---

(1) アプロディテ。

(2) 一〇〇ドラクマ、かなりの額。「高い花代の遊女」について、アテナイオス『食卓の賢人たち』第十三巻五六九A参照。一般に遊女の報酬について Gomme / Sandbach, pp. 298, 430 f. 等参照。

(3) 死者について言う。「仏になった」。

(4) アテナイの港。船の製造・修理で鍛冶師が多かったのだろう。

(5) 職業的にするということ。

クロビュレ　少しも恐ろしいことではないわ。お前も彼女のように裕福になり、たくさん愛人を持つことになるでしょう。どうして泣くの、コリンナ？　遊女がどれほどいて、どれほど求められ、どれほどお金を稼ぐか分かってないの？　実際ダプニスの娘が――親愛なアドラステイア(1)よ――若い盛りになる前はぼろをまとっていたことを知ってるけど、いまは、見てのとおり、どんな様子で外を歩いていることか――黄金で身を飾り、華やかな服をまとい、四人の小間使いを従えて！

三　コリンナ　リュラはどうやってそういう富を得たの？

クロビュレ　まず、たしなみよく、きれいに着飾り、誰にも明るく接して、といってもお前がいつもやるようにすぐキャアキャア笑うというほどではなくて、甘く魅力的に微笑《ほほえ》みかける。それから、よしみを通じた相手には巧みな振舞いをし、彼がやって来たり人を寄越したりしたときに欺く(2)こともなければ、自分のほうで男にしがみ付くこともしない。また、お金をもらって晩餐《ばんさん》に加わるときは酔わないようにし――笑われることだし、そういう女を男は嫌うのよ――、おかずを下品にたらふくぱくつくこともしない(3)。指先だけでつまみながら静かに食べるし、両側の頬《ほほ》に食べ物を詰めこむこともない。飲むのもガブリとはやらずに、休み休み、そっと口を付けるのよ。

コリンナ　喉が乾いているときもそうしてるの、お母さん？

クロビュレ　そういうときこそそうなのよ、コリンナ。そして必要以上にしゃべることもないし、その場にいる誰かをからかうこともしない。自分を雇った男だけを見ているの。そういうことから男たちは彼女を愛するのね。そして寝ないといけないときになると、粗野なことや軽率なことはけっしてしないはずよ。彼女が狙っているのは、ただ相手の男を引きつけ、自分の愛人にすることなの。彼女のこういう点をみなが褒めるのよ。もしお前もそういうのを習得したら、わたしたちも幸せになれるでしょう。他の点では、彼女よりずっと(4)――でも何も言わないことにします、親愛なアドラステイアよ。お前がずっと生きてくれることだけが願いよ。

四　コリンナ　言ってちょうだい、お母さん、雇う男たちはみな、昨日わたしがいっしょに寝たエウクリトスのような人たち?

クロビュレ　全部がそうではないわ。もっとよい人もいるし、すでに男っぽくなってる人もいる。でも、容姿に恵まれていない人もいるわね。

コリンナ　そういう人とも寝ないといけないの?

クロビュレ　もちろん、娘よ。そういう人はふつうよりたくさんくれるから。美しい男は自分の美しさだけが関心事なのよ。お前は、よりたくさん稼ぐことにいつも気を配っていなさい、もし近い将来、他の女たちがみなお前を指差しながらこう言うようになるのを望むなら――「ほら、クロビュレの娘コリンナがとて

---

(1) 応報の女神（ネメシスと同一視される）で、とくに思い上がった人間を罰する。ここは、この娘がそういう神罰に遭わないように、という祈念を表わすか。

(2) 居留守を使ったり、他の男がすでにいると言って嫉妬を掻き立てたりする。

(3) 遊女のおしとやかな食事についてアテナイオス『食卓の賢人たち』第十三巻五七一F参照。

(4) 「お前のほうが上」と言いかけたのを、アドラステイアの不興と神罰を恐れて止めた。

も裕福になって、母親を三倍も幸せな者にしたわ！」。どう、そうする？　するわよね、分かってるわ。お前はすぐに女たちをみな抜くから。さあいまは行って入浴しなさい、今日もあの青年、エウクリトスが来るかもしれない。彼が約束していたからね。

七　ムサリオンと母親

一　**母親**　もしカイレアスのような愛人をまだ他に見つけられたら、ムサリオンよ、「大衆の女神(1)」には白い山羊を、「庭園の天の女神(2)」には若い牝牛《めうし》をいけにえにしないといけないし、「富を恵む女神(3)」にも花輪を捧げることになるでしょうね。わたしたちは完璧に幸せな、三倍に幸運な者になるでしょうね(4)――でも実際は、見てのとおり、あの若者からどれだけもらえていることか！　一オボロス(5)もくれたことがないし、服も、履《は》き物も、香油もくれない。いつも口実を言い、約束をし、遠い先に希望を持たせながら、「もし父がどうこうすれば(6)」とか、「僕が父の財産の所有者になれば」とか、「すべてがきみのものになる」とかいった台詞を繰り返す。あの人がお前を正式な妻にすることを誓言までしたとお前は言うけど。

ムサリオン　誓言したわ、お母さん、二柱の女神(7)と「都の守護女神(8)」にかけてね。

母親　そしてお前は信じてしまっている。それで先日も、彼が会食の分担金を出せないので、わたしが知らないうちに指輪を彼に与えた、彼はそれを売って飲んだのよね。それからまた、イオニア(9)製の二つの首飾りで、それぞれが二ダレイコス(10)の値になる品、あのキオス(11)の船主プラクシアスがエペソスで作らせてお前に持ってきたのもそうよね。カイレアスが、仲間の若衆と会食する分担金を払わないといけなかったのよね。リンネルとかシャツのこととかは言うまでもない。要するに、彼はわたしたちの助けになるたいした授かり物ということね。

ニ　ムサリオン　でも彼は美しく、ひげもないし、愛していると言ってくれてるし、泣いて訴えるし、デイノマケとアレオパゴス裁判官ラケス[12]の息子だし、結婚すると言ってるのだから、彼に大きな望みを掛けられるわ、もし老人の父親が永眠さえしてくれたらね。

母親　じゃあ、ムサリオン、履き物が要るときは、そして靴職人が二ドラクマのお代を求めるときはこう言うのね――「お金はないので、わたしたちの希望のいくらかを受け取ってちょうだい」。パン屋さんにも同

---

(1) アプロディテ。人々に共通して崇められる女神。
(2) やはりアプロディテだが、彫刻家アルカメネスによる有名な像。どこの庭園だったかなどの点は不明。アテナイのイリッソス河右岸、オリュンピエイオンの東側にあった庭園かとも推測されている（Frazer, J. F., *Pausanias's Description of Greece*, II, New York, 1965, p. 191）。
(3) 女神デメテル。
(4) 以上は反語。むしろ、最大に不幸、ということ。
(5) 最小単位の貨幣（「小銭」としては八分の一オボロスの銅銭などがあった）。おおざっぱに言って一オボロス一〇〇〇円くらいか。一一五頁註（4）参照。
(6) 父が死んで財産を相続すれば。
(7) デメテルとペルセポネの母娘の女神。
(8) 女神アテナ。
(9) 小アジア西海岸のギリシア人地域。
(10) ダレイコスはペルシアの金貨。
(11) イオニア地域の島。次のエペソスもイオニアの市。
(12) アクロポリスに面した丘で、殺人事件の裁判がそこで行なわれた。

じことを言いましょう。また家賃を要求されたら、こう応じましょう――「待って、コリュットス区[1]のラケスが死ぬまで。結婚した後に払います」。遊女でお前一人が、耳環《わ》も首飾りもタレントゥム[2]産の衣服も持ってないことが恥ずかしくないの？

三　**ムサリオン**　では、お母さん、あの女《ひと》たちはわたしより運がよく、もっと美しいの？

母親　いいえ。ただ彼女たちはもっと賢くて、遊女の心得が分かっているの。そして、唇の先だけで誓言する若者たちの口上は信用しないのよ。ところがお前は男を信じて愛情を傾け、他の者は近づけずに、ただただカイレアスだけという有様。この前も、アカルナイ[3]の農夫が、二ムナを携えてやって来たときも――彼もひげはないわね――、父に遣わされてワインの代金を取り立てに来たついでだったけれど、お前は鼻であしらって受けつけなかった。お前がいっしょに寝るのは、あのアドニス[4]、カイレアスなのよね。

ムサリオン　では、カイレアスを捨ててあの山羊《やぎ》の臭いのするお百姓を受け入れるべきだったの？　世に言うように、カイレアスはすべすべしているけど、あっちはアカルナイの子豚[5]よ。

母親　いいわ、あれは田舎者でひどい臭いをさせている、と。では、メネクラテスの子のアンティポンが一ムナを約束しているのに、どうして彼も受け入れなかったの？　美しく、都会的な人で、カイレアスと同年輩じゃないの？

四　**ムサリオン**　でもカイレアスが、もしわたしと彼といっしょにいるところを見つけたら、両方の喉をかっ切ると脅したの。

母親　他にも何人そういう脅しをする男がいることか！　じゃあお前はそういうことで愛人のないままで

い続け、遊女ではなくて「テスモポロス」(6)の女神の女神官のように清らかに過ごすつもり？　もう、これ以上言わないことにするけど、今日は収穫祭よね。お祭りのために彼は何をくれた？

ムサリオン　彼は何も持ってないの、お母さん。

母親　この男だけが父親を攻略する技を見つけていないということ？　彼をたらしこむ下僕を遣わすこともないし、母親から、金をもらえなければ船に乗って兵隊になってしまう(7)と脅し取ることもしない。ただ坐ってわたしたちを破滅させてゆく――自分のほうから与えることもなければ、与えようという者からお前が受け取ることも許さない。お前は、ムサリオン、いつまでも一八歳のままでいられると思ってるの？　あるいはカイレアスが、自分は裕福になり、母親がなんタラントンもの持参金のついてくる縁談を彼のために見つけてきたとき、同じ心でいてくれると思うの？　そのときでも彼が自分の涙やキスや誓いの数々を憶えていると思うの――五タラントン(8)にもなりそうな持参金が目に映るときに？

---

(1) アテナイ東部の区。
(2) ギリシア語で *Τάρας*. 南イタリアの重要な都市。
(3) アテナイ北西の区。
(4) アプロディテが愛した美少年。
(5) アカルナイの不潔で好色な田舎者という意味合いらしい。
(6)「掟、定め（農業等に関連）を与える女神」デメテル。ただし「テスモ（ス）」は本来は祭礼用の坑の中に「置いた」聖物のことと言われる。その女神官は独身を守った。この祭りの女神自体が「清らかな」と称され、祭礼参加者（女）たちも性交渉を禁じられた。Burkert, W., *Griechische Religion*, Stuttgart, 1977, p. 367 以下参照。
(7) 傭兵になって国外の戦争に加わる。メナンドロス『サモスの女』六二八行以下等参照。
(8) 一タラントンは六〇〇〇ドラクマ。

ムサリオン　憶えていてくれるはずだわ。その証《あかし》は、いまでも結婚をせず、無理じいされ押し付けられても拒否していることよ。

母親　だまされないことを祈るわ。でも、わたしの言ったことをそのときに憶い出させてあげるわ、ムサリオン。

八　アンペリスとクリュシス

一　アンペリス　誰にせよ、クリュシス、嫉妬もしなければ怒りもせず、杖で打《ぶ》つことも、お前の髪を切り取ったり衣裳を裂いたりすることもしない男がまだお前の愛人だと言える？

クリュシス　そういうことだけが、アンペリス、愛人の証《あかし》だとでも？

アンペリス　そうよ、それが熱愛する男のしるしよ。他のことは、キスも、涙も、誓言も、しきりにやって来るのも、始まったばかりでまだ大きくなる途中の愛の徴候なの。だけど、炎のかたまりになるというのは嫉妬から来るわけ。だから、あなたの言うように、ゴルギアスが杖で打ち、焼きもちを焼くようなら、よいことを期待して、いつも同じように彼がすることを願うといいわ。

クリュシス　同じって？　いつもわたしを打つように、ということ？

アンペリス　そうじゃなくて、あなたが彼だけ見つめているのでないと彼が苦しむように、ということよ。愛していないのなら、もしお前が誰か他の愛人を持っていても怒ることはないでしょう？

クリュシス　でも、わたしは愛人を持ってすらいないわ。彼のほうで、あのお金持ちがわたしを愛していると思いこんじゃったの、わたしが何気なくその人のことを口にしたことがあるものだから。

二　**アンペリス**　それもおいしいことよ、金持ちたちがあなたに真剣になっていると思わせることもね。そうすれば、彼はいっそう苦しみ、恋敵たちに出し抜かれないようやっきになるでしょう。

クリュシス　でも彼は怒って打つだけで、何もくれないわ。

アンペリス　くれるようになるわ、焼きもち焼きなので。

クリュシス　なんか分からないけど、わたしが打たれることを望んでいるみたいね、アンペリスねえさん(1)。

アンペリス　そうじゃなくて、わたしの思うに、そうすれば大きな愛になるのよ、自分が軽んじられていると彼らが信じるときも。もし自分で一人じめにしていると信じられたら、男の欲望はなんだか衰えてゆくのよね。こうあなたに話すわたしは、丸々二〇年遊女をしてきたけれど、あなたはどうやら一八歳かそれより下よね。お望みなら、それほど昔ではないわたしの体験も聞かせてあげるわ。金貸しのデモパントス、ポイキレ(2)柱廊の裏手に住んでいるあの人がわたしを愛していたの。彼は五ドラクマ以上はけっしてくれたことがないのに、旦那顔で威張ってたわ。でも、クリュシス、彼の愛は表面だけで、悩みのあまりうめくとか涙を流すとか、時ならぬときに戸口にやって来るとかいうのではなく、そのことだけを――いっしょに寝るこ

(1) *Ἀμπελίδιον. Ἀμπελίς* の縮小辞形（親密さを表現）。ここではベテランに対し一種「タメ口」的に抗議する。

(2) アテナイの広場にあった、絵画で飾られた柱廊。

とだけをときどきしにくる、それも長い間隔を置いて、という風《ふう》だったわ。

三　でもあるとき、やって来た彼を、錠を下ろして入れてやらなかったの――というのは絵描きのカリデスが、一〇ドラクマを先に送ってきてから中にいたわけ――、初めは彼は、わたしに悪態をつきながら立ち去ったのだけれど、日数が重なってもわたしのほうから言伝《ことづて》を寄越さず、カリデスが中にいるという状況が続くと、もういまはデモパントスのほうで熱くなってきて、彼自身がこのことに燃え上がってしまったの。そしてあるとき、戸が開くのを待ち構えていた彼は、泣きわめき、わたしを打ち、殺すと脅しては、わたしの服を引き裂くといったあらゆる振舞いをして、最後にわたしに一タラントン渡してから丸々八ヵ月一人じめにしたのよ。彼の妻は、わたしが魔薬で彼を狂わせていると言い触らしたわ。嫉妬心が魔薬だったのね。だから、クリュシス、あなたもゴルギアスに対して同じ魔薬を使いなさい。あの若者は、もし父親に何かあれば、金持ちになるわよ。

九　ドルカスとパンニュキスとピロストラトスとポレモン

一　**ドルカス**　わたしたちお終《しま》いよ、女将《おかみ》さん、お終いだわ、あのポレモン（1）がいくさから帰ってきたの――人の言うところではお金持ちになって。わたしも、紅い縁《へり》付きのマントをブローチで留めて羽織ってる彼と、たくさんの付き添いをこの目で見てきたわ。知り合いたちが彼を見て駆け寄り、お帰りとあいさつしてたのだけれど、わたしはその間に、彼の後からついてくる下僕が目に入って――彼といっしょに外地へ行ったわけ——まずあいさつをしてから尋ねたの、「言ってちょうだい、パルメノン、お二人の首尾はどうだった？　いくさをしに行っただけのものを手に入れて戻って来たの？」とね。

パンニュキス　いきなりそう訊《き》いては駄目よ。まずはああいう口上を言わないと、「お二人が無事だったことに、神々、とくによそ人を守るゼウスといくさの女神アテナに大いなる感謝を！　女将さんも、お二人がどうしているか、どこにいるのかといつも尋ねていました」とね。それに、「彼女は涙を流しながらいつもポレモンのことを憶い出していましたよ」と付け加えたら、もっとずっとよかったわ。

ニ　ドルカス　最初にすぐ全部言いました。それまであなたに言うつもりはなかったんです、聞いたことを話そうと思ったので。パルメノンには初めにこう言葉を掛けました、「きっと、パルメノン、あなたたちの耳はごんごん鳴ってたのじゃない？(2)　女将さんはいつも泣きながら憶い出してましたよ。とくに誰かがいくさから帰ってきたとか、たくさんの人が死んだとか噂されると、自分の髪を引き抜き、胸を打ち、一報があるごとに悲しんでいました」と。

パンニュキス　よしよし、ドルカス、そうでないとね。

ドルカス　それから後に続けて、ああいうことを訊いたんです。すると、「俺たちは輝かしい帰還を果た

(1) 傭兵（自称、隊長）。後に登場する商人ピロストラトスと遊女パンニュキス（下女ドルカスを擁する）との間で三角関係になる。

(2) さしずめ、噂をされてくしゃみが出る。

したぞ」と答えました。

パンニュキス　彼も前口上なしで？　ポレモンがわたしのことを憶い出していたとか、わたしを恋しがっていたとか、生きているわたしと再会したいと祈っていたとかは？

ドルカス　もちろんそういうこともいっぱい言ってました。でもとにかく彼が知らせたかった肝心のことは、多くの富、金や衣裳や奴隷たちや象たちということなんです。持ってきた銀貨は、数えることすらせずにメディムノス[1]枡《ます》で計って何メディムノスにもなるんですって。パルメノン自身も小指に大きな指輪をしていて、切り子の面がたくさんあり、はめ込まれている宝石は三色だったけど表面は赤色でした。とにかく、彼があれこれ話したがるのを放っといて——彼らがハリュス[2]河を渡り、ティリダテスとかいう敵を殺したこと、ポレモンがピシダイ[3]との戦いでどう活躍したかといったことをしゃべってたけど——、こういうことをお伝えしようと走って来たんです。いまの状況についてあなたのほうで考えておくことができるようにと思って。もしポレモンがやって来たら——きっと来ますわ、知り合いたちを振り切ってね——、そして問いただした上で、ピロストラトスがわたしたちの家の中にいると知ったら、どんなことをすると思います？

三　**パンニュキス**　この状況からたすかる手立てを二人で講じましょう、ドルカス。こちらの男は最近一タラントンをくれたし、そもそも商人でいっぱい約束をしてくれるので追い出すのはよくないし、ポレモンもそのように立派に帰還したのだから受け入れないわけにはゆかない。それに焼きもち焼きで、まだ貧乏だったときもとても扱いにくい男だった。いまはどんなことも仕出かしかねないわ。

ドルカス　でも、いまこちらに来ます。

パンニュキス　困った！　気が遠くなるわ、ドルカス。震えてしまう。

ドルカス　でも、ピロストラトスまでこちらに来ます。

パンニュキス　どうなるのだろう？　大地がわたしを呑み込んでくれたら！

四　ピロストラトス　飲もうじゃないか、[4]　パンニュキス。

パンニュキス　お前さんはわたしを滅ぼしたわ。あなたはようこそ、ポレモン、お久しぶりに見るわね。

ポレモン　お前に近づいているそいつは誰だ？　黙ってるのか？　よかろう。おさらばだ、パンニュキス。俺が五日前にテルモピュライ[5]から飛ぶように急いできたのは、こういう女に会うためだったのか！　だが俺は正当な罰を受けたのだ。[6]　とはいえ感謝もする、もうお前からぶったくられることもなくなるだろうから。

ピロストラトス　お主《ぬし》は誰だ、お兄《にい》さん？

ポレモン　聞かせてやろう、俺はステイリア区[7]、パンディオニス族のポレモンだ。初めは一〇〇〇の盾兵

---

(1) 穀物などを計る枡とその単位（最大単位）。約五〇リットルの大きな容器。
(2) 小アジア中央部の河。
(3) 小アジア南東部にいた民。
(4) パンニュキスの言葉「呑み……」を中途半端に耳にして言った。
(5) ギリシア北部の峠。ペルシア戦でスパルタ王レオニダスがここを守り戦死した（前四八〇年）史上有名な場所を箔付けに出した。
(6) こういう不実な女を信じた罰。
(7) アテナイ東方の区（行政的な所属）。次のパンディオニス族は古いアテナイ王パンデイオンを祖とする一族（血縁的な所属）。

を率いたが、いまは五〇〇〇人を動かす身だ。そしてパンニュキスの愛人だった――彼女が人並みの思慮を持っているとまだ信じていた間は。

ピロストラトス　だがいまは、傭兵隊長さん、パンニュキスはわたしのものだ。一タラントンをわたしから受け取ったし、船荷を処分したらもう一タラントン渡すことになるだろう。さあいまはわたしについて来なさい、パンニュキス、そしてこの男にはオドリュサイ人[1]の国で一〇〇〇の兵を率いさせておけばよい。

ポレモン　彼女は自由人[2]だから、その気があれば自分からついてゆくだろう。

パンニュキス　どうしよう、ドルカス？

ドルカス　中に入るのがよいわ。怒っているポレモンのそばにいるのは駄目よ。焼きもちでもっと興奮するだろうから。

パンニュキス　あなたが［、ピロストラトス、］お望みなら、入りましょう。

五　**ポレモン**　言っておくぞ、お前たちが飲めるのは今日が最後になるだろう。さもないと、俺があれほどの殺し合いで鍛えられてやって来た意味がない。トラキア人たちを呼べ、パルメノン！　武装して来させよ、路地を密集部隊で塞《ふさ》ぐのだ！　正面には重装歩兵を置き、両翼は投石兵と弓矢兵で固め、他の兵は後方に控えさせよ！

ピロストラトス　われわれを赤ん坊のように思って話すのだな、傭兵さんよ。恐《こわ》がらせようというのか。お前さんは鶏を殺したことがあるか？[3]　いくさを見たことがあるのかい？　きっと半部隊を預ってちっちゃな砦《とりで》を守ったことはあるのかな――これもお前さんの手柄に加えてあげるが。

ポレモン　いますぐお前の左手に、武具煌《きら》めくわが軍団が押し寄せるのを見たとき、思い知ることになろうぞ。

ピロストラトス　用意ができたら来るがよいよ。わたしと、一人だけ付き添ってくれているこのティベイオスがお前さんたちに石ころや陶片を投げつけて散りぢりにさせるさ――どこまで逃げてきたか自分でも分からないくらいにね。

十　ケリドニオンとドロシス

一　ケリドニオン　あなたのところに、ドロシス、青年のクレイニアスはもうやって来ないの？　もう長いことあなたたちの家で見かけないけど。

ドロシス　もう来ないのよ、ケリドニオン。先生が、もうわたしに近づかないよう彼を閉じこめてしまったから。

ケリドニオン　それは誰？　トレーナー(4)のディオティモスのことじゃないわよね。彼は友だちなのだけれど。

(1) ギリシア北方トラキアの部族。
(2) 奴隷（的な娼婦）ではなく。
(3) 本当は鶏さえ殺したことがないだろう。
(4) レスリングなどの運動家を教育・指導する職業の者。

ドロシス　いいえ。哲学者の中でもいちばん呪わしいアリスタイネトスのことよ。

ケリドニオン　あのむっつり顔の、毛の濃い、長いあごひげの？　いつもポイキレ柱廊(1)で青年たちと歩き回っているあの男？

ドロシス　その食わせ者のことよ。死刑執行吏にあごひげを摑まれて引いてゆかれ、おだぶつになるところを見てみたいものだわ！

二　**ケリドニオン**　いったいどういうわけでクレイニアスをそう説き伏せたの？

ドロシス　知らないわ、ケリドニオン。でも彼は、女と交わり出してから――わたしとの交際が初体験だったわけ――わたしを置いて寝ることはなかったのに、ここ三日はずっとこの路地に近づきさえしなかったの。わたし、つらくなって――なんだか彼のことが気に掛かるので――ネブリスを遣わし、彼がアゴラかポイキレ柱廊で時間を過ごしていないか探させたの。すると彼女は、アリスタイネトスと歩き回っている彼を見つけ、遠くからうなずいて見せると、彼のほうは赤くなり、下を向いて、もう視線を合わそうとしなかったそうよ。それから二人はいっしょにアカデミア(2)まで歩いて行き、彼女はディピュロンまでついて行ったけど、全然振り返りもしないので、何も確かな報《しら》せは持たないまま戻ってきたというわけ。あの青年がどうなったのか見当もつかないわたしが、その後どう暮らしていたか分かってくれる？「何か彼を嫌がらせることをしたのかな？」とか、「わたしを嫌って他の女に愛情を向けたのかな？」とか、「父親が彼の邪魔をしているのだろうか？」とかいった独り言を言いながら、あれこれ考えを巡らす惨めなわたしだったの。すると、もうこの宵になってドロモンが彼からこの書き物を預ってやって来たのよ。これを取って読んでちょうだい、ケリドニオン。たしかあなたは文字を知ってるから。

三　**ケリドニオン**　見てみましょう。はっきりしない文字ね。ぬたくったみたいで、当人が急いで書いたことが明らかね。こう言ってるわ——「僕がきみを、ドロシス、どれほど愛していたか、神々を証人にしたい」。

ドロシス　ああ惨め！　元気か、とも書いてないとは！

ケリドニオン　「でもいまは、嫌ってではなく、やむをえず、きみから離れていないといけないんだ。なぜならお父さんが、アリスタイネトスのもとで哲学を学ぶよう彼に僕を預けたのだ。すると彼は、僕たちの関係を全部知るとさんざん僕を詰《なじ》りながら、アルキテレスとエラシクレイアの息子が遊女といっしょになっているのはふさわしいことではないと言うんだ。快楽より徳を重んじるほうがずっとよい、とね」。

ドロシス　たわ言を言ってあの若者にそういうことを吹き込むあいつなんか、くたばってしまえ！

ケリドニオン　「だから、彼の言うとおりにしないといけない。僕のそばに付き添って細かいことまで見張っているし、彼以外の人間に目を向けることも許されない。分別を身につけ、すべて彼の言うとおりにす

（1）中央広場アゴラにあった絵画装飾付きの柱廊。ストア派の名称はこの「ストアー・ポイキレー」から来る（教祖のゼノンがそこで教えた）。厳格な風の、ストア派らしい哲学者アリスタイネトスにふさわしい場所。

（2）ディピュロン門を出てずっと北西に行くとアカデミアの杜に至る。プラトンの学園の地だが、ここではその杜の体育訓練所（体育そのものの他に少年愛の醸成の場所）に向かったということか。

るようになれば、僕はとても幸福になるだろう、苦労を通じて鍛えられ、徳のある人間になるだろうと約束するんだ。抜け出してやっとこういうことをきみに書くことができた。きみは幸せに過ごしてくれ。クレイニアスのことを憶えていてほしい！」。

四　ドロシス　この手紙をどう思う、ケリドニオン？

ケリドニオン　他の点では、スキュティア風《ふう》の文面ね(1)。でも、「クレイニアスのことを憶えていて」というのは、まだ少し希望が残っているということかな。

ドロシス　わたしもそう思った。とにかくわたしはこの愛のために死にそうだわ。ところでドロモンの言うには、アリスタイネトスは少年愛の男で、学問をするという名目で、かくべつ美しい若者たちと交わり、クレイニアスには個別に作り事を言って、彼を神に等しい身にしてやろうと約束しているということよ。それに、昔の哲学者たちの弟子に対する恋愛論(2)をいくつか彼と読むことまでしているし、全身であの子にかかりきりという有様ね。クレイニアスの父親にもこのことを告げ口してやるとドロモンは脅してたわ。

ケリドニオン　ドロモンにはご馳走(3)をあげないとね。

ドロシス　もうあげたわ。それに、そうしなくても彼は尽くしてくれるの。彼もネブリスのことで悩んでいるから(4)。

ケリドニオン　元気を出してね。すべてうまく行くわよ。わたしは、ケラメイコスの壁に落書きしてやるのもいいと思うの――アルキテレスがいつも散歩する辺りに、「アリスタイネトスはクレイニアスを堕落させている」とね。そうすれば、ドロモンの非難に加勢することになるから。

ドロシス　どうやって気づかれずに落書きするの？

ケリドニオン　夜間にやるわ、ドロシス、どこかから炭を手に入れて。

ドロシス　いいわね。食わせ者のアリスタイネトスに対するいくさを援《たす》けてね、ケリドニオン。

十一　トリュパイナとカルミデス

一　トリュパイナ　遊女に五ドラクマのお代を払って連れ出したのに、あっちを向いて寝ながら、泣いたりうめいたりしている人っている？　飲んでるときもどうやら楽しそうではなかったし、食事もあなただけは気が進まなかったのよね。食べてるときでも泣いてるのを見ていたわよ。そしていまは、赤ん坊のようにひっきりなしにしゃくり上げている。どうしてこういうことをするの、カルミデス？　わたしに隠さないで。一晩中あなたと眠らずに過ごしたわたしに、こういう喜びも味わわせて。(5)

カルミデス　愛が僕を滅ぼしているのだ、トリュパイナ。もうこのひどい状況には耐えられない。

（1）そっけない内容。スキュティア人は野蛮民。ヘロドトス『歴史』第四巻一二七参照。

（2）例えばプラトン『パイドロス』や『饗宴』参照。ストア派の著作にもいくつかのエロース論がある。

（3）飢え気味の奴隷への何よりありがたい報酬。

（4）ドロモンはネブリス（女奴隷、下女）に思いを抱いているらしい。

（5）秘密を打ち明けてくれるという喜び。すねて言っている。

トリュパイナ　わたしを愛しているのではないことは明らかね。さもないと、ずっとわたしを無視し、抱きつこうとするのに撥《は》ねのけて、とうとう二人の間にマントで壁を作ることまでしてわたしが体に触れないか恐れているということはしなかったでしょう。だけど、その女の人は誰なのか言って。たぶんその愛のために力を貸せると思うから。そういうことで役に立つ仕方をわたしは知ってるのよ。
カルミデス　お前も彼女も互いによく知ってる間柄だ。彼女は有名な遊女だから。
二　トリュパイナ　名前を言って、カルミデス。
カルミデス　ピレマティオンだよ、トリュパイナ。
トリュパイナ　どっちの？　二人いるわ。ペイライエウス出の？　ついこの間まで処女だった娘《こ》で、いま将軍職にある人の息子のダミュロスが愛人よ。それとももう一人の「罠《わな》」というあだ名のほう？
カルミデス　そっちだ、僕は不運にも彼女に絡み取られてしまってるのだ。
トリュパイナ　では彼女のせいで泣いてたの？
カルミデス　そのとおり。
トリュパイナ　愛するようになってもう長いの？　それとも新参者？
カルミデス　新参というのではなくて、もうディオニュシア祭(1)から七ヵ月くらいになる。そのとき初めて彼女を見たのだ。
トリュパイナ　彼女の全体をしっかり見たの？　それともピレマティオンの顔だけとか、体のはっきり現われている所だけを？　そして、もう四五歳になってる女に違いないということは見抜いた？

カルミデス　でも、今度のエラペボリオン月(2)で二五歳になると誓って言う彼女だけど？
三　トリュパイナ　彼女の誓言と、あなた自身の目と、どちらを信じるの？　いちど彼女の頭の生え際《ぎわ》をしっかり覗《のぞ》いて確かめてみなさい。そこだけしか自分の髪はないの。他は鬘《かつら》よ、もっさりしたのを付けてるけど。生え際の自分の髪は、染めてる薬が弱まると、大部分白くなってくるのよね。でもそれより、彼女の裸姿も見たいと迫ってみたら？
カルミデス　僕にそこまでは許したことがないんだ。
トリュパイナ　当然ね。あなたが白斑(3)を不快に思うだろうと分かってたのよ。首から膝に至るまで全体がまるで豹《ひょう》なの。だけどあなたは、そういう女といっしょになれないと泣いてたの？　あなたを苦しめながら小馬鹿にしてるの？
カルミデス　そうなんだ、トリュパイナ、僕からあれほど受け取っているのに。いまも一〇〇〇ドラクマを彼女が要求してきて、吝《しわ》い父に養われるこの身には容易には出せないでいると、彼女はモスキオンを中に入れて僕を閉め出してしまった。僕のほうも仕返しに苦しめてやろうと思って、きみを連れ出したわけさ。
トリュパイナ　アプロディテにかけて、そういう目的で連れ出されると告げられていたら——他の女《ひと》を、それもピレマティオンという棺《ひつぎ》を苦しめるためだと知らされていたら、けっしてここには来なかったで

（1）ディオニュソスの祭典。大ディオニュシア祭とすれば、三月に開催。
（2）三月半ばから四月半ばまで。
（3）皮膚病の一種。

しょう。もう行くわ、雄鶏がすでにこれで三度鳴いたから。

四　カルミデス　そんなに早く行かないで、トリュパイナ。もしピレマティオンに関してお前の言うように髪のこととか、髪を染めてるということとか、他にも白斑のこととかが本当にそうなら、もう僕は彼女に目を向けることさえできなくなるよ。

トリュパイナ　お母さんに尋ねたら？　彼女と風呂屋でいっしょになったことがあるのならね。あれの年齢《とし》についてはあなたのお祖父《じい》さんが、まだ生きていれば、話してくれるでしょう。

カルミデス　彼女がそんな女だったのなら、もうこの仕切りは取り除こう。そしてお互い抱き合ってキスをし、一つになることにしよう。ピレマティオンにはご機嫌よう！　だね。

十二　イオエッサとピュティアスとリュシアス

一　イオエッサ　わたしに勿体ぶった態度を取るのね、リュシアス。それも当然だわ、あなたにお代を要求したこともないし、やって来たあなたを、「中に他の人がいます」と言いながら錠を下ろして入れないということもしないし、父親をたらしこんだり母親からくすねたりして何かしら持ってくるよう無理じいしたこともないのだから――他の女《ひと》たちはやってることよね――。いいえ、初めからすぐにあなたをお代も食事の分担金も取らずに受け入れたし、わたしがどれほど愛人たちをやり過ごしてきたかあなたもよく知っている――いま評議員(1)になっているテオクレスとか、船主のパシオンとか、あなたのお仲間の若者メリッソスとかをね。この人は、最近お父さんが死んでその財産の持ち主になったわけだけれど。わたしが愛人にしたのは、あなたというパオン(2)だけ。他の男には目もくれず、近づけることもしなかった。馬鹿なわたしはあなたの誓いを本当と信じてあなたに思いを傾け、お母さんが喚《わめ》きながらお友達の女《ひと》たちを見なさいと叱っても、ペネロペ(3)のように操《みさお》を守ったわ。ところがあなたは、わたしがメロメロになっていてあなたに支配されていることを知ると、あるときはわたしの目の前でリュカイナにちょっかいを出してわたしを苦しめようとするし、あるときはわたしと寝ながら竪琴弾《ひ》きのマギディオンを持てはやす、それでわたしは泣きながら、いたぶられるわが身を思い知ることになる。この前は、トラソンとあなたとディピロスがいっしょに飲んでいたとき、笛吹きのキュンバリオンとピュラリスという、わたしと仲の悪い二人もいた。あなたがそういうことを知りつつ、キュンバリオンに五度もキスをしたことはそれほどわたしの気には触《さわ》らなかった——あんな女にキスをするのはあなた自身を侮辱することだから。だけどピュラリスに対してあなたはどれほど目配せをし続けたことか！　そして飲みながら彼女に盃を［乾杯に］捧げては、それを返すとき下僕の耳に、ピュラリスがその盃を求めないなら他の者には酒を注ぐなと言って聞かせる始末。最後には、ディピロスがトラソンとの

(1) 十部族の間で持ち回りで一年の十分の一の期間、市議会堂（πρυτανεῖον）に詰めながら評議会執行委員を務め、評議会や民会の進行役をする五〇人の一人。
(2) 女流詩人サッポーの愛した若者。彼女は、片思いのあげく、断崖（レウカス）から投身して死んだという伝説がある。
(3) オデュッセウスの妻、貞節の鑑。

おしゃべりに気を取られているのを見るとリンゴ(1)を一かじりして取り、少し前に屈《かが》んで、彼女の胸元へうまいこと投げ入れた——わたしの目をごまかそうともせずに！——、そして彼女は、乳房の間にあるのへキスをしてから、自分の帯の中に押しこんだわね(2)。

二　こういうことを何故《なぜ》するの？　わたしがあなたに、大きなことであれ些細なことであれ、どんな悪さをしたの？　何か苦しめることをしたというの？　他のどういう男にわたしが目を向けたことがあるの？　あなたしか見ていないのよ。あなたに狂っている惨めな女を苦しめるなんて、ろくな振舞いじゃないわ、リュシアス。アドラステイアという［懲罰の］女神がいて、そういうことを見てるのよ。きっとあなたは、わたしの末路を聞き知って自分で苦しむことになるでしょう——首をくったとか、井戸に頭から落ちたとか、なんらかの死に方を見つけたわたしが死体になって横たわっていると聞いたらね。それも、これ以上姿を見せてあなたをいらいらさせることがないようにするためよ。そのときあなたは、立派な輝かしい手柄を立てたと威張って歩き回るのでしょう。どうして上目づかいに睨《にら》みながら歯ぎしりするの？　わたしをとがめることがあるなら言って。このピュティアスが裁いてくれるわ。どういうこと？　答えもせずにわたしを置いて立ち去るの？　リュシアスからどういう仕打ちをされてるか分かったでしょう、ピュティアス？

ピュティアス　野蛮ね！　あなたが泣いてても態度を改めないとは！　人じゃなくて石よ。でも、本当のことを言わないといけないとしたら、あなたが、イオエッサ、彼を愛しすぎて、しかもそれを明からさまにしてるものだから、いい気にさせてしまったのね。でもあまり彼に夢中になってはいけなかった。人は、そういうことを悟ると、つけ上がるものなのよ。可哀想なあなた、泣くのはやめ、わたしの言うことを聞いてくれるなら、一度か二度、やって来たときに錠をして閉め出してやりなさい。彼がまた情熱を燃やし、代わりにあなたに狂う姿が見られるわよ。

イオエッサ　そんなこと言わないで、あっちへ行って。リュシアスを閉め出す？　彼のほうが先に離れてしまわないか、心配だわ。

ピュティアス　あら、また戻ってきたわ。

イオエッサ　わたしたちを滅ぼしたわね、ピュティアス。たぶん「閉め出せ」というあなたの言葉が耳に届いたのよ。

三　**リュシアス**　この女のことで戻ってきたのではない、ピュティアスよ。彼女には、いまのままなら、目を向けたいとも思わない。いや、お前に話しておきたいことがあるのだ。僕をとがめて、「リュシアスは強情な男だ」と言わないようにね。

ピュティアス　もちろんそう言ってたわよ。

リュシアス　では、ピュティアス、いま泣いているイオエッサが裏切って他の若者と寝ているのを目撃したこの僕に彼女を耐えろと言うのか？

ピュティアス　要は遊女だからよ、リュシアス。でも、彼らがいっしょに寝ている現場をどう押えたの？

（1）以下、愛のシンボルを投げつけて気を引く。テオクリトス『エイデュリア』第五歌八八行等参照。

（2）アテナイオス『食卓の賢人たち』第十三巻五八四Ｄ参照（女が食べ物をふところに隠し入れる）。

リュシアス　今日でほぼ六日になる。そう、六日だ、上旬の二日目だった。今日は今月の七日目だから。お父さんが、このご立派な女を僕が前から愛していると知ると、中に閉じこめた上で、戸を開けないよう番人に言い渡したのだ。僕は彼女と会えないのに耐えられず、ドロモンに命じて、中庭の壁のいちばん低いところの笠石《かさ》の手前で身を屈ませ、背中に昇れるようにさせた。それで容易に壁の上に乗れたから。詳しく言うまでもない。僕はそれを乗り越えると、こちらにやって来た。中庭の戸が用心深く閉め切ってあるのを見た。真夜中だったから。それで戸を叩くことはせずに戸をそっと持ち上げて、つまり以前にもしたことがあるように戸の枢《くるる》をはずして音を立てずに入った。みな寝入っていた。それから部屋の壁をつたって彼女のベッドのそばに立ったんだ。

四　イオエッサ　デメテルにかけて、何を言うつもり？　胸が苦しくなってきた。

リュシアス　寝息が一つでないことに気づくと、初めはリュデ(1)がいっしょに寝てるのかと思った。だけど、ピュティアス、そうではなかったんだ。触れてみると、ひげのない柔らかな男だと分かった。髪の毛は切り詰め、女と同様に自分も香油の臭いをさせていた(2)。これを見て僕は、もし剣を持ってきていたら、きっとためらわなかっただろう。どうして笑うんだ、ピュティアス？　笑えるようなことを僕が話していると思えるのか？

イオエッサ　それがあなたを苦しめたの、リュシアス？　このピュティアスがそばで寝てたのよ。

ピュティアス　イオエッサ、彼に話さないで。

イオエッサ　どうして言わずにおくの？　いっしょに寝ましょうとわたしが呼んだピュティアスだったの

よ、愛《いと》しい人。あなたがいないので辛《つら》かったの。

五　**リュシアス**　髪を切り詰めたピュティアスだって？　それから六日でまたこれほどの髪を生やしたと？

イオエッサ　病気で頭を剃ってたのよ、リュシアス。髪の毛が抜け落ちがちだったので。いまは鬘《かつら》を付けてるのよ。見せてあげて、ピュティアス、そういう有様を。彼を納得させてよ。ほら、これがあなたが焼きもちを焼いたその間《ま》男《おとこ》の若者よ。

リュシアス　妬《や》くのは当然じゃないか、イオエッサ。愛してるこの僕が、その「男」に触れたんだから。

イオエッサ　ではあなたはもう納得したのね。逆にわたしがあなたを苦しめましょうか？　わたしのほうで怒るのが当然なのだから。

リュシアス　やめてくれ。いや、もう飲むことにしよう、ピュティアスもいっしょにね。彼女が、僕たちの休戦締結に立ち会ってくれるのがふさわしい。

イオエッサ　同席してもらうわ。あなたのおかげでなんという目に遭ったことでしょう、立派な若者、ピュティアスよ。

ピュティアス　でも同じわたしが二人を仲直りさせたのよ。だから、わたしに怒らないで。ただし、リュシアス、髪のことは誰にも言わないよう注意してね。

（1）仲間の遊女あるいは小間使い。

（2）色男のたしなみ。

十三　レオンティコスとケニダスとヒュムニス

一　**レオンティコス**　ガラティア人(1)たちとの戦いのことを話してくれ(2)、ケニダス、俺が他の騎士に先がけて白馬に乗って突進したこと、ガラティア人たちが、勇ましい民だが、俺を見るなり震《ふる》え上がり、誰も踏みとどまることができなかったといったことをな。俺はそこで投げ槍を放って騎馬隊長を馬もろとも串差しにしてから、まだそこに固まって残っている敵の一部に向かい、つまり密集隊形は解いて四角隊形に寄り集まった敵兵たちが残っていたので、そいつらに向かって刃を抜きかざしながら全心を込めて攻めかかり、前列にいた者を七人ほど馬の突撃によってなぎ倒した。それから剣を振り下ろして隊長の一人の頭をかぶとともろとも真っぷたつに割ってやった。お前たちが少し後でそこに駆けつけたのは、ケニダス、もう敵が逃げ出したときだったよな。

二　**ケニダス**　パプラゴニア(3)をめぐってお前が総督と果たし合いをしたときも大きな手柄を立てたじゃないか、レオンティコス。

レオンティコス　よくぞ憶い出させてくれた。あれもなかなか見事にやったな。総督は巨大な男で、重装戦において最強の男と思われていたが、ギリシアの軍勢を馬鹿にして真ん中に跳び出ると、自分と果たし合いをしようと思う者はいないかと挑発した。他のわが将たちは恐怖で固まってしまった、隊長たちも将校たちも、指揮官その人さえ、立派な男だったが、そうだった。この人はアイトリア人(4)のアリスタイクモスという槍の名手で、彼がわれわれの指揮を執っていた一方、俺はまだ千人隊長だった。しかし俺は勇気を揮い起こし、戦友たちが引き止めるのも振り切って——つまりその異国の敵が黄金を付けた武具で身を輝かし、かぶとの頂きの飾りで大きく恐ろしげな姿をし、槍を振りしごいているのを目にすると、俺の身を案じてくれたのだが——

ケニダス　この俺も恐れたよ、レオンティコス、そしてお前に取り付いて、危険に身をさらすなと頼んだよな。お前が死んだら俺は生きてゆけそうになかったから。

三　**レオンティコス**　だが俺は勇気を揮い、真ん中に歩み出た。そのパプラゴニア人に劣らない武装を俺もして黄金で全身を飾っていた。それでわが軍からも異国の勢からもすぐに喚声が上がった。相手方も、とくに軽盾(5)とか、かぶとの打出し部(6)や頂き飾りとかを見て俺だと分かったのだ。そのとき、みなが俺を誰になぞらえたか言ってくれ、ケニダス。

(1) 小アジアの民。ペルガモンのアッタロス治世の前二三〇年ころからギリシア人と闘争関係。
(2) 以下、そばにいる遊女を念頭に置いた自慢話。
(3) 小アジア北部の地域。あたかもそこの支配権をペルシア人総督と争い合ったかのように語る。アレクサンドロス大王の小アジア進攻以来ペルシア人総督によるパプラゴニア支配は終わり、大王の死後はポントスのギリシア人王が治めた。ルキアノス当時はローマ属州（ビテュニア）。この点もはったりの一部。
(4) ギリシア中部の地域。
(5) 小型の軽い盾（*πέλτη*）、もともとギリシア北部トラキア人が使用した武具。
(6) かぶとの装飾的ないぼいぼ（*φάλαρα*）、およびその頭頂の、総のついた突起（*λόφος*）。

ケニダス　他でもない、テティスとペレウスの子アキレウスにだ。それほどお前のかぶとは際立ち、紫のマントは華々しく、円盾はきらめいていた。

レオンティコス　立ち合いになったとき、異国人が先に槍で俺の膝の少し上をかすめる程度に打ち当てたが、俺のほうは長槍（1）で相手の盾を貫くと胸まで突き通してやった。それから走り寄り、刃で易々と首を切り落とすと、彼の武具を抱え、その頭は長槍の先に突き差して血潮を浴びながら自軍に戻ったのだ。

四　ヒュムニス　やめて、レオンティコス！　あなたのその自慢話は汚《けが》らわしくてぞっとさせるわ。血糊を喜ぶあなたにはもう誰も目さえ向けないだろうし、ましていっしょに飲んだり寝たりしようとする者はいないでしょう。とにかくわたしはあっちへ行くわ。

レオンティコス　お代を二重に受け取れ。

ヒュムニス　人殺しといっしょに寝るのは耐えられないの。

レオンティコス　こわがらないでくれ、ヒュムニス。あれはパフラゴニアでやったことだ。いまは平和に過ごしてるよ。

ヒュムニス　でもあなたは汚れた人よ。長槍の先で運んでいたその異国人の頭から、あなたに血が流れ落ちていたわけよね。それでそういう人をわたしが抱き、キスをするの？　優美女神たちにかけ、そんなことになってほしくないわ。この人は死刑執行吏同然ね。

レオンティコス　だが武具をまとった俺を目にしたら、きっと俺のことを愛してくれただろう。

ヒュムニス　お話を聞くだけで、レオンティコス、吐き気がするし、鳥肌が立つわ。殺された人たちの影や亡霊が見えるように思えるの、とくに頭を真っぷたつに割られた哀れな隊長のがね。現実にその戦闘や流れる血や横たわる死体をわたしが見ていたら、どうなっていたと思う？　きっと死んでしまうわ。鶏が殺されるところだって見たことのないわたしなのだから。

レオンティコス　お前はそれほど嘆かわしい臆病な女だったのか、ヒュムニス？　そういうことを聞いて喜ぶだろうと思ったんだが。

ヒュムニス　せいぜいレムノスの女たちとか、ダナオスの娘たちとか[2]を見つけたら、そういう話で楽しませてあげるといいわ。わたしはお母さんのところに走って帰ります、まだ明るいうちにね。グランミス、あなたもついてきなさい。あなたのほうはお元気で——最強の千人隊長さん、そして何人でもお好きにしたらいいけどたくさんの敵の殺し屋さん！

五　**レオンティコス**　待ってくれ、ヒュムニス！　行ってしまった。

ケニダス　お前が、レオンティコス、単純な娘を震え上がらせたからだよ——頭頂の飾りを揺すり、信じ

（1）マケドニア式の長い（約七メートル）槍（*σάρισα*）。軽盾とともに、この傭兵は北方出身と推察させる。

（2）エーゲ海・レムノス島の女たちは夫と父たちを、エジプト人ダナオスの娘たちは結婚したての夫たちを殺した。前者の場合は、夫たちが妻たちを忌避して異国の妾たちと親しんだから、後者の場合は、ダナオスの兄弟アイギュプトスの息子たちと意に染まない結婚を強いられたから。

られない手柄話をのたまってな。お前がまだあの隊長に対する武勇談をしているさいちゅうからあれが真っ青《さお》になったのがすぐ分かったぞ。敵の頭を切り取ったとお前が話したときは顔をしかめ、ぶるっと身をふるわせたよ。

レオンティコス　彼女にそれだけ魅力的に見えるだろうと思ったのだ。だがお前も俺の破滅に手を貸したぞ、ケニダスよ、あの果たし合いの話を持ち出してな。

ケニダス　お前がどうしてそういう張ったりを言うのか分かってる俺が、いっしょに嘘をつくのも当然だろう？　でもお前はそれをもっとずっと恐ろしいものにしてしまった。不運なパプラゴニア人の頭を切り取ったというのはよしとしておこう。だがそれを長槍の先に差し、血がお前に流れ落ちたとまで言うとは！

六　**レオンティコス**　それはたしかにぞっとさせるな、ケニダス、他の点ではまずは上手《じょうず》にこしらえたんだが。とにかくあっちへ行って、彼女がいっしょに寝てくれるよう説得してくれ。

ケニダス　では、お前の話は全部嘘だった、彼女に立派な戦士と思われたかったので、と話すのか？

レオンティコス　それも恥だな、ケニダス。

ケニダス　でも、そうしないと戻ってこないだろう。だから、勇士と思われつつヒュムニスに嫌われるか、嘘をついたことを認めて彼女と寝るか、どちらかを選ぶんだ。

レオンティコス　両方とも辛《つら》いな。でもヒュムニスを採ることにする。だからあちらへ行って、嘘だった、ただし全部ではない、と話してくれ、ケニダス。

十四　ドリオンとミュルタレ

一　**ドリオン**　いまは僕に閉め出しをくらわすのか、ミュルタレ、僕がお前のせいで貧乏になったいまは？　でも、あんなに貢《みつ》いでいたときは僕はお前の愛人、旦那、支配者、その他すべてだった。しかし僕がもう絞り取られてしまったいま、お前はビテュニア(1)の貿易商人を愛人に見つけ、僕は閉め出しをくらって、泣きながら戸の前で立ち尽くしている。その一方あいつは夜ごとキスをしてもらいながら一人で中に留まり、一晩中過ごしている。そして彼の子を宿しているとお前は言う。

ミュルタレ　うんざりさせるわね、ドリオン、とくに、たくさん貢いだ結果わたしのせいで貧乏になったとあなたが言うときにはね。どれだけ持ってきたというのか、初めから全部数えてみなさいよ！

二　**ドリオン**　よかろう、ミュルタレ、数えようじゃないか。まずシキュオン(2)産の履《は》き物、二ドラクマ。二ドラクマと記せ。

ミュルタレ　でも、あなたは二晩寝たわ。

ドリオン　シリアから俺が戻ったときは、フェニキア産の雪花石膏製香油瓶を持ってきたが、これもポセイドンにかけて(3)二ドラクマだ。

(1) 小アジア北西部の地域。
(2) ギリシア・ペロポネソス半島北岸の町。
(3) 船乗りなので海神ポセイドンにかける。

ミュルタレ　わたしのほうは、あなたが船出するとき、漕[1]ぐさいに身に着けられるよう、あの小さな太ももまでの下衣をあげたわ。舳先船員[2]のエピウロスがここで寝たとき置き忘れていったのをね。

ドリオン　この前エピウロスがサモス[3]でそれに気づいて取り上げたぞ、神々にかけて俺とさんざん格闘してからな。で、キュプロスからは玉ネギと、五尾のサペルデス魚[4]と四尾のスズキを持ってきた。ボスポロス[5]から帰る航海のさいにな。それにどうだ、船乗り用の乾パンを八個、かごに入れたのと、カリア[6]産イチジクの壺一個、またその後にはパタラ[7]から黄金で飾ったサンダルも持ってきたじゃないか、恩知らずめ！　そうだ、ギュティオン[8]産の大きなチーズもあったのを憶えてるぞ。

ミュルタレ　それで全部で五ドラクマだと思うわ、ドリオン。

三　ドリオン　ミュルタレよ、船乗りが賃金をもらって航海することで稼ぐことができた分なのだ。いまはもう俺は右舷のリーダーになっているのだぞ、それなのにお前は俺を見下《みくだ》すのか！　この前、アプロディシア祭のときには、お前のために銀のドラクマ[9]をアプロディテ［像］の足元へ置いた俺ではないか。また母親には履き物用の二ドラクマを与え、このリュデには何度も二オボロスとか四オボロスとかを手に握らせた。こういうのをすべて合わせたら、船乗りの財産分にはなったんだ。

ミュルタレ　玉ネギとか、サペルデス魚とかが、ドリオン？

ドリオン　そうだとも。それ以上のものは持ってこれなかったので。金持ちだったら、船の漕ぎ手にはなってないさ。俺の母《かあ》さんには、ニンニクの頭一つ持っていったことがない。で、ビテュニアの男からお前がもらう贈り物はどういうものなのか、知りたいものだな。

ミュルタレ　まず、この下衣を見て。彼が買ってくれたの。それから首飾りの太いほうの。

ドリオン　あれか？　以前からお前が持っているのは知ってたが。

ミュルタレ　いいえ、あなたの知ってるほうのは、ずっと細くてエメラルドは付いていなかったわよね。それからこの耳飾りに、じゅうたん、またこの前は二ムナをくれたし、わたしたちの家賃も払ってくれたわ。パタラのサンダルとか、ギュティオンのチーズとかいったくだらないものではなくてね。

四　ドリオン　だが、お前がどういう男といっしょに寝ているのかということは言わないのか？　年齢《とし》はどう見ても五〇を超え、額は禿げ上がり、ザリガニのような肌色だな。彼の歯を見たこともないのか？　ディオスクロイ(10)にかけて、彼の優美なことといったら！　とくに彼が歌を唸りながら雅《みやび》な男を気取ろうと

(1) 漕ぐ役は下っ端の水兵で、たいてい貧乏な階級出身（下記参照）。
(2) 船首に立って、嵐などを見張る役。
(3) エーゲ海東部の島。
(4) スズキ科（?）の大衆魚（塩漬け用）。黒海その他の産。アテナイオス『食卓の賢人たち』第十三巻五七九F等参照。
(5) ビュザンティオン（イスタンブール）の面する黒海への海峡。
(6) 小アジア南部の地域。エーゲ海に面する町々を含む。
(7) 小アジア南部リュキア地方の海沿いの町。
(8) スパルタ南方ラコニア湾に面している町。
(9) ブロンズのコインではなくて（ただし金貨のドラクマもあった）。
(10) 若々しい双子神、その初老のみすぼらしい男と対比。

いうときには、まるで驢馬《ろば》が自分で［伴奏の］竪琴を弾く(1)、という諺どおりになるじゃないか。まあ、お似合いの相手として彼との交わりを楽しむんだな、そして父そっくりの子がお前たちに生まれるよう祈るよ。俺のほうでも、俺に見合った誰かを、デルピスとか、キュンバリオンとか、お前の隣人の笛吹きとか、とにかく誰かを見つけるよ。じゅうたんとか、首飾りとか、二ムナのお代とかは、みなが自由にできるものではないのだ。

ミュルタレ　あなたを愛人にする女《ひと》は幸せね、ドリオン。彼女に、キュプロスから玉ネギを、ギュティオンからの航海の帰りにはチーズを持ってきてあげるのね。

十五　コクリスとパルテニス

コクリス　どうして泣いてるの、パルテニス？　折れた笛を持っているのは何故《なぜ》？

パルテニス　アイトリアの大きな兵隊さん、クロカレのあの愛人が、クロカレのところで笛を吹いているわたしを見て打《ぶ》ったの。彼の恋敵《こいがたき》のゴルゴスに雇われていたのだけれど。そしてわたしの笛を折り砕き、みなが食事をしているのにテーブルをひっくり返し、混酒器に襲いかかって酒をぶちまけたのよ。あの農夫のゴルゴスに対しては髪を摑んで酒の席から引きずり出し、寄ってたかって打ちのめしたわ、デイノマコスという名だと思うけど、その兵隊さんと彼の戦《いくさ》仲間たちとでね。だから、あの人が生きてられるか分からないわ、コクリス。鼻から血をたくさん流してたし、顔は全部張れ上がって土色になってたから。

二　コクリス　その男は狂ってたの？　それとも酔ったあげくの乱行だったの？

パルテニス　嫉妬と異常な愛からよ、コクリス。クロカレはたしか彼に二タラントン(3)要求したのよ、もし自分を一人占めにしたいならば、とね。デイノマコスがその金を出さなかったので、彼がやって来たとき目の前で戸をバタリと閉めて入れなかったそうよ。そしてオイノエ(4)の豊かな農夫のゴルゴスが前から彼女を愛していて、よい人でもあるので、彼を中に入れていっしょに飲みながら、笛を吹かせるためにわたしも呼んだの。宴《うたげ》がすでにたけなわになり、わたしはリュディア調(5)の曲をちょっと吹き、農夫さんはもう立ち上がって踊る構えをし、クロカレは拍手をして、という調子で、その場全体が楽しい気分に充ちてきたとき、物音と叫び声が聞こえて中庭の戸がドンドンと乱打されたの。そしてすぐ後に、八人ほどの屈強な若者に交ってあの粗野な男が跳り込んできたというわけ。それであっという間にすべてがひっくり返され、ゴルゴスはさっき言ったように殴り飛ばされて地面に横たわっているのを踏みつけられていたわ。クロカレのほうは、知らぬ間に逃げ出して隣人のテスピアスのお家《うち》へ避難したのだけれど、わたしにはデイノマコスは、殴りつけてから、「くたばれ」と悪態を言って折り砕いた笛を投げつけたのよ。で、いまはわたしはこれを主

(1) 宴会で自ら竪琴を弾きながら歌うのは、男の一つのたしなみとして行なわれたが、ここでは歌も伴奏も（風流を知っているつもりなのでそれだけ）滑稽な調子、ということ。
(2) ギリシア中部の地域。
(3) 一タラントンは六〇〇〇ドラクマ、莫大な金額。
(4) ボイオティア国境沿いのアッティカの町。
(5) 優美な曲調。

人に報せようと走って行くところなの。あの農夫さんも、市の何人かの友だちに会って、当番評議委員会にあの粗野な男を訴えさせようとしているわ。

三　コクリス　兵隊の愛人を持つとこういう得をするのね――打たれ、裁判ざたになるということをね。それに、自分は指揮官だ、千人隊長だとほざきながら、お代を払う段になると、「給与まで待ってくれ、手当をもらったら全部済ますから」と言い逃がれる。食わせ者のああいう人たちはいなくなってほしいわ！とにかくわたしは彼らをけっして寄せつけないよう用心してるの。漁師とか船乗りとか農夫とか、わたしと同じ身分で、おせ辞は少ししか言えないけど、持ってくるのはたくさんという人にいてほしいの。かぶとの頂きを揺すり、戦《いくさ》の話をする手合いは騒がしいだけよ、パルテニス。

愛国者または弟子（第八十二篇）

内田次信訳

一　トリエポン　どうした、クリティアス？　全体が別人のようになって、眉をしかめながら下を向き、思いを深く凝らして、あちらへこちらへ歩き回っているさまは、詩人(1)の言う「企《たくら》みをめぐらす男(2)」のようだし、「きみの頬《ほほ》は青ざめている(3)」。まさか三頭の怪物(4)とかヘカテ(5)とかが冥府からやって来たのを目にしたわけじゃあるまい？　あるいは摂理のはからいで誰か神に出会ったとでも？　かりに世界がデウカリオンのときのような洪水に見舞われたと聞かされてもそんな風《ふう》にきみがなるとは思えないね。きみに話してるんだ、おい美男子クリティアスよ。しきりに大声で呼びかけ、そばまで寄ってきているこの僕の言葉が耳に入らぬのか？　こちらに怒っているのか、それとも耳が利かなくなったのか、腕を摑んで引き留めるまで待つつもりなのか？

クリティアス　やあ、トリエポン！　長たらしい、途方に暮れさせる話を聞かされたのだ、いろんな筋道にわたってややこしくされてるのをね。いまでもそのたわ言をあれこれ憶い出して数えながら、耳を塞いでいる僕なのだ――さらにそういうのを聞かされて狂ったあげく息が止まり、昔のニオベ(6)のように詩人たちの話の種になってしまわないようにね。だが、きみがわが友よ、僕に向かって叫んでくれなかったら、目まいのために断崖から真っさかさまに墜落していたことだろう、そしてアンブラキアの人クレオンブロトス(7)の跳び込みが僕について語られることになっただろう。

二　**トリエポン**　ヘラクレスにかけて、[8]そのように見たり聞いたりしたことが、きみクリティアスを驚愕させたとは不思議だね！　これまでは頭のいかれた詩人たちや、[9]哲学者たちの驚異的な話がきみの心を驚かせたことがどれほどあっただろう。きみには全部がたわ言だったよね。

クリティアス　少しやめてくれ、もういじめないでくれ、トリエポン。きみのことはこれからも気にかけるつもりだから。

トリエポン　きみが思いをめぐらせていることが些細なものではなく、なおざりにできるものでもないことは僕にも分かる。とても玄妙な種類のものなのだね。なぜなら、きみの顔色とか、牡牛のような上目づかいとか、ふらつく足元とか、あちらへこちらへ歩き回る様子とかで、いまのきみはとても目立つのだ。だが、その思い詰めた状態から心を休め、そういうたわ言は吐き出してしまって、「何か禍《わざわ》いをこうむることのな

(1) ホメロス（詩人たちの代表）。
(2) ホメロス『イリアス』第四歌三三九行参照（オデュッセウスに関して）。
(3) ホメロス『イリアス』第三歌三五行参照（蛇を見て青ざめる男）。
(4) 冥界の番犬ケルベロス。
(5) 冥界の女神。
(6) 子どもたちを一挙に失い、岩と化した女性。
(7) プラトンの弟子（アンブラキアはギリシア北西部の町）で、『パイドン』（魂の不死の論）を読んだ後、高い壁の上から身を投じて自殺（カリマコス『エピグラム』二三（Pfeiffer））。
(8) 驚異の業をなす英雄にかけて。
(9) 直訳「雷に打たれた」。

いよう」(1)にするがいい。

クリティアス　きみのほうは、トリエポン、一ペレトロン(2)ほど僕から走って離れたほうがいい――風がきみを吹き上げ、高みに浮んでいるのをみなに見られてから墜落し、昔のイカロスよろしく(3)トリエポンテイオン海という名になるということのないようにね。というのは、僕が今日、三倍に呪われたソフィストたち(4)から聞かされたことは、僕の腹をとても膨ませてしまったのだ。

トリエポン　お望みの距離だけ走って離れるよ。でも、きみは思い詰めてるのを休むがいい。

クリティアス　ふーふー！　ああいうたわ言といったら！　うーうー！　恐ろしい計画に、空しい希望といったら！

三　トリエポン　その息巻きようはなんだ！　雲を散りぢりにしたぞ！　西風が激しく吹きつけ、波とともに押してくるのに、きみはいましがた北風をプロポンティス(5)にかき立てた。だから商船は黒海を行くのにロープで引っぱらないといけないだろう、波が風に煽られてうねり寄せてくるのでね。きみの内臓はどれほど膨れ上がっているのか！　どれほどの攪乱がそのお腹《なか》をかき乱しているのか！　それほどあれこれ聞きつけたきみには耳がいっぱいあることが分かった、だから奇跡的に爪を通しても聞いたに(6)相違ない。

クリティアス　爪でものを聞くというのも不思議ではないよ、トリエポン。脚が胎《はら》となり(7)、頭が子を宿し、生まれつき男だったのが女に転じ、女が鳥に変わる例をきみは眺めてきた(8)。総じて人生というのは驚異に充ちているのだ、詩人たちの言うことを信じればね。とにかく、「ここでお主《ぬし》に出会ったからには(9)」、まずあちらのプラタナス(10)が陽をさえぎり、ナイチンゲールとつばめが響きよく囀っている所へ行くことにしよう。鳥たちの歌が耳を喜ばせ、水の流れがさらさら言って、僕たちの魂を魅惑してくれることだろう。

四　**トリエポン**　行こう、クリティアス。だが、きみの聞いたことが呪文のように働いて、僕を乳棒とか扉とかいった何か物体にしてしまう[11]のではないか不安だな、きみを驚愕させたそのとんでもないことがね。

クリティアス　高天のゼウスにかけて、きみはそうはならないだろうよ。

（1）ホメロス『オデュッセイア』第十七歌五九五行以下参照（オデュッセウスがテレマコスに注意するときの言葉）。

（2）三〇メートル超（一ペレトロン＝一〇〇ペース「フィート」）。

（3）飛行を試みた彼が墜落した海はイカリア海（Ἰκαρία θάλασσα, エーゲ海の一部）と名づけられた。

（4）後出の僧侶たち。

（5）今日で言うマルマラ海。

（6）怪物アルゴスは全身に目を持っていたというが、今の場合は全身に耳がついている、と。慣用句的に、爪は身体先端部を表わす。

（7）ゼウスがディオニュソスをわが身の中に（ふつうは「太もも」の中に。アポロドロス『ギリシア神話』第三巻四-三、ルキアノス第七十九篇『神々の対話』一二-一など）縫いこんでから「出産」。またその頭からはアテナが出てきた。その他は変身譚。

（8）そういう神話的出来事を「眺めた」、というのは、詩や絵画で接してきたということ。

（9）ホメロス『オデュッセイア』第十三歌二二八行（オデュッセウスが、人間に変身しているアテナに向かって言う）。

（10）プラトン『パイドロス』二三〇Bの記述参照。

（11）ルキアノス『嘘好き人間』三五参照（ここは逆にそういう物を人間のように働かせる）。

トリエポン　ゼウスにかけて誓うとは、なおさら僕を恐がらせるね。きみがその誓いを破っても、彼がどうして罰することができるだろう？　きみの言うそのゼウスについて、きみもよく知っているはずだ。

クリティアス　何を言う？　ゼウスは誰かをタルタロス(1)に送りこむことができるではないか？　彼は神々すべてを天の敷居から投げ下ろしたし、(2)以前には自分に張り合って雷を鳴らすサルモネウス(3)に稲妻を落とし、いまでも放縦な者たちに対してそうしている。詩人たちからは、ホメロスでもそうだが、「ティタン神族の制圧者(4)」とか「巨人族を滅ぼす神(5)」とかと讃美されていることをきみも知っているだろう。

トリエポン　きみは、クリティアスよ、ゼウスのことをあれこれ述べたが、よければこういうことも聞かせよう。彼はみだらな思いから白鳥や、サテュロスや、牡牛にもなった(6)ではないか？　そしてあの娼婦(7)をすぐに肩に載せて海面を渡って逃げなかったら、きっと農夫に出くわして、雷の主、きみのゼウスは耕作をする羽目になり、牛突き棒によって突き回されていたことだろう。また黒い肌と顔のエチオピア人のもとで饗宴に与《あずか》りながら十二日にわたって立ち去らず、酪酔して居すわり続けた(8)――ああいうあごひげを持っているのに――、というのは恥ずべきことではないか？　鷲やイダ山(9)のこととか、全身に子を宿す(10)というのは話すのも恥ずかしい。

五　クリティアス　アポロンにもかけようか、わが友よ、最高の予言神で医神だが？

トリエポン　嘘つき予言神のことを言ってるのか？　以前はクロイソスを滅ぼし(11)、その後にはサラミスの人々(12)や他の多くの者たちを破滅させた、あの誰にも意味あいまいな占い師を？

六　クリティアス　ではポセイドンは？　両手で三叉《さんさ》ほこを操り、戦では鋭い恐ろしい声を九〇〇〇〇人や

(1)敵対するクロノスらを投げ込んだ地下の奥底（一種の牢獄）。

(2)ホメロス『イリアス』第十五歌二二二行以下参照。

(3)エリス（ギリシア・ペロポネソス半島西部）の王。ゼウスに張り合い（「自分はゼウスだと言って、神への供犠を取り上げて自分に供えるよう命じ、云々」、アポロドロス『ギリシア神話』第一巻九-七）神罰を受けた。

(4)この *Τιτανοκράτωρ* という句自体はホメロスら古い詩人では出てこない（第二十五篇『人間嫌いのティモン』四で使われている）。しかし、ティタン族の制圧はヘシオドス『神統記』（とくに六一七行以下）の主題。ホメロスでも折に触れ言及される。*Τιτανομαχία*『ティタン族との戦い』という叙事詩もあった（散逸）。

(5)この *Γιγαντολέτης* という句そのものはホメロスら古い詩人では用いられない（『ギリシア詞華集』第九巻五二四-四[*Διόνυσος*]、五二五-四[*Ἀπόλλων*]に出る）。巨人族自体が詳しくは触れられない（ヘシオドス『神統記』一八五行、ホメロス『オデュッセイア』第七歌五九行など。後者の第十一歌三〇五行以下で、山に山を重ねて天に昇り神々を制しようとしたというオトスおよびエピアルテス[「ポセイドンの子たち」は巨大だが、天と地の子である巨人族とは異なる]。しかし、後代に人気化する主題。アポロドロス『ギリシア神話』第一巻六-一に詳しい描写がある。

(6)ゼウスが女神や人間の女を愛し、わが身を変身させたときの姿の数々。

(7)エウロペのことを言っている。ふつうはフェニキア王アゲノルの娘とされる。フェニキアから牡牛姿のゼウスにさらわれクレタまで来た。

(8)ホメロス『イリアス』第一歌四二三行以下参照。

(9)トロイアの王子ガニュメデスの誘拐のこと。

(10)前記ディオニュソスやアテナの誕生に関して。

(11)あいまいな予言でリュディア王クロイソスにペルシアを制覇できると惑わせ、逆に自らの滅亡に至らしめた（ヘロドトス『歴史』第一巻五三）。

(12)ヘロドトス『歴史』第七巻一四一で「おお聖なるサラミスよ……そなたは女らの子を亡ぼすであろう」（松平千秋訳）というアテナイ人へのデルポイ託宣の句を（伝え聞いた）ペルシア人が、滅びるのはアテナイ人（実際は逆の結果）と取った、ということか（Macleod 註記）。

一万人の戦士ほどの音量で叫び立てる神だし、地を揺する者とも呼ばれているが？(1)

トリエポン　あの姦通者をか？　以前はサルモネウスの娘テュロの操《みさお》を奪い、(2)いまでも姦通をし、そういう類いの人間を守護したり煽ったりしている。アレスが逃れがたい網に絡まれて圧《おさ》えつけられ、アプロディテといっしょに狭いところに閉じこめられていたとき、(3)他の神々はみな恥ずべき密通のゆえに黙っていたのに、馬の神ポセイドンは、まるで幼児が先生を恐れて、あるいは老婆が娘たちをだましてそうするように、泣きわめいて涙を流し、アレスを解放するようへパイストスにせがんだ。両足のなえたこの神は年長の神を憐れみ、アレスを自由にした。だから、密通者を救う者としてポセイドンも密通をする神なのだ。

七　クリティアス　ではヘルメスは？

トリエポン　みだらなゼウスに仕える性悪の奴隷、密通の行ないにみだらに熱中するあの神を？

八　クリティアス　アレスとアプロディテをきみが受け入れないことは、先日も彼らをけなしていたきみのことだから了解できる。こちらは飛ばすことにしよう。だがさらにアテナの名を挙げよう。処女神だが、武具に身を固める恐ろしい女神で、さらにゴルゴンの首を自分の胸に着けている。(4)巨人族を滅ぼした女神だ。彼女についてはきみも何も言えないだろう。

トリエポン　彼女のことも言おうか、僕に答えてくれるのなら？

クリティアス　何でも好きなことを話せ。

トリエポン　言ってくれ、クリティアスよ、ゴルゴンがどういう用に立つのか、女神はどうして胸にそれを着けているのか？

クリティアス　見るも恐ろしくて、禍いを払いのけるものだからさ。また敵軍を震え上がらせ、彼女の欲するときに勝利を別の側のものにするのだ。

トリエポン　このゆえに輝く眼の女神(5)は敵しがたいのか？

クリティアス　そうだ。

トリエポン　では、どうして救う力を持つ者(6)に対してではなく、救われる者(7)のほうにわれわれは牡牛や山羊の腿を犠牲として焼くのか――アテナのようにわれわれも敵しがたい者にしてくれるだろうに？

クリティアス　いや、ゴルゴンには、神々のように遠くから援ける力はないのだ。それを着けていないといけない。

九　**トリエポン**　それはそもそも何なのだ？　きみはそういう問題を調べ上げて、たいていのことは明らかにできているので、教えてほしい。ゴルゴンの名以外は、彼女について何も知らない僕なので。

クリティアス　彼女は美しく愛すべき娘だった。しかしペルセウスが策略によって彼女の首を切り落とし

---

(1)ホメロス『イリアス』第十四歌一四八行以下参照。
(2)ホメロス『オデュッセイア』第十一歌二四一行以下参照。
(3)ホメロス『オデュッセイア』第八歌二六六行以下参照。
(4)胸甲的なアイギスに付けて。
(5)彼女の瞳を形容する *γλαυκῶπις* は「輝く眼の」とも「灰青色の眼の」とも解せる。
(6)ゴルゴンのように。
(7)ゴルゴンの首に援けられるアテナのように。

たのだ。生まれ正しく、魔術で名を馳せた彼[1]が、呪文によって彼女をとりこにしてから殺したあと、神々がそれを防御の具にしたというわけだ。

トリエポン　神々が人間を必要としているというご立派な話を僕はこれまで聞いたことがなかったよ。で、彼女は生きている間は何の役に立っていたのか？　宿で遊女のつとめをしていたのか、それともこっそり密通をしながら自分を処女と呼んでいたのか？

クリティアス　アテナイの「知られざる神[2]」にかけて、斬首されるまで乙女のままだった。

トリエポン　では、乙女の首を切ったら、同じように人々を戦慄させるものになるのか？　というのも、たくさんの乙女が、「海に囲まれた島、それを人はクレタと呼ぶ[3]」というその島で、四肢ばらばらに切り殺された[4]ことを僕は知っている。もしそういうことが分かっていたなら、立派なクリティアスよ、どれほどのゴルゴンたちを僕はクレタからきみに持ってきたことだろう。そしてきみを敵しがたい将軍になし、詩人や弁論家たちには、より多くのゴルゴンを見つけたということでペルセウスより僕のほうが上と言われたことだろう。

一〇　クレタ人のことでさらに憶い出したが、彼らは、きみのそのゼウスの墓[5]というものを僕に指し示したし、彼の母神[6]を養ったという繁みも見せてくれた。いつも青々としている繁みだということだ。

クリティアス　だがきみは呪文や密儀のことについては知識がなかった。

トリエポン　もしもそれが呪文でできたことなら、クリティアスよ、きっと彼［ペルセウス］は死者の間から人を連れ戻し、甘美な光のもとに蘇らせたことだろう。だが、そういうのはたわいもない戯《ざ》れ言で、詩人たちが語った奇異な神話なのだ。だから彼女［ゴルゴン］のことも放っておこう。

一一　**クリティアス**　ではゼウスの妻で妹であるヘラのことも受け入れないのか？

トリエポン　みだらな交わり(7)のことがあるし、黙っているべきだ。また彼女が両手両足を捉えられて引き

(1)ペルセウスはゼウスの子（母はアルゴス王女ダナエ）。「魔術、云々」というのは、ゴルゴンのメドゥサ退治のとき、冥界神ハデスのキャップを装備の一つに携えていて、それで透明人間のようにわが身を見えなくした。という点参照。しかし「呪文、云々」と言っているので呪術師と見ているとしたら独特。ただヘルメスのドッペルゲンガーだとも言われ（Preller, L. / Robert, C., *Griechische Mythologie*, Erster Band, Berlin, 1894 (5. Auflage), S. 397）、この神のアルゴス退治（魔法の杖と笛演奏で眠らせてから殺す）を連想させえたか（オウィディウス『変身物語』第一巻六八九行以下等）。

(2)パウロがそこを訪れたときアテナイ人たちが敬っていた神（神々）（『新約聖書』「使徒の働き」（新改訳）一七-二三）。人間には正体不明の、しかし敬うべき存在。

(3)ホメロス『オデュッセイア』第一歌五〇行などの句の一部を利用。

(4)中世のこと、それまでサラセン人に支配されていたクレタをビザンティンの王ポカス（Nicephorus Phocas）が制覇した（八二六年）。そのさいにサラセンの乙女たちもたくさん切られたという史実がここで念頭に置かれていると Macleod は説く（Loeb 版第八巻四三三頁 n. 2）。

(5)「『クレタ人はいつも嘘を言う』。あなた［ゼウス］の墓をも、主《しゅ》よ、／クレタ人はこしらえ上げたのだ……」（カリマコス『ゼウス讃歌』八行以下）参照。墓の場所については、クノッソス、クレタのイダ山、ディクテ山といった諸説があった。Cook, A. B., *Zeus*, Vol. I, New York, 1964 [1914], p. 157 以下参照。

(6)レア。夫のクロノスに知られないようここで赤子のゼウスを育てた。

(7)ホメロス『イリアス』第十四歌二九四行以下参照（イダ山上での二神の交わり）。

伸ばされる(1)という話も無視しろ。

一二　クリティアス　では、どの神にかけて誓おうか？

トリエポン　高みで治めるお方、偉大な、不死の、天の神、父の子、父から出た神霊、三体からなる一、一からの三体だ。「これをゼウスと見なせ、これを神と考えよ(2)」。

クリティアス　算術を教えてくれてるのだな。この誓いも算術的だ。ゲラサのニコマコス(3)のような算術をするのだから。きみが、一は三、三は一と言う意味が分からないよ。ピュタゴラスの四数(4)とか八の数とか三〇の数とかのことか？

トリエポン　「地下のことは、そして沈黙すべきことは黙《もだ》せ(5)」。蚤の足跡をそのように測る(6)ことはならぬ。僕がきみに、宇宙とは何か、万物より先に存在する者は誰か、宇宙の仕組みはどういうものか、教えてあげよう。僕もこの前きみと同じような困惑におちいったのだが、あのガリラヤの人(7)が僕と出会い――額は禿げ上がって鼻は長く、中空を第三天まで行って最も麗しいことを学びえたあの男が――、水を通じて再生させてくれ、至福の人々の足跡に沿って歩むよう導き、不敬な者たちの国から僕を解放してくれたのだ。きみも、僕の言うことを聞いてくれれば、真の人間になれるようにしてあげよう。

一三　クリティアス　話してくれ、学のあるトリエポンよ。僕は恐怖に脅えているので。

トリエポン　劇作家アリストパネスの『鳥』という作品を読んだことはあるか？

クリティアス　あるとも。

トリエポン　彼はこう書いている。

初めにカオスと、夜と、暗いエレボスと、広いタルタロスがあった。
だが大地や、空や、天は存しなかった。(8)

クリティアス　よく言った。それで、次には？

トリエポン　不滅の、見えざる、認識されざる光があった。それが闇を解き、この無秩序を追い払った。彼［神］に発せられた言葉のみによって――口の重い男が書き記したごとく(9)――大地を水の上に固定させ、

---

(1) ホメロス『イリアス』第十五歌一八行以下参照（ゼウスによるヘラへの懲罰）。
(2) エウリピデス「断片」九四一（Nauck）。
(3) 後二世紀頃、ゲラサ（今日ヨルダンのJerash）に住んでいた新ピュタゴラス派の哲学者。
(4) 四数（四つの数の総数 *τετρακτύς*）は一から四まで順次足した数の一〇（完全な数と見なされた）。以下、八は正義を表わすと唱えられ、三〇も聖なる数とされた（月の第三十日を神聖な日とする）。
(5) 出典不明、劇（喜劇）の台詞。
(6) アリストパネス『雲』一四五行参照（学問的科学的詮索を茶化す）。
(7)「ガリラヤの人」はふつうイエス・キリストを指すが、ここはキリスト者パウロ（生まれはキリキア・タルソス、ガリラヤはパレスティナの地でキリストが伝教活動した地）を意味するようである（「出会った」は、書などを通じてその教えを垂れた、ほどの意味）。以下の「額は禿げ上がり、云々」について「小柄で頭がはげ、足はまがっていたが、しかし健康そうで、幾分しかめ面をし、鼻が高く」というパウロの容貌記述参照（『新約聖書外典』「パウロ行伝」三、青野太潮訳）。「第三天［至高の天］まで行って」については「コリント人への手紙第二」（新改訳）一二・二参照。「水を通じて」は、洗礼を授けて。
(8) アリストパネス『鳥』六九三以下。
(9) モーセ。『旧約聖書』初めの「（モーセ）五書」は彼の作とされた。「私［モーセ］は口が重く、舌が重い」（「出エジプト記」四・一〇［新改訳］）参照。

天を拡げ、恒星を形作り、きみが神々と崇める惑星の走路を割り当て、大地を花々で飾り、人間を非存在から存在へと導いた。彼は天にいて正しい者と不正な者とを眺めながら、彼らの行ないを書に記している。すべての者に、そう定めた日に報いを与えるだろう。

一四　クリティアス　モイラ〔運命〕たちからみなに紡がれていることも記されるのか？

トリエポン　どういうことを？

クリティアス　宿命のことだよ。

トリエポン　モイラたちのことを話してくれ、わが友クリティアスよ。僕は弟子としてきみからうけたまわりたい。

クリティアス　名うての詩人ホメロスがこう言ってるではないか。

運命はどの男にも逃れることはできない。(1)

また偉大なヘラクレスについてもこう述べている。

力強きヘラクレスですら死は免れなかった。
クロノスの子、王たるゼウスに最も親愛な彼であったが、
モイラと、ヘラのひどい怒りとが彼を滅ぼした。(2)

いや、生全体が、またその変転のあれこれが宿命づけられていると言う。

……それから彼は、

宿命と厳しい紡ぎ女《め》たちとが、
母から生まれたときに糸で紡いだ定めを味わうことだろう(3)。
また異国での滞留も、宿命によると言う。
さらにアイオロスのもとに着いたこと〔を話した〕。彼はわたし(4)を喜んで受け入れてから、
送り出してくれた。愛する祖国に達する定めにはまだなっていなかった(5)。
だからすべてがモイラたちによって成るということを詩人は証言しているのだ。またゼウスが、息子を
忌わしい死から救い出す(6)
ことは望まずに、むしろ、
血の滴を地上に垂らした。
パトロクロスがトロイアで倒す定めになっているわが愛する息子を尊んで(7)。
だから、トリエポンよ、モイラたちに関して何かこれ以上〔調子に乗って〕言おうとするな、たとえ先生と

---

(1) ホメロス『イリアス』第六歌四八八行。
(2) ホメロス『イリアス』第十八歌一一七行以下。
(3) ホメロス『オデュッセイア』第七歌一九六行以下。
(4) オデュッセウス。風神アイオロスの島に漂着したときのこと。
(5) ホメロス『オデュッセイア』第二十三歌三一四行以下。
(6) ホメロス『イリアス』第十六歌四四二行。
(7) ホメロス『イリアス』第十六歌四五九行以下。

いっしょに高みに昇って秘儀に与ったとしても。[1]

一五　トリエポン　ではどうして同じ詩人が、わが友クリティアスよ、宿命を二重の、両様のものと称しているのか？　こういうことをすればこういう結末に、またこういうことをしたら別の結末に遭遇すると言っているが？　アキレウスについては、

二様の運命が死の結末へ導いてゆく。
もしわたし[2]がここに留まり、トロイアの都をめぐって戦えば
わが帰国は失われるが、不滅の名声が得られるだろう。
だが国へ戻ったなら、
わが栄えある名声は失われるが、長い人生が得られることだろう。[3]

またエウケノル[4]についてもこう述べる。

彼は呪わしい運命を知ってはいたが船に乗った。
立派な老人ポリュイドスが何度も彼に語ったからだ
――自分の館で辛い病いによって死ぬか、アカイア軍と船で行き、トロイア勢の手で倒れるかする、と。[5]

一六　こうホメロスでは書かれているではないか。これは、両様にとれる危険なだましなのか？　お望みなら、ゼウスの言葉も付け足そう。彼はアイギストスに、密通を控えアガメムノンに対する陰謀をやめたら、長く生きられる定めだが、そういう企《くわだ》てを試みるなら、早い死に見舞われることになる、と言った。[6]自分もそういう予言を何度もなし、近しい者を殺せば正義の手によって死を迎えるが、そうしなければよい人生

を送り、
死の結末がお前をすぐに襲うことはなかろう(7)と告げた。詩人たちの言葉がいかに真っすぐでないか、あいまいで不確かなものか、よく分かるだろう。だから、こういうことはすべて放っておけ、天の書にきみも善人の一人と記してもらえるように。

一七　クリティアス　見事に初めの点まで戻したね、トリエポンよ。だが、スキュティア(8)の国のことも天では記されるのか?

トリエポン　すべてのことが、もしも善い人間なら、[キリスト教国以外の]諸国のことでもそうされる。

クリティアス　天にはたくさんの書記がいるのだな、すべてのことを記すためにね。

トリエポン　口を慎め。敏《さと》い神に対してくだらぬことを言うな。僕から教えられてそれに従え、もし永遠

---

(1) 先生の僕から詳しい知識を得ても軽々しくしゃべるな。サブタイトルの「弟子」はこういう点に関連。政治的含みもあり、後出(二二等)の対立者側の「秘儀」と対比的。
(2) アキレウス。
(3) ホメロス『イリアス』第九歌四一一行以下。
(4) ホメロス『イリアス』第十三歌で言及されるコリントス人で、父から以下の予言を聞いていた。
(5) ホメロス『イリアス』第十三歌六六五行以下。
(6) ホメロス『オデュッセイア』第一歌三七行以下参照。けっきょく彼は、いとこのミュケナイ王アガメムノンを、その帰国時に謀殺した。
(7) ホメロス『イリアス』第九歌四一六行。
(8) 黒海北岸などにいた遊牧民族。文明国以外の野蛮人の代表。

に生きねばならぬ[1]というのなら。彼［神］が天をカーテンのように繰り広げ、大地を水の上に固定し、星々を形作り、人間を非存在から存在へ引き入れたのなら、みなの行ないが記録されるということも不思議ではなかろう。きみが家を造り、下僕や下女たちをその中に集めて住まわせたとき、彼らの行ないにきみの関心と注意が払われないままになるということはけっしてない。まして、宇宙を造った神は、各人のすべての行ないと考えを容易に追跡するのではないか？　きみの神々は、思慮ある人たちには、コッタボスのような遊びになっているのだ[2]。

一八　**クリティアス**　きみの言うことはもっともだ。そしてニオベとは逆の目を見させてくれた、つまり僕は石の塊からまた人間になったのだ。だからこの神も、きみのために、僕の敬う相手に加えよう。僕のせいできみに何か悪いことがあってもいけないから。

トリエポン　「もし本当に心から愛していてくれるのなら[3]」、心にたがうことを僕にしないでくれ、「他のことを胸に隠し、別のことを言う[4]」ということにならないようにね。だが、とんでもないことを聞かされたというそのことを歌ってみてくれ、僕も真っ青になり別人のようになるようにね。それにニオベのように沈黙はせずに、ナイチンゲールのような鳥になって、きみがこうむったとんでもない驚愕の体験を花の咲く草地でうそぶき回りたいのだ。

クリティアス　父の子たる神にかけ、それ[5]は起きないよ。

トリエポン　聖霊から語りの力をもらって話すがよい。僕はここに座って、アイアコスの裔《すえ》がいつ歌をやめるか待つ(6)ことにする。

一九　クリティアス　大通りに行って必需品を買おうとしたのだが、そこで群衆が互いの耳元に囁き合い、唇を耳に押し当てているのが目に入った。僕はみなを見回し、眉の上に手を曲げてかざしながら、誰か友だちの姿が見えないか目をこらして探した。すると政府の役人のクラトンが目に入った。子どものときからの友人で飲み仲間だ。

トリエポン　分かった。公平分配官(7)の男だね。それで？

二〇　クリティアス　そこで人をいっぱい押しのけて前へ進み、朝のあいさつをしてから彼に近づいた。ところが、カリケノスという名の小男が――腐った老人で鼻をふんふん言わせている奴だが――ごほんと咳

(1)天国に行ければよいが、地獄で永遠の刑罰を受けることになればたいへんだ。「(永遠に) 生きたいと望むのなら」とテクストを書き換える案もある。

(2)直訳「コッタボスになっている」。酒の飲み残しを盃から盆や皿の中に投げ入れて競う遊興。古代の神話は、偶然的な思いつきに基づく遊びの類いだ。

(3)アリストパネス『雲』八六行参照。

(4)ホメロス『イリアス』第九歌三一三行参照。

(5)ニオベ石化のような変身は。

(6)ホメロス『イリアス』第九歌一九一行。アイアコスの裔＝アキレウスの歌がやむのを待つパトロクロス。

(7)ここの、税金の公平な分配をとりはかる ἐξισωτής という政治用語は五世紀の資料に初めて出てくる（ユスティニアヌス法典）。

きこんでから、長々と痰を切っていたが、吐き出す唾は死よりも黒ずんでいたよ。それから、しゃがれた声でこう話し始めた、「こいつは、前にわしが言ったように、公平分配官に納めるべき課金を帳消しにさせようとしている、そして借金を金貸しに返し、家賃と税金を払うつもりでいる。また出来ばえを確かめもせずに……[1]を受け取ることだろう」。もっと不快なたわ言をしゃべり続けた。だが周囲の人間は彼の言葉をおかしがり、奇妙なことを聞くので注目していた。

二二　もう一人、クレウオカルモスという名で、ぼろぼろの外衣を着て、裸足で、頭の覆いもない男が、歯をがちがち鳴らしながら群衆の間でこう言った、「ある見すぼらしい身なりの、髪を切り詰めた男が山から降りてきてわしに教えてくれたが、劇場に聖なる文字で名前が記してあり、この男が黄金でもって大通りをあふれ返らせるだろうということだ」。

それに対し僕はアリスタンドロス[2]やアルテミドロス風にこう言い返した、「そういう夢はお前たちによい目は見させまい。お前は返済してもそれに応じて借金は倍増するだろうし、こちらの男は黄金に充ちている分だけオボロスの大半を取られることだろう。きっとお前たちは眠りの中でレウカスの岩[3]と夢の国にまで行き、それほどの夢を夜の一瞬の間に見たのだろう」。

二三　すると彼らはみな、笑いのために窒息せんばかりに大笑し、僕を愚か者とくさした。そこで僕はクラトンに向かって言った、「僕は匂いを嗅ぎ取るのにまったく失敗したのだろうか――喜劇調の文句で言うが――、テルメッソスのアリスタンドロスや、エペソスのアルテミドロスのような仕方で夢の足跡を調べられていないのだろうか?」。

彼が答えて言った、「黙れ、クリティアス、きみが口を閉ざしているなら、すばらしいこと、いま起きることの秘儀にきみを導き入れてやろう。これらは夢ではなく、真実なのだ、そしてメソリの月[4]には現実になるだろう」。

こういうことをクラトンから聞かされて僕は彼らの誤った考えを非難し、真っ赤になってむっとしながら歩み去りつつ、クラトンを大いになじった。だが、一人の男が厳しいティタンのような目つきで睨み、僕の服を摑んで引き裂かんばかりにした。何か弁をぶつようあの老練の小鬼[5]から丸めこまれ、そそのかされていたのだ。

二三　そのように言葉をやり取りしているうち、不運な僕を、いかさま師のところへ行くよう彼「クラトン」は説き伏せた——いわゆる不吉な日に遭う羽目にさせた。彼らからすべての秘儀を授けられるというのだった。そして僕たちはいくつかの鉄製の門と青銅の敷居を通り、たくさんの回り階段を昇って、黄金の屋根の住居に達した。ちょうどホメロスの語る[6]メネラオスの館のようだった。そこで僕はそのすべてを、あの

(1) テクスト不確か。とりあえず「悪貨をつかまされるだろう」という趣旨の解釈に従う。
(2) アレクサンドロス大王に仕えた占い師（小アジア・リュキアのテルメッソス出身）。次のアルテミドロス（小アジア・エペソスの出身）は夢占いの書（現存）で知られる。
(3) ホメロス『オデュッセイア』第二十四歌一一行以下参照（黄泉の地の目印の一）。
(4) エジプトの月で八月に相当。
(5) ダイモニオン。前出のカリケノスという老人。
(6) ホメロス『オデュッセイア』第四歌七一行以下で、オデュッセウスの息子テレマコス（イタケ人）がメネラオスの館を訪ねる場面。

「イタケ」島の若人のごとく眺め渡した。だが僕が目にしたのは「メネラオスの妻」ヘレネではなく、身を屈めた、土色の男たち[1]だった。「すると彼らはこれを目にして喜んだ[2]」、そして向こうから近づいた。われわれが何か悲しい報せを持ってきたと思ったのだ。明らかに彼らは悪いことが起きるよう祈っていて、悲しい出来事に、舞台上の嘆き役のごとく喜ぶ者たちだったのだ。そして頭を寄せて囁き合っていた。それから僕に尋ねた。

「お前はどこの誰か？　どの国の者で、親はどこに住んでいる[3]？
そのなりからすると、お前は立派な男だろう」。

僕は答えた、「立派な者は僅かだ、どこでも確かめられるように。僕の名はクリティアス、お前たちと同じ国の者だ」。

二四　すると彼らは上《うわ》の空でいる者[4]のような仕方で、「この国と世界のことはどうなっている？」と尋ねた。

僕は、「みな楽しくやっているし、今後もそうだろう」と答えた。

しかし彼らは眉を吊り上げて否定し、「それは違う。国は禍いを生みそうだ[5]」と言う。

僕は彼らの考えに合わせて言った。「あなたたちは宙に浮かび、あたかも高みからすべてを見下ろしていてそういうことも分かるのだな。では高天のことはどうなっているのか？　太陽は日蝕をきたし、月は垂直に昇るのか？　火星は木星と矩象《くしょう》の星位[6]になり、土星は太陽と直径的に対峙するのか？　金星は水星と合《ごう》の位置になって、あなたたちが喜ぶヘルマプロディトスたちを生むのか？　篠《しの》突く雨が降り、大量の雪が地面を覆い、霰や錆病が襲い、悪疫に飢饉に旱魃が来るのか？　稲妻を打ち出す器はいっぱいになり、雷を作る容れ物は充たされたのか？」。

二五　しかし彼らは、これまですべてをうまくやってきた者たちのようにお気に入りのたわ言を並べながら、ものごとは変わってゆくだろう、不秩序と混乱が国を襲うだろう、軍隊は敵に敗北するだろうと話した。僕はこれにかき乱され、燃える樫の木のように膨れて、(7) こう叫んだ、「とんでもない人たちだ、大きな口をたたかないでほしい、

(1) アリストパネス『雲』で、ソクラテスの学校（「思索所」）に詰めて研究に没頭している者たちが、地面を眺めて身を屈めている（地下世界の探究のため）、外の空気に長くさらされることはできない男たちだ、と言われる箇所（一八七、一九一、一九八行以下）参照。以下、王家に対立する僧侶階級を示すらしい。

(2) ホメロス『イリアス』第二十四歌三二〇行以下、『オデュッセイア』第十五歌一六四行以下。

(3) ホメロス『オデュッセイア』第一歌一七〇行。

(4) この句 *ἀεροβατοῦντες* については、アリストパネス『雲』で（現実遊離的な）ソクラテスが「思索所」から「空中を歩んで」出てくる箇所参照（二二五行、*ἀεροβατῶ*）。

(5) 身内や国内に、将来禍害を及ぼしそうな者を養っている。アイスキュロス『アガメムノン』七一七行以下、アリストパネス『蛙』一四三一行以下参照。ここは、王やその党派のこと。

(6) 矩象（*τετραγωνίζειν*, 英語で quartile aspect）は、二惑星が互いに四分の一の角度（九〇度）にある星位。

(7) アリストパネス『蛙』八五九行参照。

牙を磨きながら、槍と投槍と白き頭飾りのかぶとを息巻く(1)
獅子心の男たちに対峙して。(2)

いや、そういうことはあなたたちの頭の上に起きることだろう、自分らの祖国を疲弊させる人たちだから。あなたたちは宙を歩んでこういうことを聞いたのではない、また時を費やさせる学問を習得してもいない。もし占いとかまやかしとかがあなたたちを信じさせているなら、その無知は二重になる。それは年寄りの女たちのこしらえ上げた遊び事なのだから。女たちの頭脳はそういうことを過度に追い求めるのだ」。

二六　**トリエポン**　それにどう答えたのだ、わが友クリティアスよ、考えも知性も刈り取られている彼らは？

クリティアス　そういうことは全部無視した。技巧を凝らした思いつきに逃げこんでいるのだ。彼らは、「これで一〇日の間われわれは食事なしで過ごすことになる。そして夜通しの讃歌を不眠で行ないながらそういう夢を見ている(3)」と言ったのだ。

トリエポン　それに対してきみはなんと？　人を困惑させる大きなことを言う彼らだから。

クリティアス　安心しろ、みっともない応じ方はしないから。こう見事に言い返してやったのだ、「市民があなたたちについてしている噂では、夢を見ているときだけあなたたちにはそういう考えが起きるのだと」。彼らはにやりと笑いながら言った、「ベッドから出ているときのわれわれにそれは生じるのだ(4)」。

僕は応じた、「それが本当なら、上《うわ》の空の人々よ、あなたたちが未来のことを間違いなく見出すことはできないだろう。いや、そういう妄想に操られ、ありもしない、起こりもしないことについてたわ言を述べているのだ。あなたたちは夢を信じてそういうたわ言を言い、よいことを嫌い、悪いことを喜んでいる。よいことを嫌っても何も利益は得ていない。だから、そういう奇妙な妄想や、よからぬ嫌悪や占いは放り出して、神が、祖国を呪いながらまやかしの言論をなすあなたたちを亡き者になさらぬようにするがいい」。

二七　しかし彼らは心を合わせて僕をひどく非難した。お望みなら、これも聞かせよう。彼らの言葉は僕を石の塊のようになして、物も言えぬようにし、やっときみのありがたい話しかけが石の状態から解き放って、ふたたび人間にしてくれたのだ。

トリエポン　黙って、クリティアス。彼らのくだらぬおしゃべりについて長談義をするな。僕のお腹が膨らんで妊婦のようになっているのが分かるだろう？　狂犬のようにきみの話に噛みつかれてしまったよ。そして忘却の薬を飲んで嘔吐しなかったら、この記憶は僕の中に留まって大きな害をなすことだろう。だからそういうことは放っておき、父なる神への祈りから始めて最後に名号多き讃歌で閉じるがいい。

二八　だが、これはクレオラオスではないか？　大股で歩きながら急いでやって来るあの男は？　話しかけようか？

（1）アリストパネス『蛙』八一五、一〇一六、一〇四一行参照。

（2）「夢（見）」は「不眠」と矛盾するようだが、後出の「妄想、占い」など（敵対者クリティアスからの彼らの態度の表現）参照。将来の国の運命をそのように想像している。

（3）そういう武具を揮う勇猛な気性を表わしている王とその軍隊に対立して。こういう点はタイトルの「愛国者」と関連。

（4）醒めた頭でそう考察している。

クリティアス　そうしよう。

トリエポン　クレオラオスよ、

そばを駆けて通り過ぎるな、

機嫌よく近寄ってほしい、何か報せを携えているなら。(1)

クレオラオス　両人ともご機嫌よう、よい二人連れよ！

トリエポン　何を急いでいる？　ずいぶんはあはあ言っているが。何か新しいことが起きたのか？

クレオラオス

古えより持てはやされたペルシアの誇りは崩れたり、

またスサの名高き都も。

さらにアラビアの地もすべて

力すぐれた者の最強の手によって落ちるだろう。(2)

二九　クリティアス　これがあのことだな、つまり神意はいつもよい人間のことを慮《おもんぱか》り、盛んにして、より望ましいほうへ導いてゆくのだ。われわれには、トリエポンよ、とてもすばらしいことが理解できた。僕は自分が死ぬとき、子どもたちに遺言で何を残せるかと気に病んでいた。きみは僕の貧乏を、僕はきみの貧しさを知っているよね。だが、皇帝の栄《は》えある日々、これだけで充分なのだ。富はわれわれを去らず、他国が脅かすこともないだろうから。

トリエポン　僕も、クリティアスよ、そういうことを子どもに残そう、つまり、彼らがバビュロンの滅亡と、エジプトの隷属化と、「奴隷の日々」を送るペルシア人たちと、スキュティア人の侵入がやみ、それから討伐されることを目にするという好運をね。われわれのほうは、アテナイにおける「知られざる神」を見出し、彼を礼拝しながら両手を天に伸ばして、こういう力への奉仕を認められたことを感謝しよう。他の者たちは放っておいてたわ言をしゃべらせておき、諺のようにこう言うだけでよしとしよう――「ヒッポクレイデスには何でもない(3)」。

(1) 一行目はホメロス『オデュッセイア』第八歌二三〇行のもじり、後半は何かの劇の句から来ているらしい。
(2) 悲劇の句を模す。ビザンティン王によるサラセン人(「ペルシア」など東方の国)の制圧を予言しようとしているらしい。
(3) ヒッポクレイデスは富と美貌で知られたアテナイ青年で、シキュオンの独裁者クレイステネス(前七から六世紀)の娘の婿候補になったが、宴会のさいちゅうに調子に乗って踊り、さらにテーブルの上で逆立ちして脚の踊りをし出したのでクレイステネスが縁談を取り消すと言うと、相手は「ヒッポクレイデスは気にせぬぞ」(松平千秋訳)と応じた。それ以来これが諺のようになった(ヘロドトス『歴史』第六巻一二九以下)。

カリデモス
または美について

（第八十三篇）

内田次信 訳

一　ヘルミッポス　昨日僕は、カリデモスよ、郊外で散歩をしていたのだが──田園から得られる寛《くつろ》ぎと、心に掛かることがあったので平安とを求めていたのだ──、そこでエピクラテスの子プロクセノスに出会った。いつものように話しかけて、どこからどこへ向かうのか訊いたところ、彼も、田園の眺めからよく得られる慰めを求めてやって来たと答え、さらにそこへ吹いてくる程よい軽やかな風も味わいたかったのだと言った。ペイライエウスで開かれた盛大な饗宴の帰りということで、それはエピカレスの子アンドロクレスが勝利の祝いをヘルメスに捧げて彼の家で催したものだった。ディアシア祭(1)で彼が本を読み上げて勝ったのだ。二　いろいろ気の利いた優美なことがそこで話されたが、とくに美の讃美が男たちによって行なわれた。それらを自分は年寄りのため忘れてしまったし、大部分は議論に参加しなかったので、伝えることはできないが、きみなら、自身でも讃美をぶち、他の者たちに対して饗宴の初めから最後まで注意を向けていたので、容易にできるだろうと彼は言ったのだが。

カリデモス　そのとおりです、ヘルミッポス。ただ、わたしでも、正確にすべてを話すことは容易ではありません。全員の話を聞き取ることは、給仕の者や飲み食いする人たちの立てる騒音のせいでできなかったし、とくに、酒宴で行なわれた論議を憶えているのは難しいことです。それは、ご存知のように記憶力のよい者ものごとを憶えていないようにしてしまいます。でも、あなたのために、わたしのできるかぎりその話をすることにしましょう。思い出すことは何も言い残さないようにします。

三　ヘルミッポス　そうしてもらえれば感謝するよ。しかし初めから一つ一つのことを話してくれたら、つまりアンドロクレスが読み上げた本とはどういうものか、誰に勝ち、きみたちの誰を饗宴に呼んだのかということも言ってくれたら、本当にありがたいね。

カリデモス　その本はヘラクレスの讃美で、彼の言うには夢を見てそれを書いたのだそうです。勝った相手は、メガラ出身のディオティモス。彼が麦穂(2)のために、というより名声のために対戦したのです。

ヘルミッポス　彼はどういう本を読んだのだ?

カリデモス　ディオスクロイ(3)の讃美です。彼が言うところでは、彼も大きな危険からこの神々に救ってもらったのでこういう感謝を捧げるということで、とりわけ、切羽詰まった危険のさいに帆の先端に現われた(4)彼らからそう命じられたのだということでした。

四　饗宴には、彼の多くの親戚の他、知人たちも参加していました。とくに主立った人たちで、饗宴全体

(1) アテナイでアンテステリオン月(二月頃)に開催されたゼウス・メイリキオス(「優しきゼウス」)のための祭典。　聖エルモの火。
(2) 勝利の徴。ゼウスら神々が麦穂(元は豊穣・繁栄のシンボル)を手にしている図がよくある。
(3) カストルとポリュデウケスの双子神。
(4) 嵐に見舞われている船を救助すると言われた。後世で言う

の飾りともなって美の讃美を論じたのは、デイニアスの子ピロンに、アガステネスの子アリスティッポスで、三人目はわたしでした。いっしょに、アンドロクレスの甥で、美男子のクレオニュモスもその場で横になっていました。優美で柔弱な若者ですが、知性はあるようで、論議のあれこれを熱心に聴いていました。最初に美について話し始めたのはピロンで、このような前置きを述べたのです——

ヘルミッポス　まだだ、友よ。その讃美の説明を始める前に、そもそものきっかけを教えてくれないか、どうしてそういう議論をするに至ったのか、ということを。

カリデモス　むやみに引き留めますね、よき人よ、話の全部をとっくに語って説明できてるのに。でも、親しい人がそう強いるなら、しようがないですね。何でも従わないといけないので。

五　論のきっかけを知りたいということですが、それは他ならぬ美男子のクレオニュモスでした。彼はわたしと叔父のアンドロクレスとの間にいたのですが、［哲学などに無縁な］素人たちが彼を眺めながらその美しさに驚嘆して、しきりに言いはやしているのです。他のことはほとんどすべて眼中に入れずに、若者の讃美をし続けていました。われわれは彼らが美を愛することを嘆賞し、自分たちが美についての論議で素人たちに遅れを取るのは——その点だけにわれわれの優位があると思っているにもかかわらず——大いなる怠慢であると考えて、われわれも美に関する論を始めることにしたのです。その子の賞讃を名前を挙げてするのは、彼をよけいに思い上がらせて好ましくなかろうからしないことにして、また、彼らのように無秩序に思いついた者がしゃべるという仕方ではなく、一人一人の者が個別にこの論題について頭に浮かぶことを言ってゆくことにしました。

六　まずピロンがこのように始めました。「これはとてもひどいことだ、もしもわれわれが毎日行なっている一つ一つの事柄については、美に関するのと同様に真剣になっているのに、美そのものについてはなんら意を払わず、このように沈黙して坐し、あたかもわれわれの気づかないうちに、いつも真剣に思っているこのことに関して何か言ってしまわないかと恐れているみたいだというのは。しかし、どうでもよいことに真剣になりながら、すべてのものごとのうちで最も美しいことについて沈黙しているのなら、いつ言論をふさわしく用いることができようか？　あるいは、他のことはすべて放置してわれわれのそのときどきの行為の目的そのものについて語ること以上に、言論における美なるものがより美しく保たれることがあるだろうか？　だが、この問題についてどういう態度であるべきか語ることは知っていても、それについて実際に語ることは何も知らないと思われないよう、これについてわたしのできるかぎり簡潔に論じることにしよう。

誰もが美しさを得たいと欲するものだが、それに与《あずか》ることができたのは僅かである。その贈り物を得られた者は、誰よりも幸福に生まれたと思われ、神々からも人間からもそれにふさわしい形で尊ばれる。その証拠はこうである。英雄から神になった者の中にゼウスの子ヘラクレス、ディオスクロイそしてヘレネがいるが、ヘラクレスは勇敢さのゆえにこの栄誉を得たと言われる一方、ヘレネは、その美しさのおかげで自分も神になり、［兄弟の］ディオスクロイにも、彼女の昇天以前には地下に居場所を定められていた(1)にもかかわらず、天に行けるようにする原因となったという。

(1) イソクラテス『ヘレネ頌』六一を受けた論。

七　だが人間で、美に与った者以外に、神々と交わることが認められた者はいない。ペロプスもこのゆえに神々と不死を共有したし、ダルダノスの子孫ガニュメデスも、至高の神［ゼウス］の心を強く捉えたあまり、他の神々にこの愛する児《こ》の獲得をいっしょにさせることを認めず、自分だけにそれはふさわしいと考えてイダ山の［南峰］ガルガロンに降り立ち、これから永遠に交わることになる天上へこの児を連れていったのだ。それほどに美しい者たちのことをいつも気に掛けているので、彼らを天に連れ上げてそこのものに与ることを認めるし、さらにまた、自分自身が地上で適当な姿になってそのときどきに愛した者と交わった――あるときは白鳥となってレダといっしょになり、あるときは牡牛の姿でエウロペをさらい、またあるときはアンピトリュオンにわが身を似せた上でヘラクレスを生まれさせたのだ。ゼウスが自分の欲求する相手と交わるために工夫したそういう手段をたくさん挙げることができるだろう。

八　しかし最も重大で驚くべき点はこうである、すなわち彼が神々を相手にするときは――人間では美しい者にしか接しないが――、ギリシア人が共通して尊ぶ詩人［ホメロス］の描写では、その間で弁じながらとても威嚇的で大胆で肝を潰させる態度を取るということである。それで、第一の弁(2)では、それまではあらゆることでゼウスを非難する慣わしだったヘラを震え上がらせ、彼の怒りを言葉の発出までで止《とど》めてそれ以上何も仕打ちを受けなかったことでよしとするということになったし、後の弁(3)ではまた、すべての神々を同じような恐怖におちいらせた。大地を人間もろとも、それに大海をも、引っぱりあげてやると脅した彼なのだ(4)。ところが、美しい者たちと交わろうとするときは、とても穏和で優しく、誰にも親切な神になり、他の点とともに、ゼウスであることまで捨てて、愛する相手を気味悪がらせないよう他の美しい者の、見る人間を惹きつけるような姿を偽って取る。美をそれほどに敬い、尊ぶ彼なのだ。

九　もしゼウスだけがそのように美に捉われた、他の神々はけっしてそうではなかったとすると、こういう話はむしろゼウスへの非難になりそうだし、美の讃美にもならなくなるので論を続けて、正確に眺めるなら、すべての神々がゼウスと同様の目に遭っていることが分かるだろう。例えばポセイドンはペロプスの美に、アポロンはヒュアキントスに、ヘルメスはカドモス(5)に屈したのだ。

一〇　女神たちも、美のとりこになっている姿を見せても恥じることはない。いや、美しい誰それと交わっていると人々に語られる話題になることは、彼女たちにはまるで名誉であると思われているのだ。

さらに、他の領域ではすべて各々の女神が、各々の事柄の司となって、別の女神とその支配について争うことはない。アテナは人間同士の戦《いくさ》を指揮するが、狩りについてアルテミスといがみ合うことはないというのと同様、アテナに対してアルテミスは戦のことでは譲っている。結婚のことではヘラはアプロディテに譲るが、彼女が司ることで(6)アプロディテから侵害されることはない。ところが、美については、それぞれが

(1) ペロプスの（一時的）昇天についてはピンダロス『オリュンピア祝勝歌』第一歌四〇行以下参照（ポセイドンが彼を愛してさらった）。
(2) ホメロス『イリアス』第四歌三〇行以下。
(3) ホメロス『イリアス』第八歌一八行以下。
(4)『神々の対話』第一対話を参照。
(5) ヘルメスがカドモス（テバイの建設者）に恋したという話は他では見られないようである。
(6) 権力。ここは「パリスの審判」における三女神の約束（下記一七）参照。

大いに誇り、他のみなを凌駕すると思っているので、エリス［争いの女神］がお互いを仲たがいさせようとしたとき、美［のリンゴ］を彼女たちの前に［争いのきっかけとして］投げ出すだけでよかったのだ。自分の意図は容易に達せられると、正当に賢明に見通していたのだ。美の優位はこういう点から考察できる。女神たちはリンゴを取り、それに記してある句［「最も美しい女神に」］を読むと、それぞれがこのリンゴは自分のものだと考えてそれに反する投票をする気にはなれなかった――それだと自分が他の女神より醜いということになるので――。そこで彼女たちの父、ヘラには兄弟であり夫であるゼウスのところに行って、裁定を委ねようとした。ところが彼は、自分でも、どの女神が最美か言明することはできたのに、そして、ギリシアでも異国でも勇敢な、賢い、思慮ある人間がたくさんいたにもかかわらず、その判定をプリアモスの子パリス［という美男子］に委ねた。これは、思慮や賢明さや力よりも美が優っているという明快な、偽りのない投票であった。

一一　それほどに彼女たちは、美しいと言われることにいつもこだわり、真剣になっているので、英雄たちを称揚し神々を描く詩人［ホメロス］にも、自分たちの名を挙げるときにはもっぱら美の観点から言うよう説いたのだ。ヘラは「最年長の女神、大いなるクロノスの娘」と称されるより、「白き腕《かいな》の」と言われるほうを喜ぶだろうし、アテナは「トリト生まれの[1]」というより「煌く眼の」と呼ばれたがるであろうし、アプロディテは何よりも「黄金の」と称されることに価値を置くだろう。これらはすべて美に通じることなのだ。

一二　こういうことは、優れた存在者たちが美についてどう思っているかという点を明らかにするのみならず、それが他の何事よりも優れているということの偽りなき証左ともなる。アテナは、それが勇気と思慮を凌駕すると判定しているではないか——その両方を彼女は司っていたのだが。またヘラはすべての支配と権力よりもそれが望ましいとしてアテナと同調し、ゼウスの賛同も得たのだから、美がこれほどに神的で荘厳なものであるのなら、また神々にこれほどに真剣に見なされるものであるのなら、われわれも神々に倣い、言葉でも行為でもできることをすべてなして、美のために力を貸すのが当然ではないか?」。

一三 ピロンは美について論じながら、このように締めくくった。長い話をするのは饗宴では好まれないことを知っていなかったら、もっと述べたことだろう。

そのすぐ後にアリスティッポスが論じ出したが、その前にアンドロクレスからさんざん促されてのことだった。ピロンの後を受けて話すことに慎重になり、気乗りしなかったのだ。しかし、こういうことから述べ始めた。

一四 「多くの人はたいてい、最もよいこと、われわれのためになることについて語ることを放置して、他の話題に向かうものである——話し手が自身の名声に寄与すると考えるような話題ではあっても、聞き手には何のためにもならない類いの話をするのである。そして最後まで同じ問題をめぐって互いに論争したり、ありもしないことを述べたり、別の者はどうでもよいことに関して議論をするが、人々はそういう話題はす

(1) この形容句 *Τριτογένεια* については、女神がトリトニス(リビアの湖)で、あるいはトリトン(ボイオティアの急流)で生まれたこと、あるいはトリト=頭(アイオリス方言)から誕生したことを表わす、といった諸説が古来行なわれている。

べて捨て置いて、もっとましなことをどのようにしたら論じられるか考察すべきなのである。人々は真実の事柄について何も健全に認識していないとわたしは考えるし、最善のことについての他人の無知を非難しながら同じ過ちを犯すのはまったくもって馬鹿げていると思うので、聞き手にとってためにもなり麗しくもあるという話題を——誰もがそれを聞くことは麗しいことであるというような話をしてみたいと思う。

一五　いまの議論が美ではなく他のことについてであったなら、誰か一人がそれについて述べたら、それで済みとして満足できたことだろう。ところがこれは、それについて語ろうとする者にとても多くの論点を提供するので、かりに誰かがそれにふさわしい仕方で迫ることができなくても不運だとは思わず、むしろ、多くの人々がなすその賞讃に自分でも何か貢献できたら、よりよい運に与ったほうだと考えるのである。これほど明白に、優れた存在者たちから尊ばれ、人間たちにはこれほど神的で真剣に求められるものであり、存在するものすべてに最もふさわしい飾りであるもの、また、それに与っている人間はみなから追い求められるというそのもの、それがない者はうとまれ、見るにも価しないとされるそのもの——それを充分ふさわしく讃えるほどの論の才を誰が所有しているだろうか？　それはなんとかふさわしい扱いを受けるには多くの賞讃者を必要としているので、わたしもピロンの後に何か論じようとするのは分不相応ではない。それは、ものごとのうちでそれほどに荘厳で神的なものなのだ。神々が美しい者たちを尊んだ仕方について一々述べてゆくのはよすことにしたい［もっぱら人間について論じることにする］。

一六　さて、昔の時代では、ゼウスから生まれたヘレネは人々の間でそれほどに感嘆されたので、まだその年ごろにならないうちに、ある用事でペロポネソスにやって来たテセウスが、彼女の美しさを見て讃嘆するあまり、自分に安定した王権があり並々ならぬ名声もあったにもかかわらず、彼女のいない人生は耐えられない、もしいっしょになれればすべての者を幸福において凌駕すると考えたほどだった。このような考えを持って、彼女の父［テュンダレオス］から嫁にもらうことはまだ年ごろではないので出さないであろうから諦め、また彼の権力を軽んじて無視しペロポネソス内の恐るべき者たちをもすべて考慮に入れずに、誘拐の仲間としてペイリトオス(1)を引き連れつつ父親から無理やりさらうと、アッティカのアピドナに彼女を拉致した。この友には、手を貸してくれたことにとても感謝してずっと彼を愛し、テセウスとペイリトオスの友情というものが後世の模範になったほどである。そして、こちらがデメテルの娘［ペルセポネ］に求愛するため冥界に赴かねばならなくなったときには、しきりに諫めてこの企《くわだ》てをやめさせようとしたものの説得できなかったので、彼に同行することにした。彼のために自分の生命を危険にさらすことが恩返しをすることになると考えたのだ。

一七　彼がふたたび国を留守にしている間にアルゴスへ帰った(2)ヘレネが結婚の年ごろになると、ギリシア

(1) ラピタイ族（ギリシア北部テッサリア地方）の王。テセウスの親友。一二歳（または一〇歳）のときのヘレネ略奪（のちディオスクロイが彼女を連れ戻す）のさいの二人の協働については、アポロドロス『ギリシア神話』摘要一-二三でも触れられている。この後の話になるが、ペイリトオスが冥界の女王ペルセポネをさらおうと地下に下ったときテセウスも同行した。

(2) 前註参照。なお「アルゴス」はここではペロポネソス全体を大まかに言っているらしい。

の王たちは、美しくて生まれもよい女をギリシアの他の地から娶ることができたにもかかわらず、他の娘たちはみなそれに劣ると見下して、ヘレネに求婚した。彼女が戦の原因になるだろうと認識した彼らは、互いに戦い合う戦争がギリシアに生じることを恐れたので、彼女にふさわしいとされた男を援け、不正を試みる男は許さないという誓言を全員の決議で立てた。各々が、その援助は自分のために用意されることになると信じていたのだ。しかし他の者はすべて、自分個人のそういう考えは実現できなかった――メネラオス以外は(1)。そしてすぐに彼らはその決議を守るかどうか試されることとなった。すなわちその後で女神たちの間に美をめぐる争いが生じ、プリアモスの子パリスに判定を委ねた。彼は神々の［神的］身体に圧倒され、彼らの贈り物によって判定者になることを強いられた。そしてヘラはアジアの支配権を、アテナは戦争における勇武を、アプロディテはヘレネとの結婚を贈り物にしようとしたところ、彼は、卑しい者でもそれに劣らぬ王権を手に入れることがあるだろう、だがヘレネは生まれてくるどの人間も得るにふさわしいとされることはないだろうと考えて、彼女との結婚を選び取ったのだ。

一八　歌に名高いあの遠征がトロイアに対し企《くわだ》てられ、ヨーロッパが初めてアジアに攻めに行ったとき、トロイア人はヘレネを返せば心配なく自地に住み続けられたし、ギリシア人のほうは相手がヘレネを保有することを放置して戦争と遠征の辛苦から免れることができたにもかかわらず、両方ともそれは望まなかった。そのためなら死んでもよいという戦のきっかけとしてそれ以上に麗しいものは見出せないと考えたのだった。神々も、自分たちの子どもが戦で死ぬだろうということはよく知りつつも、それをやめさせずにその場へ赴かせたのは、ヘレネのために戦って死ぬことが、神々の子どもとして、生まれることに劣らない名声を彼らにもたらすと考えたからである。神々の子どものことを述べるまでもない。神々自身がお互いに、ギガス［巨人］族に対する戦のとき以上に激しく恐ろしい戦闘を行なったのだ。[2] そのときは協力して、こちらではお互いに対し戦ったのである。人間に関することで美ほどに神々の判定で重んじられることはないという明らかな証左である。なぜなら、他のことでは何も争い合うことはなかったのに、美に関しては、息子たちを犠牲にしたのみならず、いまがお互いに戦闘までし、ある神々は傷つけられもした[3]というのは、あらゆる判決ですべてのことがらよりも美を尊んでいることを示しているではないか？

（1）ヘレネへの求婚のためギリシア全土からスパルタに集まった王ないし王子たちは、誰か一人に決まったら、その男がもしこの結婚について不正を働かれた場合に助勢することを誓い合った。ミュケナイ（アルゴス）から来たメネラオスが（その富のゆえに）選ばれた（アポロドロス『ギリシア神話』第三巻一〇-九など）。

（2）巨人族（大地と天との間の子たち）との戦争（Γιγαντομαχία）では、壮大な規模の戦闘が行なわれた。例えばアテナは巨人エンケラドスにシケリア島を投げつけて蔽い尽くした、エトナ山の噴火はその下に留められているこの巨人の憤怒の表出という（アポロドロス『ギリシア神話』第一巻六-一以下、その他）。しかし、ホメロス『イリアス』第二十一歌三八五行以下で描かれるような、トロイア方援助とギリシア軍加勢との二方に分かれた神々同士の戦いはもっと苛烈だ、という。実際は喜劇味のある場面だが、お互いの戦いという点を強調。

（3）前述の場面で例えばアテナはアレスを傷つけ、ヘラはアルテミスを打つ（『イリアス』第二十一歌三九一以下、四八九行以下）。

一九　だが、美をめぐる論で行き詰まるあまり、いつも同じ話題のことで時を費していると思われないよう、すでに述べたことに劣らず重要なことに話を移して、美の価値を明示したいと思う。

アルカディアのオイノマオス[1]の娘ヒッポダメイアはどれほどの男たちをその美のとりこにし、彼女から離れて暮らしながら陽をあおぐよりも死ぬことのほうを選ばせたことか。彼女がその年ごろになると、他の娘たちをはるかに凌駕していることを父親は認め、彼女の美しさにとらわれて——それほどに優れていたので、自然に反して父をも誘惑したのだ[2]——、自分のもとに留めておくべきと考えた。そして、人々から非難されることを避けて、それにふさわしい男の嫁にしたいと偽りながら、欲望よりもさらに不正な手段を講じて、それにより自分の欲することを容易に達するだろうと考えた。すなわち、アルカディアでそのときいちばん速い馬どもを、できるだけ速く走れるよう拵らえ上げた馬車につなぎ、娘の求婚者たちと競い合ったのであるが、賞品としては、彼を抜いたらその者には彼女を与えると差し出す一方、敗れたら生命を取るということにしたのである。その上で、彼らといっしょに娘が乗りこむよう要求した。彼らが娘のことで気を取られ、馬車の操縦をおろそかにするよう図ったのだ。彼らは、最初に競走を試みた者が失敗し娘とともにその生命も奪われたにもかかわらず、競技に臆したり意図したことを変更したりするのは子どもっぽいと見なし、またオイノマオスの残虐さを憎んで、次から次へ、娘のために死ぬことを逸しないかと恐れるがごとく、われ先にと死んでいった。若者たちの殺害は一三人にまで至った。しかし神々は彼の悪業をうとみ、また死んだ者たちと娘とを——彼らは嫁を得られず、娘は自分の美しさの盛りにそれを楽しむことができないということで——憐れんだ。そしてまた一人の男が——ペロプスであったが——競技をしようとしているのを気に掛け、より見事な馬車と、不死の馬どもを彼に恵んで、それにより娘の主人になれるようにしてやった。そしてそうなるとペロプスは、義理の父を勝利の末に殺害した(3)。

二〇　このように美というものは人間には神的なものと思われ、みなから尊ばれるし、神々もそれをいろいろな場所に行って追い求めるのである。したがって、美について論じることはためになることであると考えたわたしを誰も正当に批判できないであろう」。このようにアリスティッポスは述べたのです。

二一　**ヘルミッポス**　では、きみの話が残っている。美の麗しさについて、締めくくりの飾り模様(4)のようになるべく論じてくれ。

カリデモス　神々にかけてよしてください、さらに語るようわたしに強いるのは。その集まりと、語られたことを述べただけで充分です。それに、わたしが言ったことを全部思い出せるわけではないので。他の人が言ったことのほうが、自分の発言よりも容易に思い出せるでしょうから。

ヘルミッポス　それこそが、初めから僕の望んでいたことなのだ。彼らの論より、きみの論のほうを聞く

---

(1) オイノマオスはふつうはエリス（ペロポネソス半島西部）の王とされる。オリュンピアを擁するこの地の王を破ったペロプスがそれを始めたというオリュンピア競技起源説があった。アルカディアはエリスの東側に接する地域。

(2) 古来あった説。別の説では、彼女を娶った男が王を殺すという予言を受けて（アポロドロス『ギリシア神話』摘要二―四など）。

(3) 以上は、ピンダロス『オリュンピア祝勝歌』第一歌の叙述に多くを負うている。

(4) 写本で、作品（あるいは章）末に記した曲線の記号。

ことが僕の関心だったのだ。だから、これを僕から奪うのなら、あちらの話もきみは無駄にしたことになるだろう。さあ、ヘルメスにかけ、最初にきみが約束したとおり、話を全部してくれたまえ。

カリデモス　ここまでの話に満足して、わたしをそういう難しいことから免除してくれたらよかったのですが、それほどにわたしの論も聞きたいと望まれるのなら、これもあなたのご意向に従わざるをえません。わたし自身もこのように論じたのです。

二二「もしわたしが最初に美についての論を始めたのなら、たくさんの序言を必要としたであろう。だが、すでになされた多くの論の上に重ねて言おうとしているのであるから、この人たちが用いた論を序言のようにしてそれに続く形で話をするのは不適切ではない。とくにこれらの論は他の機会にではなくこの場所で同じ日に行なわれるのであるから、一人一人が個々に述べるのではなくて同じ論を順繰りに弁じてゆくのであるということも臨席者に忘れさせるほどなのである。さて、他の者にはあなたたちの各々が美について個々になした賞讃で充分だったかもしれないが、このわたしにはまだいっぱい残っていて、後世の人々相手にも、言われたこと以外の讃辞をするのに不足することはない。いろいろな点でたくさんのことが存し、真っ先に言わねばならない一つ一つのことが意見を抱かせるので、あたかも、花々に富む草地でそのときどきに出てきたばかりの花が、摘む人を誘い寄せるようなものである。だがわたしはすべての事柄から、捨て置いてはよくないと思うものを選び出して手短かに論じることにし、美に与えられるべき賞讃を払うとともに、あなたたちには長い弁を避けて感謝してもらえるようにしたいと思う。

二三　さて、勇気やその他の徳でわれわれに優っていると思われる人々は、もし日々にわれわれに善いことを行なってわれわれの心を好意的になるよう強いるのでなければ、われわれからむしろ悪意を抱かれ、彼らのなすこともうまく行かないことであろう。ところが美しい人々に対してはわれわれはその美を妬まないのみならず、目にするとすぐにそのとりこになり、大いに愛して、あたかもより上位の存在に対するかのようにできうるかぎり奉仕しようとするのである。したがって、美に与っている者に仕えるほうが、そうでない者に命令するより喜ばしいのであり、多くを命じる者に対するほうが、何も言いつけない者に対するよりも多くの感謝を覚えることになるのである。

二四　他のよいものごとがわれわれに欠けているとき、それを得ることができたらそれ以上熱意を燃やすことはないが、美に関しては満足するということはない。いや、アカイア軍とともにイリオス［トロイア］へ向かう船隊に乗りこんだアグライアの子[1]にせよ、美少年ヒュアキントスにせよ、ラケダイモンのナルキッソスにせよ、もしわれわれが彼らを美で凌駕したとしても充分であるとはわれわれには思えず、後世の人々に上を越される余地を知らず知らず残しているのではないかと恐れるのである。

二五　人間におけるほとんどすべてのものごとにおいて、美は共通の理想のようになっている。将軍も軍隊を配列させるとき美しさに顧慮し、弁論家が演説を書き上げるときも、画家が肖像を描くときもそうである。だが、美を目的とするこういう事柄については述べるまでもない。それが実用に供されねばならないも

（1）シュメ（ロドスとクニドスの間の島）の軍勢を率いてトロイア遠征軍に加わったニレウス。アキレウスに次いで美しいギリシア人と言われた。

のごとの場合でも、われわれはそれをできるかぎり美しく仕上げる努力を惜しまないのである。メネラオスは自分の館に関して、その実用性によりも、その中に入る者を驚かせることのほうに意を用いた。そのゆえにあれほどにお金を掛け、また美しく建造したのであり、その考えは見当違いではなかった。というのはオデュッセウスの子［テレマコス］が、父の消息を尋ねてその館にやって来たとき、とても驚嘆して［同行の］ネストルの子ペイシストラトスにこう言ったというのである。

きっとオリュンポスにいるゼウスの館の中もこのようであるに違いない(1)！

青年の父［オデュッセウス］自身も、「赤き頬の」軍船を率いて(2)、ギリシア軍とともにトロイアへ攻め向かったのは、見る者を驚かせるために他ならなかったのだ。技術の一つ一つを検証してみれば、ほとんどすべてが美を睨みながら、その獲得を至高のことと見なしていることが分かるだろう。

二六　美はそれほどに他のすべてに優っていると思われているがゆえに、正義や知恵や勇気に与っているものよりも尊ばれることはたくさん見出せるが、この美のイデアを共有するものより優れたものごとは何もない。それはちょうど、それに与っていないものより不名誉なものが何もないのと同然である。とにかく、われわれが醜いと称するのは美を欠いた者たちだけであり、他のものごとは所有していても美が不足していれば価値なき者と見なすのだ。二七　民主国家で公けの政治をとりしきる者、あるいは専制君主に仕える者たちの一方はデマゴーグと、他方はへつらい者と呼ばれるが、この美という力に奉仕する者だけはわれわれに讃嘆され、苦労を愛する者また美を愛する者と称されて、美なるものごとに心を掛ける共通の善行者と見なされるのだ。

だから、美とはこれほどに荘厳なものであり、それを得ることがみなの祈願の一部になっており、それに仕えられることは利益になると見なされているのであるから、もしそれほどの利益を得られるのに進んでそれを投げ捨て、しかもそれによって害をこうむっているということを認識できなかったら、非難されるのが当然ということになるだろう」。

二八　このようにわたしも論じました。美に関して言える他のことをたくさん割愛したのは、その集まりが長い時間に及んでいることを認めたからです。

ヘルミッポス　こういう集まりを味わうことのできた人たちは幸せだね。でも僕も、きみのおかげで、いまはきみたちに劣らないくらい楽しみを得たよ。

（1）ホメロス『オデュッセイア』第四歌七四行。

（2）ホメロス『イリアス』第二歌六二七行参照。

ネロ（第八十四篇）

内田次信訳

一　メネクラテス　イストモス[1]の掘削にはあなたも、ムソニオス[2]よ、ご自身の手で関わった[3]とのことですが、それはあの独裁者[4]［ネロ］においてはギリシア的な考えから来ていたのですか？

ムソニオス　いいかね、メネクラテス、ネロはもっとよいこと[5]を考慮していたのだ。つまり、マレア岬[6]の沖を経てペロポネソスを周回する労を、イストモスの二〇スタディオン[7]の開削を通じて、航海者から取り除こうとしたのだ。これは交易を利し、海沿いの町にも内陸の町にも利益になったことだろう。内陸の町でも、海沿いの地域が栄えれば、土地の作物が充分できる[8]ことになるからね。

メネクラテス　そのことを話してください、ムソニオスよ、われわれみなが聞きたいと思っているので、もし他のことに力を入れたいとお考えでなければ。

ムソニオス　お望みのきみたちに話すことにしよう。これほどに楽しみの少ない［わたしの］学び舎《や》へ勉強のためにやって来たきみたち[9]を、それ以上に喜ばせられるような贈り物は思いつかないから。

二　ネロがギリシアに来たのは、歌への思いと、ムーサたちでさえ自分より甘い歌声を発しないだろうという強固な確信からだった。またオリュンピア祭で歌って栄冠を受けたいと欲した――そこはとりわけ運動競技をこととする競技祭[10]だったが。ピュティア祭のほうは、アポロンよりも自分に所属する競技祭だと思っていて、彼が自分に対抗して竪琴や歌唱をやることすらないだろうと考えていた。しかしイストモス［の競技祭」[11]には遠方［のローマ］から何か企《くわだ》てを向けていたわけではない。そこの地理に接して、偉業を果たしてやろうという欲求にとらわれたのだ。つまり、トロイアに遠征するギリシア人たちの王が、カルキスの周囲のエウリポス海峡によってエウボイアをボイオティアから切り離した[12]ことや、ダレイオスによってボスポ

(1)コリントス地峡（ギリシア本土とペロポネソス半島をつなぐ）。ネロはこれを掘削しようとして、後に断念した。

(2)ストア派哲学者。ネロによってローマからエーゲ海キュクラデスの小島ギュアロス（追放地として恐れられた）に流されたことがある（後に復帰）。ここはその島を場所として設定しているか。

(3)犯罪者として働かされた（事実かは不明）。

(4)ローマ皇帝はギリシア語では通例 *αὐτοκράτωρ*「絶対君主」や、（よりニュートラルに）*βασιλεύς*「王」と称されるが、ここは *τύραννος* という暴君的意味合いの語が使われている。しかし、次の註参照。

(5)「ギリシア的」考え、というのは、ローカルな小さな視野の企て、ということか。それに対しネロはローマ皇帝として、より大きな見通しでもって、広範囲にわたる交流を促し、経済を活発にしようとした、と。ただし、後記では彼の名誉心もその動機に挙げられる。

(6)ギリシア南部ペロポネソス半島の南端の岬。

(7)一スタディオンは二〇〇メートル弱。

(8)需要の増加で内陸部の生産も盛んになる。

(9)この辺鄙なギュアロス島でも弟子は少ないだろうがいちおう教えていたということ。

(10)オリュンピア祭ではほんらい運動競技だけだったがネロが無理を言った（ピュティアでは音楽競技が古くから行なわれた）。

(11)イストモスの競技、イストミアはポセイドンのための祭典（二年ごとの開催）。音楽競技も含んでいたが、オリュンピアやピュティアよりは威信が劣るので、ネロの関心をとくに引かなかったのだろう。しかし下記では、（けっきょく）その競技にも加わったと記される。

(12)トロイア遠征軍総大将アガメムノンのことを言っているらしいが、エウリポス海峡に面するアウリスに艦隊を集結させはしたものの、それを掘り上げたという話は他では聞かない。

ロスがスキュティアの地まで架橋された[1]ことを念頭に置き、さらにそういうことよりもたぶんクセルクセスがしたこと[2]を最大の偉業として考えに入れたのだろう。またそれに加え、短縮された経路を通じてあらゆる者が互いに交わり合うことにより、外部からの恩恵にギリシアが華々しく与ることになるだろうと見たのだ。独裁者の性質は酔い痴《し》れてはいるが、またそういう［自分の善行の］評判を聞きたいと渇望してもいるものなのだ

三　さて、テントから出てゆくと彼はアンピトリテ[3]とポセイドンの讃歌を歌い、短い歌をメリケルテスとレウコテアに捧げた。ギリシアの地方長官が黄金の鍬を差し出すと、拍手とはやし声を受けながら彼は掘削に取りかかった。そして、たしか三度地面に打ちおろすと、行政を任されている者たちを、この仕事に奮《ふる》って取り掛かるよう励ましてから、コリントスへ戻って行った。ヘラクレスの業[4]をすべて凌駕したと信じていた。牢獄から連れてこられた者たちは岩がちな難しい所を苦労して掘り、軍隊のほうは土に覆われた平坦な所を担当した。

四　およそ七五日間われわれはイストモスにかかりっ切りにさせられていたが[5]、そのときコリントスから、まだ定かではないが、この掘削についてネロが心変わりしたという噂がもたらされた。エジプト人たちが、［地狭の東西］両側の海の性状を計測したところ、それらの海は同じ高さにないことをつき止めた、［西側の］レカイオン港方面からの海のほうが高いと見た彼らは、［東側の］アイギナ島について心配しているとのことだった。つまり、それほどの海の潮が寄せてきたら島は水没し［家屋などが］押し流されてしまいかねない[6]というのだった。ただネロは、たとえ賢人の、自然学に通じたタレスに言われても、イストモスの掘削をや

めることはなかっただろう。公衆を相手に歌うことより、このことのほうにもっと情熱を燃やしていたのだから。

五　しかし帝国西方の諸国で動乱が生じ、ウィンデクス[7]という名の、切れる男がそれに加担しているという事態がネロをギリシアとイストモスから離れさせた。愚かな計測をしてからのことだったが、[8]それらの海が大地と、またお互いに、等しい高さにあることをわたしは知っている。しかしローマの情勢ももう彼の手に負えなくなって滑り落ちつつあるということだ。きみたちも昨日こういうことを、軍団指令官の船が座礁したとき、彼から聞いただろう。

（1）このペルシア王がスキュティア遠征のためにボスポロスの架橋を命じたという（ヘロドトス『歴史』第四巻八三）。

（2）アトス山の開削のこと（ヘロドトス『歴史』第七巻二二以下）。

（3）海神ポセイドンの妻。次のメリケルテスも（より下級の）海の神で、海女神レウコテアの子。

（4）ヘラクレスには土木事業的な功績も帰せられている。例えばエリス王アウゲイアスの牛舎の数々の掃除のために（多数の牛の群れを有し、牛舎も数多く並んでいただろうが、その清掃は放置されていた）、水路を掘って近くのアルペイオス河とペネイオス河の流れを導き、牛糞を一気に洗い流した（アポロドロス『ギリシア神話』第二巻五-五）。

（5）ピロストラトス『テュアナのアポロニオス伝』第四巻二四では、そのときまでに四スタディオン（八〇〇メートル弱）ほど掘削された、とある。

（6）ピロストラトス『テュアナのアポロニオス伝』同所参照。

（7）ガリア総督ウィンデクス、ヒスパニア・タラコネンシス（イベリア北部）総督ガルバ（後に皇帝）、ルシタニア（イベリア南西部）総督オト（後に皇帝）が相呼応して反乱を起こした（紀元後六八年）。

（8）エジプト人の主張に基づき計測させたらしい。

六　メネクラテス　で、その声は、ムソニオスよ、この独裁者においてはどのようだったのですか――それが自慢で音楽狂いとなり、オリュンピアやピュティアの競技祭で栄冠を追い求めたわけですが？　レムノス[1]へ航行してきた者で、ある者はそれに感心しており、ある者は笑っていたのですが。

ムソニオス　いや彼の声は、メネクラテスよ、感心するほどでもなく、笑うほどのものでもなかった。生まれつき、まずまずのふつうくらいの体の造りだった。そしてその声は、喉が深い位置にあるので、生来深くこもっていた。そのような造りだと歌声は一種唸るように響くのだ。しかし声の調子は彼にまろやかさを与えた、それは自分を過信せずに穏やかに調整したり、惹きつけるような歌い方をしたり、竪琴に合わせて巧みに唱えたり、然るべきときに歩み、止まり、位置を変えたり、歌に合わせて首を上下に振ったりするときだった。ただ、王たる者はそういうことを完璧にするのがふさわしいということが彼に汚点をもたらした。

七　しかし、上手な者たちを真似ようとするときには、観客から多くの笑いが洩れるのだった――彼を笑う者の上には無数の恐怖が吊られてはいたが[2]。つまり息をこらしながら過度に首を上下させるし、爪先で立って両足を広げながらまるで輪の上に沿うかのように身を折り曲げたのだ[3]。また生来赤い肌色だったが、顔が燃えるようになっていっそう赤くなった。息の量は少なく、充分に続かなかった。

八　メネクラテス　競技会では競争相手はどのようにして勝ちを譲ったのですか、ムソニオスよ？　自分たちの技において彼の機嫌を取る彼らですから。

ムソニオス　たしかに、レスリングでわざと倒れる者のようにその技を使うね[4]。だが、メネクラテスよ、あの悲劇役者がイストモスでどういう死に方をしたか、考えてみなさい。この技をめぐっても、他と同様の危険が存在するのだ、もしそれにこだわってやりすぎたらね。

メネクラテス　それはどういうことですか、ムソニオスよ？　全然耳にしたことのない話なので。

ムソニオス　この奇妙な話を聞かせてあげよう、ギリシア人たちの目の前で起きたことだがね。

九　イストモスでは喜劇も悲劇も競技には含めないという慣わしがあったのだが、ネロは悲劇の演目で勝利者になると決めた。そしてこの競技に多くの者が参加したが、エペイロス出身のその男がひときわ優れた声を持っており、その評判は高く、人々から並々ならぬ讃嘆を受けていた。その彼が、自分は栄冠を手に入れたい、ネロが勝利のために一〇タラントン与えるまでは譲らないという振りをしたのだ。ネロはこれに怒り、狂ったようになった。彼もその競技会の舞台の下で聴いていたのだが、ギリシア人観客がエペイロス男に喚声を浴びせる中、彼は秘書をやって、自分に譲るようにと言わせた。ところが、男はいっそう声を張り

(5)(6)

（1）エーゲ海東部の島。メネクラテスがこの島の人らしい。
（2）「ダモクレスの剣」参照。前四世紀、シュラクサイ王ディオニュシオス一世の饗宴に招じられた彼は、しばらくそれを楽しんだ後、剣が自分の頭上に一本の馬毛だけで吊り下げられているのに気づいた（キケロ『トゥスクルム荘対談集』第五巻六一以下）。
（3）犯罪者や奴隷が拷問されるときの道具や様子を連想させる。アリストパネス『リュシストラテ』八四六行（「輪」）、『蛙』六二〇行参照。
（4）音楽の「術」を、（わざと負けて恩を着せるための）「手管」に用いる。
（5）ギリシア本土の北西部。
（6）とくべつ本気でもないが、欲を張った要求が「やりすぎ」になった。しかし、後記では（いちおう）「自由な市民」としての矜持にも触れられている。

上げ、自由な市民として競争する振舞いをし続けたので、ネロは、当の演目に属するものであるかのように自分の配下の役者たちを舞台の上へ送りこんだ。彼らは、象牙の書板や二つ折りの書板をまるで短剣のように前にかざして迫ると、エペイロス男を隅の柱まで追いやり、書板の角《かど》でその喉を打ちのめして砕いたのだ。

一〇　**メネクラテス**　では彼は、ムソニオスよ、そういうおぞましい惨事をギリシア観客の目前で仕遂げてから悲劇の勝者になったのですか？

ムソニオス　母殺しの若者[1]にはそれは遊び事にすぎない。悲劇の役者の声の器官をかっ切ったとしても、驚くことがあろうか？　ピュト〔デルポイ〕の開口部から託宣の息が立ち昇ってくるが[2]、それを塞いでしまおうとした彼なのだ――アポロンすら声を出せないようにしようとしてな。このピュトの神が彼をオレステスやアルクマイオン[3]の類いに入れてやったにもかかわらずだ――この者たちは父のために復讐をしたということで神はその母殺しを許容し、彼らに何がしかの名声を授けたのだが、ネロは誰のために復讐したかということは言えなかったので、真実よりも穏やかな言葉を聞いたにもかかわらず、神から侮辱されたと考えたというわけだ。

一一　だが、話しているさいちゅうにこちらへ近づいてきた船は何なんだろう？　何かよい知らせを持ってきたみたいだが――船首に花輪が巻き付けられているのはまるで吉報をもたらす歌舞隊のようであるし、舳先に誰かが立って手を伸ばしながら、元気を出せ、喜べとわれわれに呼びかけている。そして、聞き間違いでなければ、こう叫んでいるではないか――ネロが死んだ、と。

メネクラテス　そう叫んでいます、ムソニオスよ、そして陸に近づくに従ってよりはっきり聞こえます。

よき御業《みわざ》かな、神々よ！

ムソニオス　だが神々に感謝するのはよそう。人が死んださいにそうするのはよくないことと言われるから。

（1）ネロは自分の母アグリッピナを二二歳のときに殺した。

（2）デルポイの地下に広がる洞窟から上方へ、狭い口を通じて「息」が昇ってくる、その口の上に据えられた三脚釜に巫女が坐り、その「息」を受けて神がかりとなった彼女が神の託宣を伝えたという（ストラボン『地誌』第九巻三-五参照）。

（3）オレステスは母のクリュタイムネストラを、次のアルクマイオンは母のエリピュレを殺した。いずれも父の復讐のため。

エピグラム（第八十五篇）

内田次信 訳

自身の本に(1)

ルキアノスがこれを書いた――古来の愚かなことをあれこれ知っているわたしが。
人々に賢明と思われていることも愚かなものなのだ。
世にある考えで他より優れたものは何もない。
お前(2)が感心することも、他の人には笑われるのだ。

(1) 作品を収めた原書または写本に付した銘辞という体裁。なお「自身の ἑαυτοῦ」は、ここでは一人称「私自身の」という意味であろう。

(2) (この書を手に取ろうとする者) 一般に向けて言っている。

解説

一　ルキアノスとその対話作品（内田）

ルキアノス（シリア［シュリア］のサモサタ出身、後一二五年頃から一八〇年過ぎまで）の作品は、ほぼすべてが散文形式のギリシア語文学である。僅かに『痛風（ギリシア語原題は略すとして、十六世紀以来通用しているラテン語訳題で *Podagra*）』と『足速き者（*Ocypus*）』の二篇が、悲劇にならう韻文ドラマとして伝わっている（ただし、これら、とくに後者には偽作の疑いがかけられている）。

ちなみに、散文の本体に韻文の（引用）詩句を随時織り込む混合形式が『論駁されるゼウス（ゼウス論破さる（*Iuppiter confutatus*））』など一部の作に見出される。「メニッポス風」とも称される形式で、前三世紀の哲学者メニッポス（シリアのガダラ出身）由来の方法に従うと言われる。セネカ『アポコロキュントシス』やペトロニウス『サテュリコン』などでも用いられており、当時のギリシア・ローマ文学で一定の人気を得ていたわけであるが、ルキアノスでは韻文要素はせいぜい薬味を少し添える程度の使用で、全体的に散文文学という性格は変わらない。一般にメニッポス文学の影響に関して、ルキアノスがそれを大いに参考にしたことは間違いないが、けっきょく彼は「独自の」、「彼自身の」対話文学を創り上げたと思われる（ボンペール）[1]。

そのルキアノスの散文文学には多様な内容とジャンルの作品が含まれる。大きくは、マクラウド（Macleod）のしているように、[2] 対話形式と非対話形式とに分けてもよいかもしれない。もちろんそれぞれがまた多様な種類に分かれる。非対話のものでは、『蠅の讃美（*Muscae Encomium*）』のような弁論作（この場合は、ほんらい軽侮・嫌悪されるものをレトリック的に褒め上げるという趣向のもの）とか、論説スタイルのもの——例えば『歴史はいかに書くべきか（*Quo modo Historia conscribenda sit*）』——とか、人物評伝的なもの——例えば『デモナクスの生涯（*Demonax*）』（この哲学者の生き方や思想を賞讃的に記す）——とか、これと反対の方向でペテン師的な占い師や哲学者の手練手管を暴露する悪人伝——例えば『偽預言者アレクサンドロス（*Alexander*）』——とか、空想紀行的な冒険譚『本当の話（*Verae Historiae*）』とかがある。

他方、対話形式であるが、そもそもこの対話か非対話かという分け方は、彼の全作品において対話の作品群が重要な位置を占めることと関係する。ルキアノス当人が、自分の対話形式の創作の独自性を主張しているのである。

例えば『あなたは言葉のプロメテウスだと言った人に（*Prometheus es in verbis*）』（非対話的な小弁論作品）では、自分の創作が「何か他の手本を見習うことなしに新機軸を達成している」と人に見られうる可能性に自ら言及し、しかもその特徴は「対話と喜劇という二つの美しい様式を組み合わせた」こと、そこにさらに優美さを付け加えた、という点にあるという自負を控えめな態度ながら表現している（三、五節）。ここで言われる

（1）Bompaire, p. XXI.

（2）Macleod（1991）, pp. 6-10.

「対話」の形式とは、哲学、例えばプラトンの対話篇で、ソクラテスと相手の人物とが問答法を通じて議論を進めてゆく仕方を念頭に置いている。真面目に思索に耽るそういう「対話」と、悪ふざけをする「喜劇」（もっぱら古喜劇）という、互いに「相性の良い仲間ではなかった」「二オクターブの隔たりがある」二様式を混ぜ合わせるという、他者から微妙な評価もされうる（六節以下）創作を自分はしているという。対話作に属する『二重に訴えられて（*Bis accusatus*）』では、まさに「ディアロゴス［対話］」という名の人物が登場して、ルキアノス自身を表わす「シュリア人」を弾劾しながら、以前は「厳かな存在」だった自分がこの男によって「一般大衆と同水準」にされ、「生真面目な悲劇（ここでは悲劇風に壮厳な言説）の仮面」を剝ぎ取られて、「ほとんど滑稽と言っていい喜劇の、サテュロス劇の仮面」を被せられたと憤慨して見せ、さらにメニッポス的な要素も自分に付け足されたと嘆じている（三三節、丹下和彦訳）。ここは一種自虐的な仕方の自作解説になっているが、やはり彼の自負が背景にある。

対話形式はすでにホメロスでも用いられているが——例えば『イリアス』第一歌に含まれるアキレウスとアガメムノンとの応酬——、そこでは詩人自身によるナレーションや詩女神への呼びかけ部分も併用される混合形式になっている（ただしすべて英雄律の韻文）。悲劇や喜劇では言うまでもなく対話部分が主体であるが、歌舞合唱隊による合唱歌が随時織り込まれる。なお、伝令による報告部分はホメロス的なナレーションに呼応する性質を持つ。

それに対しプラトンたちの哲学対話篇はほぼ対話形式で一貫して進められる（『国家』のように「わたし」のナレーションという形で始まる作もあるが、それでも全体は対話）。また、ときにはソクラテスらのユーモアやアイロニーが交えられることもあるが、旨とするところは「厳かな」「生真面目な」問題追究を対談・論争相手とともに問答しながら進めることである。そういう理知的・論理的精神と真剣な態度に基づく問答形式に、アリストパネスらの古喜劇で特徴的だった愚弄や諷刺を合体させる。メニッポスによる韻文を散りばめた散文諷刺は、韻文部分がより「高尚」な領域を表現するあるいは愚弄的に反映すると見なせるので、一種ちぐはぐな合体形式そのものが諷刺をそれだけ活かす働きをする。ルキアノスはその諷刺精神に従いながら、より散文形式に傾き、平明な文体とその趣意・内容そのもので、「高尚」な虚栄の愚かさを暴くという目的を達しようとする。

ルキアノスが自ら主張する「哲学的対話プラス喜劇的諷刺・愚弄」という混合創作法が最も典型的な成果を見せている一例として、すでに触れた『論駁されるゼウス(ゼウス論破さる)』を挙げることにしよう。ここでは、キュニスコスという犬儒派(キュニコイ)の名称に倣った名を持つ質問者が、神々の王ゼウスに対し、一見恭しいが実は相手を辟易させ怒らせることになる問いをぶつける。大神は当初は威厳をもって、お安い御用だ、望むままに尋ねるがよいと鷹揚に彼の問いを促す。

ここは例えばプラトン『ゴルギアス――弁論術について』で、(カイレポン)「あなたは、ひとがあなたにどんな質問をするとしても、それに答えてやると公言しておられる、ということですが……」という問いかけを受けて大弁論家の老ゴルギアスが、「ああ、本当だとも、云々」と、鷹揚な態度で自信たっぷりに応じる様子を思い出させる(四四七D―四四八A、加来彰俊訳)。ゴルギアスの弟子ポロスが代弁して質問に答えるが、その後で議論に加わったソクラテス――犬儒派の遠祖とも見なされた――が、ゴルギアスを直接の問答に引き込み、そもそも弁論術とは何に関するどういう技術なのかという論争を仕掛けながら、ゴルギアスの誇る弁論術とは実は、料理術などと同様、迎合の術にすぎないのではないかという方向へ導いてゆくと、ゴルギアスはだんだん押されていき、沈黙する。彼に代わってポロスや青年カリクレスがやりとりすることになる。

ルキアノスのその作品では、人間が大神に（天上で）直接質問をぶつけるというファンタスティックな設定になっているが（『空飛ぶメニッポス（*Icaromenippus*）』の設定参照）、これ自体が「（野良）犬」のように地上を徘徊する犬儒派哲学者の次元とのギャップを際立たせ、高尚なものを引きずり降ろすという目的に寄与していると見うる。とにかく、威厳ある神に対しキュニスコスが臆せずに、宿命とか運命とか言われるものについて、偉大な神々である「あなた方もこの［運命］女神たちに支配されていて、その糸につながれてしまう」のかという問いをぶつけると、ゼウスは（ホメロスでそういう趣旨の句があるように）そうだと答えざるをえない（四節）。するとキュニスコスはにやりとして、ホメロスでは、あなたが他の神々全員を「大地もろとも、海もろとも引き上げる」と大仰に脅しているが、その伝でゆくと実際は「むしろ［運命女神］クロトのほうが、竿で小魚を捕える漁師のように、あなたをも紡錘で吊り上げ操っている」（四節）ということになるのではないかと指摘する。そこからさらに、人間たちがそういう非力な神々に供え物をし祈願をするのは無意味だという論へ発展させ、神々は人間の境遇同様奴隷であり、運命女神たちという女主人に仕える身である、などと辛辣に言うと、ゼウスがそういう言葉はお前のためにならぬぞと脅す。するとキュニスコスは、モイラたちが決めたことでなければ、神々には何もできないはずだと（表面的にはまだいちおう恭しい態度で）うそぶく。神々の手中にあると言われる摂理というものにも論が及び、それは、モイラたちに仕える神々ではなく「やはり……彼女たちの手の中にあり、あなた方は……彼女たちの使用に供される道具だ」（一一節）とまで言ってのける。このあたりの論法は、エピクロス派の視点からの、ストア派の摂理論への反駁に乗っかっているところがあるが、とにかくただの（おそらく犬儒派的人物として見すぼらしい身なりと外見の）人間がそのように向こう見ずにも大神をやり込めようとする。とうとうゼウスは「もうお前を放っておいて立ち去ることにしよう」（一九節）と退散する。

こういうのが、ルキアノスの主張する「哲学的対話（問答）プラス喜劇的愚弄」の典型例と見られる。ただ、彼の対話作品はそのような種類のものだけではない。例えば『嘘好き人間（*Philopseudeis*）』では、「嘘を吐くこと自体を楽しみ……それにうつつを抜かしている」者たちの「空虚な馬鹿げた嘘話」（一、四〇節、丹下訳）の数々が、二人の人物の対話において報告される。回顧談的に、人々の発言を紹介してゆく形式はプラトン『饗宴』などを思わせるが、ここは問答や討論によって真実を追究するというよりも、発言者たちの思い入れの滑稽さ、あるいは信じているふりをしながら荒唐無稽な談論に耽るあつかましさを揶揄的に描くのが主旨である。なお、ファンタスティックな話の数々が繰り広げられるが――ディズニーでも取り扱われている「魔法使いの弟子」の話（三五節以下）など――、会談の舞台は完全に現世的、現実的である。

対話者たちが人間であるのみならず、その話の対象に現世の事柄が選ばれることももちろんある。『アナカルシス（*Anacharsis*）』では、ギリシア人が重んじ、誇りにした運動競技の仕来りを「狂気に似ているとしか思え」ない（五節、渡辺浩司訳）とするスキュティア人アナカルシスと、アテナイ人ソロンとの間の対話を通じて、伝統的な風習に疑問が呈され、また弁護される。これは愚弄というより文明批評という態であり、より真面目な態度で書かれているとも見うる。

本訳書に収めた対話集は、ルキアノスの対話作品においてまた別の種類に属する。『海の神々の対話（*Dialogi Marini*）』では、古来の神話の筋を一種小説的に敷衍しながら、神話キャラクターを現世の人間のように思考させ行動させる。『神々の対話（*Dialogi Deorum*）』では、神々が――『論駁されるゼウス』では神はまだなんとか神であったのに対し――さらに実質的に人間レベルに引き降ろされる。ホメロス以来、もともと人間臭い行動と性質を付与されている彼らである。それがここではいかんなく発揮され滑稽な顔をあらわにする。そして『遊女たちの対話（*Dialogi Meretricii*）』では、平俗な人間たちによる、まさに現実レベルのおかしな振舞いや会話の数々が、遊女の家を舞台に繰り広げられる。

喜劇ではたしかに合唱部分が入るが、新喜劇になるとそれは単なる添え物程度でしかなくなってくる（散文文学に近くなってくる）。本書に収める作品群は、「哲学的（論理的）問答プラス喜劇的（古喜劇的）愚弄」というものではなくむしろ軽い――諷刺そのものも強い性質のものではない――喜劇的（新喜劇的）散文対話集と称したほうがよかろう。新喜劇は人生の鑑《かがみ》だと評されたが、ここでは、天上、地上を問わず、もっぱら平俗な面に関心が向けられるのである。なお滑稽な「ミーモス」もいま言う「喜劇」味に一部貢献する（後記）。

二　本書収録の対話作品（真作）について

第七十八篇『海の神々の対話（*Dialogi Marini*）』（西井）

『海の神々の対話』は、全一五の対話からなる。本篇の大きな特徴は、ギリシア神話における有名な物語の特定の一場面を設定し、その場面において当事者たちが対話で事を進めたり、その場面の出来事について見聞きしたことを語り合ったりするというものである（この特徴は『神々の対話』『女神の審判』や、『死者の対話』の一部の対話にも見られる）。その一方で、各対話の順番は、マクラウド校訂のものにせよ、それ以前の伝統的なものにせよ、神話の時系列順に配列されているというわけではない。そこで本解説では、神話のおおまかな時系列の順を追って、各対話の背景となる神話を通観したい。

ティタン神族のレトはゼウスと交わってアポロンとアルテミスを身籠り出産に臨むが、ゼウスの妻ヘラの妨害を受け出産のための場所に困ることになる。そこで海を漂う浮島であった後のデロス島が出産の場を提供することになる。①第九対話「イリスとポセイドンの対話」は、イリスがゼウスの命を伝えて、ポセイドンが島を固定する様子を描く。

エリス地方のニンフであったアレトゥサは、自分に恋い焦がれるアルペイオス川の河神から逃れるために水に姿を変えて逃げ、シュラクサイの出島オルテュギアに湧き出る泉となっていた。[1] それに対してアルペイ

（1）オウィディウス『変身物語』第五巻四八七行以下では、すでに泉となっていたアレトゥサが、ハデスに連れ去られた娘ペルセポネを探し求めるデメテルに助力している。もしオウィディウスに則るならアレトゥサの変身はデメテルのペルセポネ捜索以前ということになる。

オス川の河神は海中を行きアレトゥサの元に向かう。②第二対話「ポセイドンとアルペイオスの対話」では、アルペイオス川の河神がその追跡の途中でポセイドンに呼び止められて状況を説明する様子を描く。アルゴスを流れるイナコス川の河神の娘イオはゼウスと交わったためヘラの怒りを受け、牛に姿を変えられて[1]エジプトにまで追い立てられ、その地で許されて人間の姿に戻る。③第十一対話「南風と西風の対話」では、その様子を南風（ノトス）と西風（ゼピュロス）が見守りながら実況するというものになっている。イオの曾孫にあたるのがエジプト王ベロスとシドン王アゲノルである。このアゲノルの娘エウロペとゼウスは交わろうとし、今度は自身が牛に姿を変えてエウロペを背に乗せてクレタ島にやってくる。④第十五対話「西風と南風の対話」は、その様子を目にした西風が、居合わせなかった南風に話して伝えるというものになっている。

一方、アゲノルの息子カドモスはテバイを建国し、カドモスの娘イノは、アイオロスの子アタマスの妻になる。アタマスには前妻ネペレとの間にプリクソスとヘレの二子がいたが、イノは継子となる二人を疎ましく思い死に至らしめようとする。そこでプリクソスとヘレは空飛ぶ黄金の羊に乗って逃げるが、ヘレだけは、後のヘレスポントス海峡と呼ばれる海域に落ちて死んでしまう。⑤第六対話「ポセイドンとネレイスたちの対話」は、そのヘレの埋葬と落下の経緯について、ポセイドンと妻アンピトリテおよびネレイスたちが話し合うというものになっている。

アタマスの兄弟にあたる、アイオロスの子サルモネウスには、テュロという娘がいた。このテュロはテッサリア地方を流れるエニペウス川の河神に恋い焦がれていたが、ある日、ポセイドンがエニペウス川の河神の姿をとってテュロと交わる。⑥第十三対話「エニペウス川とポセイドンの対話」では、テュロと交わったポセイドンに対してエニペウス川の河神が不平を訴えるというものである（なお、このテュロとポセイドンの間の子がペリアスとネレウスであり、テュロが叔父にあたるクレテウス（アタマスおよびサルモネウスと兄弟）との間にもうけるのがアイソンである。そして後にテッサリア地方のイオルコス王となったペリアスは、アイソンの子イアソンに、かつてプリクソスとヘレが乗った黄金の羊の毛皮を取ってくるよう命じるのである）。

さてイオの曾孫にあたるエジプト王ベロスにはダナオスとアイギュプトスの二子がいたが、両者はエジプト王位を争い、敗れたダナオスは、祖先イオの故郷アルゴスへと五〇人の娘とともに逃れ着いていた。その娘の一人アミュモネとポセイドンは交わりたいと望み、息子トリトンとともにアルゴスに向かいアミュモネを連れ去る。この様子を対話の形で描くのが⑦第八対話「トリトンとポセイドンの対話」である。

ダナオスの曾孫にあたるアルゴス王アクリシオスには娘ダナエがいたが、このダナエと、黄金の雨に変身したゼウスが交わりペルセウスが生まれる。孫に殺されるという神託を受けていたアクリシオスは、ダナエとペルセウスを木箱に入れ海に流す。⑧第十二対話「ドリスとテティスの対話」では、その様子を目にしたテティスがドリスに伝え、漂流している二人の命が助かるように手筈を整える次第を描く。

（1）オウィディウス『変身物語』第一巻五八三以下では、イオを牛に変えたのはゼウスということになっているが、ルキアノスでは『神々の対話』第七対話「ゼウスとヘルメスの対話」も含めて、イオを牛に変えたのはヘラということになっている。

成長したペルセウスは、ゴルゴン族のメドゥサを退治してその首を持ち去り、また海の怪物のいけにえに捧げられようとしていたエチオピア王女アンドロメダを救出し、彼女と結婚するに至る。⑨第十四対話「トリトンとネレイスたちの対話」は、トリトンがその様子をイピアナッサやドリスといったネレイスたちに伝えるというものである。

シケリア島に住む一つ目の巨人キュクロプス族のポリュペモスは、まだ若かりし頃、ネレイスのガラテイアに恋をした。⑩第一対話「ドリスとガラテイアの対話」は、ドリスがガラテイアに対してポリュペモスのことを揶揄し、ガラテイアがそれに応じるというものである。このポリュペモスは後に、トロイア戦争終結後に帰国途上にあったオデュッセウスに目を潰されることになる。

アイアコスの子ペレウスは、親族殺しのために故郷アイギナを追放され、その罪の清めを経てテッサリア地方のプティアの王となる。彼はイオルコス王アカストス（ペリアスの子）との確執を経て、後にネレイスたちの一人テティスと結婚する。このペレウスとテティスの結婚式に列席した女神たちの間でどの女神が最も美しいかという諍いが起こり、その審判がトロイア王子パリスに委ねられる。⑪第七対話「パノペとガレネの対話」では、その結婚式に参列していたネレイスのパノペが、居合わせなかったガレネに、女神たちの諍いの様子を伝え、今まさにパリスの審判がなされるところだと伝えるものである。

パリスの審判を勝ち得た女神アプロディテはパリスに、地上で最も美しい女性であったスパルタ王妃ヘレネをトロイアに連れ帰らせるようにする。それが原因となってギリシアとトロイアの間で戦争が起きる。戦争開始から十年目にして、ペレウスとテティスの子でありギリシア随一の戦士であったアキレウスは、親友パトロクロスを殺されたことを機に、トロイア勢を猛烈な勢いで次々と倒していき、クサントス川（スカマンドロス川）をその死体で埋め尽くす。そこで怒ったクサントス川の河神はアキレウスを溺死させようとするが、鍛冶の神ヘパイストスがクサントス川を焼いてアキレウスを助ける。⑫第十対話「クサントス川と海の対話」は、それで火傷を負ったクサントス川の河神が、海に事の経緯を伝えるというものである。

トロイア戦争が終わり、ギリシアの各勢力は帰国のための航海に臨む。イタケ王オデュッセウス一行は途中、キュクロプス族のポリュペモスの住む島に立ち寄り、ポリュペモスに監禁されるが、策を講じてポリュペモスの目を潰して島から逃げ去る。⑬第二対話「キュクロプスとポセイドンの対話」は、オデュッセウスに目を潰されたポリュペモスが、その窮状を父ポセイドンに伝え、ポセイドンがオデュッセウスへの報復を決意する様子を描く。

スパルタ王メネラオスも、トロイアからすぐには帰国できず、長らくエジプトに逗留せざるをえなかった。そこでメネラオスは帰国の術を、変身能力を有する海の老人プロテウスに尋ねることになる。⑭第四対話「メネラオスとプロテウスの対話」は、メネラオスがプロテウスに帰国の術を尋ねた後になされたかもしれない会話の様子を描くものである。

そして物語は神話から歴史へと移る。前七―六世紀のコリントスの僭主ペリアンドロスは音楽家アリオンを寵愛していた。ある日アリオンは多額の稼ぎを得た帰りの航海の途上、水夫たちに金を奪われ殺されそうになる。そこでアリオンは、歌を歌って船から海に身を投げる。その時イルカがアリオンを救い、タイナロンへと送り届ける。⑮第五対話「ポセイドンとイルカたちの対話」は、ポセイドンがそのアリオン救出の経緯をイルカたちに尋ね、その救出の状況をイルカの一頭が説明するというものである。

『海の神々の対話』の各対話は、神話の該博な知識に基づいたウイットに富んでおり、ルキアノスならではの面白さが遺憾なく発揮されているものである。その一方で、既存の神話伝承からけっして離れすぎるものでもなく、読み手側は自身の神話の予備知識と合わせて、いかにもありえた会話の様子を楽しめるものとなっている。二〇〇九年にはバートレイによる『海の神々の対話』単独のテクストおよびコメンタリが出版されているが、それはルキアノスのこの作品がそれだけ高く評価されてのことだろう。


第七十九篇『神々の対話（*Dialogi Deorum*）』（内田）

この篇に収められている作品群は、形式的には、問答を通じて「真理探究」を進める哲学対話というのではなくて、神々の間の雑談的な会話である。内容的には、ホメロスなど模範的古典や世に普及している神話伝承で提示される神々の行動とか、彼ら相互の間の関係などについて、おかしい（奇妙）と感じうるあれこれの点を、おかしい（滑稽）として笑い興じる性質のものになる。神々をだしにした軽い喜劇風の作品である。文学史的には、日常生活や神話を題材にして庶民的観客の大笑いを誘うプリュアケス（φλύακες）のような「茶番劇」に通じるところもいくぶんあるが、それをここではもちろん舞台上ではなく、ルキアノスらしく平明で優美なアッティカ語による、そのかぎりでは上品な場面描写で提供して知的読者をも愉快がらせる。

例えば第一対話ではアレスがヘルメスを相手に、父である偉大な神ゼウスのおかしな（滑稽な）はったりぶりを腐す。神々全員でも自分一人の力に勝てないと豪語したが、以前にはたった三人の神々（ポセイドンたち）の反乱で震え上がったことのある彼ではないかと指摘して、おかしな（自己矛盾する）点を暴露する。ホメロスの描写する二つの場面相互の齟齬を突っつく形になっているが、ホメロス批判や神話論というより、その矛盾から来る喜劇味を無邪気に笑うという態である。

第二対話では、山羊の角やひげを持つむさくるしく異様な風体のパン（「牧（羊）神」）と、永遠の青年あるいは少年的にイメージされるヘルメスとを遭遇させる。パンは、自分はあなたの子だと言ってヘルメスを仰天させる。そういう神話伝承があったのをルキアノスは利用し、奇妙な父子のペアを対話させながら、パンのずうずうしさと、この事態に目を白黒させるヘルメスの狼狽ぶりを対照的に描く。

第四対話では、他の神々に対してそのヘルメスが置かれている立場の滑稽さをクローズアップする。父ゼウスが次から次へ出す命令――それも恋愛沙汰――を（伝令として）果たし、神々のための仕事を（奉公人的に）し詰めで目が回ると、母マイアに愚痴をこぼす。人間の奴隷でも、主人の変更を願うことが許されているのに自分はそれもできないと嘆く。

ゼウスも繰り返し登場しておかしな姿を読者にさらす。とくにその好色ぶりである。いま触れたヘルメスへの指示に関連するが、乙女イオやダナエのような女性や女神との恋愛沙汰を頻繁に起こすのはもちろんのこと、少年愛者でもあるので、トロイアのガニュメデスを、どうやらこの場合は自ら天上にさらってきて、このことで王妃ヘラと喧嘩の種を作ることになる（第八対話）。ヘラは他の女神や女性たちのみならず、この少年のことでも嫉妬を燃やす羽目になる。その「無邪気」な少年と「初夜」に及ぼうというさいのとんちんかんなやりとりを第十対話で描く。少年愛は一般にローマ皇帝などの王宮でも行なわれたから、現実諷刺の面があるとも見うるが、むしろ神々の戯画化がもっぱらの目的であると言うべきだろう。

アポロンは「真砂の数も知っている」とまで言われ（ピンダロス『ピュティア競技祝勝歌』第九歌四七行以下）、デルポイなどでの託宣を通じて知恵を誇った神であるが、第二十五対話ではカストルとポリュデウケス（ディオスクロイ）の見分けがつかないということでヘルメスからその違いの認識法を伝授される。ディオスクロイという双子神の祀り方の特徴を揶揄するとともに、権威あるアポロンを虚仮にする。ルキアノスより半世紀ほど早いプルタルコスに『神託の衰微について』という論があるように、古来の神託への人々の関心や信頼が薄らいできていたようである。デルポイはいまや「神託所というよりツーリストの地として」知られていた。(1) しかし他方で、新興宗教的な教えやその「お告げ」の需要は衰えていなかった。ルキアノスは『偽預言者アレクサンドロス』などでペテン師的な宗教者、またそれを闇雲に信じる人々の愚かしさをかなり辛辣に諷刺する。本篇では、そういう伝来の託宣神の権威の衰え、そしてそれにもかかわらず雨後の筍のように新たに出てくる神託宗教との両方を横目で睨んでいると言えるだろう。ただ、一種ドキュメント的に正面から記述する『偽預言者アレクサンドロス』などと異なり、神々の対話という設定の中で、軽い調子で揶揄している。アポロンへのちょっとした愚弄は本篇第十六対話や第二十七対話でも見られる。

ホプキンソンは、神々を茶化し、夜郎自大の（有名な）市民たちを無作法に愚弄したアリストパネスたちになぞらえて本篇を「新しい古喜劇だ」と評している。(2) 古喜劇を思わせる面があることはたしかだが（例えばアリストパネス『平和』三六一行以下の「門番」ヘルメスと、本篇第四対話における愚痴っぽいヘルメスを比較）、ただ、オリュンポスの神々がまだ威厳を保っていた時代の古喜劇におけるほどのいわば真剣な滑稽化がここにあるとは言えない。超人間的な神々のいわば人間的日常生活を描いて笑うというここのスタイルは、精神的には、奔放な想像をはばたかせる古喜劇よりも（中・）新喜劇に通じている。アレクサンドリア文学で行なわれた神々の軽妙なリアリズム描写も参考になったかもしれない（例えばアポロニオス・ロディオス『アルゴナウティカ』第三歌七行以下での女神たちの行動・やり取りや、幼児神エロースたちの振舞い）。そもそもすでにホメロスに、寝取られ男のヘパイストスなど（『オデュッセイア』第八歌二六七行以下）、神々の滑稽な場面描写が含まれている。神々を文学的な遊戯の的にする伝統（ブランハム）[3]に本篇は連なるわけである。ただ、そういう詩文学に対し散文文学としての利点を活かしながらいっそう世俗化を進めている。

ブランハムの、本篇はオリュンポス神族を再活性化する最後の文学的成功例に属する、ルキアノスの最も敬虔な作の一つであるという批評の後半は言いすぎとしか思われない[4]（ただし全体に興味深い観察に充ちた研究書である）。しかし、その前半の点はたしかである。ホメロス的な神々の描写をいわば新しい皮袋に盛って、軽やかに見えるが野心的な視点の置き換えを通じて、彼らの立ち居振舞いに新鮮な色の光を投射する。もともと人間臭かった神々を本当に人間レベルにして、しかも古喜劇よりはマイルドに、しかし叙事詩文学よりはもっと世俗的に、愉快な戯画化を行なう喜劇的小場面の数々を提供している。

（1）Nilsson, M. P., *Geschichte der griechischen Religion*, Zweiter Band, München 1974 (Dritte Auflage), S. 468.

（2）Hopkinson, p. 8.

（3）Branham, p. 162.

（4）Branham, p. 163.

第八十篇『遊女たちの対話（*Dialogi Meretricii*）』（内田）

天上の神々をまったく人間的にする代わりに、『遊女たちの対話』では舞台も登場人物も完全に現実世界のものになる。アテナイがその具体的な設定地にされる（これは一つには、後述のようにアッティカ中・新喜劇の文学伝統に部分的に依拠しているからである）。しかも、精神レベルの点でも、まったく地上的と言うべき、人間の卑俗な愛欲や欲得の感情の動きを正面から見物し、描写する。他方、道徳論的に非難するという生真面目な態度や、（ローマの諷刺詩のように）毒舌的に諷刺するという側面はここでは見られない。神話的な知識は前提されず、現代の読者にとって、『神々の対話』よりさらに徹底してリアリスティックであり――レズビアンたちの習性と行動を描く作品（第五対話）もある――、今日の生き方を描く現代小説のように気軽に楽しむことができるはずだが、この点は当時の読者あるいは（朗読されたとしたら）聴衆にとっても同様であっただろう。

実はこれは当時の大衆芸能とも称しうるミーモス（マイム）と通じる点である。マイムの語は今日ではパントマイムの意で使うこともあるが、いま触れるミーモスは「黙劇」ではなく、音声や言葉や歌や仕草や振舞いや踊りで一場の情景を写す遊戯的な真似事の芸能であった。物真似として馬のいななきを真似たり（プラトン『国家』第三巻三九六B）、ソプロンのミーモスを模範にしているらしいテオクリトス『エイデュリア』第十五歌に出てくる、祭り見物の婦人たちの雑踏の中での振舞いといった日常生活の一場面が提示された。また神話の一節を取り上げることもあったが、それをリアルな状況に置いて提示した。例えば、テセウスに置き去りにされたアリアドネをディオニュソスが訪れて愛人にするという場面のミーモスでは、その愛の場面を、睦言を入れながらクローズアップした（クセノポン『饗宴』第九章二以下）。

パフォーマンスの仕方としては、朗読用の弁舌的なもの（複数の登場人物を描き分ける声音の工夫も含む）、読書用のもの、簡便な（少人数の観客向けの）一場劇として演じられたもの、といった推測的な諸説があるが、明確なことは断じられない。最後の例としては、前記、クセノポンの描くソクラテスたちが見物したディオニュソスとアリアドネの一場ものを挙げうる（ただしこれは「黙劇」だという解釈もあるが承諾できない、『饗宴』第九章六参照）。作品ごとに、また同一作品（脚本）でも、状況に応じてパフォーマンスの方法も異なったかもしれない。ただ、後代になるにつれ人気の増していったミーモスは舞台上で、つまりより公けの催し事として演じられるようになる。ルキアノスもしばしば見物したはずである。

そして、遊女の生活に関しても、閉め切られた（遊女の）戸の前で嘆く愛人を描くミーモスの脚本の断片が知られており、[1] 遊女とそういう「入れてもらえない愛人」との間の歌（マゴーディアー「柔弱な歌舞」と呼ばれるミーモスの歌）を壁に刻みこんでいる例もあるという。[2]「入れてもらえない愛人」はローマのロマンティックな抒情詩にもおなじみのトポスであるが、いまはその戯画的ヴァージョンである。そして、それをルキアノスも本篇で取り入れている。

（1）Powell, J. U., *Collectanea Alexandrina*, 1925, Oxford, p. 177 sq.

（2）'Marissa wall', *The Oxford Classical Dictionary*, 4th ed., 2012, p. 956.

ある古代の学者は「ミーモスとは、容認されることも、されざることも［内容に］含む人生の模倣（ミーメーシス）である」と定義している。[1]「正統的」な古典劇ではもっぱら「容認されること」、社会通念的に公衆の前で演じて問題なしとされる場面だけを見せた。血なまぐさい虐殺場面などは「舞台外」で起きたこととして言葉で報告されるだけだった。しかし、いまは例えば残酷な場面として、母親が学校教師に、サボりがちな息子を遠慮なく鞭打ってくれと頼み、教師がためらいがちになるといっそうけしかけるという描写がヘロダス（ヘロンダス）のミーモスに見える（第三篇）。舞台上で演じられる鞭打ち場面というと、古喜劇作家アリストパネスの『蛙』六〇五行以下が思い浮かぶ。もちろんそのふりをするということだろうが、そこでそういう目に遭わされるのは、奴隷あるいはそう疑われる劇中人物（ディオニュソス）である。また神ディオニュソスがそのように奴隷のように鞭打たれるというギャップが笑いに一役買っている場面である。ところが、ヘロダスのその親による児童虐待の場面では、そういう野蛮な行為を可笑しさで包んではいず、露骨な形で提示している。実際に演じたにせよ、読書でそれを想像させたにせよ、「そのふり」だけという言い訳はここでは妥当しない（例えばアウグスティヌス『告白』第一巻第九章でも触れられるように、古代末まで鞭打ち教育は容認されていたが、とにかくヘロダスでは子どものおびえなどがためらいなく描かれる）。ヘロダスではないがミーモスではもっと「リアリズム」そのままに舞台上で犯罪人を本当に十字架に掛けたりしたこともあったらしい（マルティアリス『スペクタクラ』七等参照）。どぎつい卑猥に走る場合も少なくなく、そういうのは「ストリップ・ショーに近いものだったに違いない」とも言われる。[2]

ルキアノスの本作品において、文学伝統から言うとふつうは「容認されざる」、あまりにもリアリスティックな、あるいは卑近・卑俗なテーマを扱うものとしては、いま触れたレズビアンたちの行動描写が端的な例と言える。しかし、ルキアノスは典雅（カリス）にこだわる作家であり、優美なスタイルによって全体を可笑しみに包んでいるので、ミーモス的な露骨や粗野からは離れているという点を特筆すべきである。魔女の呪文（第四対話）のような個別的トポスを――呪法の細部に立ち入ることは控えつつ――ミーモスから取り入れている面はある（テオクリトス『エイデュリア』第二歌参照）。しかし、総じて言って、優雅・平明なスタイルの器に軽い諧謔味を混ぜた庶民料理を盛ったのがこの作品と評することができるだろう。

ところで、「遊女」と訳される「ヘタイラー（*ἑταίρα*）」は、「女性の友人、仲間」（男性の仲間ならヘタイロス）というのが原義であり、相手する男と対等というニュアンスをそれ自体は持ちうる。他方「ポルネー（*πόρνη*）」は、ずばり「売春婦」（「売る（*πέρνημι*）」と同源）を表わし、売春宿の主人に使われるなど奴隷的に不自由な生を余儀なくされたので、社会階層的にはとりあえず区別しうる。「ポルネーではなくヘタイラー、云々」のように両方の語をはっきり対比的に並べる場合がある（アテナイオス『食卓の賢人たち』第十三巻五七二B）。多くの場合、遊女たちは、いちおう自由人として自立した家庭を持って生活（共同生活の場合もある、本篇第十二対話参照）しているのである。子供のころに売られて――他国からさらわれて、という場合もあったらしい――売春婦にされ、その後遊女として自由を（身請けされたり、財を蓄えたりして）得るに至ったとい

（1）文法学者ディオメデス、*Comicorum Graecorum Fragmenta*, ed. G. Kaibel, Vol. I, Berlin, 1958 (2. Auflage), p. 61. Cf. Cunningham, p. 10.

（2）クナップ、三六〇頁。

うケースも少なくなかったが（偽デモステネス『ネアイラ弾劾（第五十九弁論）』二九以下参照）、本篇（第六対話）にあるように自らの意思で（家族の勧めで）それを選ぶということも実際にあったと思われる。家庭に居続ける妻、また特定の男性との関係を維持する義務を持つ妾と異なり、相手する男性を取り替えうる立場にあるという意味でも自由である。その点が本篇の創作でも身分にかかわる基本的な状況として活かされている。ただし、遊女が妾や妻のように特定の男や家に従属するあるいは専有されるということもあったらしい(1)（例えばメナンドロス『サモスの女』におけるクリュシス、アテナイオス『食卓の賢人たち』第十三巻五七八F参照）。

しかし他方で、「遊女」と「売春婦」との区別はそれほど明確なものでもない。ルキアノスの遊女たちが充分「現金」なところを見せるように、彼女たちも金銭のために春をひさぐという点に基づけば、やはり軽侮的に娼婦の扱いもされうる。例えば偽デモステネス『ネアイラ弾劾（第五十九弁論）』一一二では売春婦と遊女の語とが同義語的に用いられている。アテナイオス『食卓の賢人たち』第十三巻五五八A－Dや五七二E－Fで引かれる喜劇作家の句などでも同様である。さらに社会身分的にヘタイラーが誰かに所有される（自由人ではない）奴隷ということになっていることも少なくない（同五七四B－C、五九三Fなど参照）。ちなみにラテン語の「アミーカ」も、ほんらいは「女友達」だが、また娼婦あるいは自由人ではあっても娼婦的な女性（キケロ『カエリウス弁護』一三－三一参照）の意味でも使われる。

社会階層的にあるいは集団的にはっきり両者を分ける、あるいは両用語を明確に異なるものとして区別するのは実状にそぐわないようである。日本語でも「女友達」と言うと微妙になりうるが、ヘタイラーの語にはニュアンス・語感の揺らぎがあり、状況に応じて侮蔑的な気持ちを出して使うこともあるが——上述のように事実上自由身分ではない「奴隷」のヘタイラーもいた——、また逆にその関係が原義的に意識されることもありえた。そして幅広い遊女の概念や種類や事例[2]の中で、アテナイオス『食卓の賢人たち』第十三巻五七一Cで言われるような「真のヘタイラー＝女友達」も現実に存在しえたはずである。例えば大政治家ペリクレスと親しんだアスパシアは、政治的な古喜劇の作家たちによって売春宿の女将のように悪罵されたが、実際はペリクレスを慰め励ましながら支える「真の女友達」だったのではないか。遊女は「黄金の心ばえ」を持ちうるということも言われている（同五七二A）。

ルキアノスの描く遊女たちは、少なくとも奴隷的に惨めなポルネーでないことは確かである。ルキアノスの遊女たちはたしかに「現金」ではあるが、けっして「売春婦」と同じ見下げ果てた境遇にあるとは、本人たちも、親しんでいる男たちも思ってはいない（本篇第九対話四参照）。その点、「女友達」という関係性が、意識的にせよ無意識的にせよ、彼たちと彼女たちとの間に前提的に存していると言えるだろう。

他方、わが国の花魁《おいらん》あるいは太夫のごとく上層階級の男たちをも操るほどに優れた美や才知・教養を誇り、名声や富で世の讃嘆をかちえる遊女たちもいたが、本篇には無縁である。例えばプリュネという遊女は、有

（1）偽デモステネス『ネアイラ弾劾（第五十九弁論）』一二二で主張される、遊女と妾と妻の三者の間の役割分担の違い（各々、快楽のために、日々の身体的な世話のために、子どもを得るために存在する）の説は現実的とは言えないようである（Gomme / Sandbach, p. 30 n. 4 参照）。

（2）Gomme / Sandbach, p. 30 参照

名なアテナイ弁論家ヒュペレイデスらに愛され、富も集め、デルポイに彼女の黄金像が奉納されたり、有名な彫刻家たちのアプロディテ像のモデルになったりした（アペレスの「海から上がる」女神の像、プラクシテレスによるクニドスの女神像）。喜劇的な冗談の口調だが、遊女ライスは若いときはペルシア総督よりも威張っていたと評される（アテナイオス『食卓の賢人たち』第十三巻五七〇C）。その世界では一世を風靡した女性たちである。しかし、本篇ではそういう庶民には高嶺の、目の玉の飛び出るほど花代も高い高級遊女たちも登場しないのである。ただし、はったり的に高額なお代を吹っかける例は見られる（本篇第十五対話二参照）。

ところで、アッティカの中喜劇や新喜劇には遊女たちも出てきた。むしろお馴染みのキャラクターであり、遊女の名を題にした作品――メナンドロス『タイス』（散逸）など――もたくさんあった（アテナイオス『食卓の賢人たち』第十三巻五六七C参照）。こちらもルキアノスの遊女像を考えるさいに重要である。ただ、パピルス写本が近代に見つかったメナンドロスのいくつかの劇は除いて、アッティカの中および新喜劇の作品はほとんど伝存しない。しかし、アテナイオス『食卓の賢人たち』の第十三巻は「婦女に関して」と題され、中喜劇などから多くの引用をしており、他の点同様この関連でも一つの宝庫である。こういった資料から大まかな印象は得られる（ちなみに、前五世紀のアテナイで演じられた「古喜劇」と区別して、前三二三年から前二六三年まで――アレクサンドロス大王の死から、喜劇作者ピレモンの死まで――の喜劇を「新喜劇」と呼ぶ。その中間で上演されたものが「中喜劇」である）。

それによれば、中・新喜劇作家たちの遊女描写においては、その「黄金の心ばえ」にも一部言及されるが（上記）、むしろその貪欲さをあげつらったり、卑猥な――ただし多くウィットを伴う――発言を書き立てたり、尾籠な状況の中に彼女たちを置いたりする場面が少なくなかったようである。例えばプリュネを大渦巻カリュブディス（ホメロス『オデュッセイア』第十二歌）になぞらえ、客の船乗りたちから金を貪婪に巻き上げて奈落の底に呑み込む遊女として扱った中喜劇作家がいる（アテナイオス『食卓の賢人たち』第十三巻五五八C）。一般に遊女たちの貪欲――金銭のみならず、酒好きという面も取りざたされる（同五八三Bなど）――というのは一つのトポスになっていた。遊女たちの卑猥な言というのは、そういう職業環境ではあまり驚くべきことではなかろうが、多くの遊女はそれを機知に包んで言う術を知っていた（同五八〇D、五八一Cなど）。ときに彼女たちの尾籠な種類の言葉も記されている（同五七八Eなど）。

そのような描写で遊女たちの愉快な振舞いを記しながら、またしばしば手加減なしに――面白くするため誇張している面も少なくないが――彼女たちを愚弄し、罵倒にも走ることが稀ではなかったようである。

他方、彼女たちが機知の言や振舞いを見せ、しかもそれによって客の男をへこますことがよくあったことも記される。新喜劇作家ディピロスにとても冷たいワインを出して、彼のお「寒い」創作を皮肉る、といった例である（アテナイオス『食卓の賢人たち』第十三巻同五七九Eなど）。男たちに「女友達」として接する気概を記すのは、彼女たちに対し公平な態度と言えるが、もちろん面白いネタだからでもある。なお遊女たちの教養・機知（παιδεία, εὔθικτοι）について同五八三F以下でまとめて記述されている。哲学者と張り合おうとしたり、詩人（エウリピデス）の創作を批評したりしたという遊女たちのことも語られる（同五八二C以下、五八五Bなど）。

こういう作風においては、総じて内容や精神レベルで大衆芸能ミーモスに通じるところがあるが、創作としてはより文学的で、スタイル的修辞的にずっと凝っていて、社会階層的にもより上の（ときに王宮の酒席などの）環境を取り上げることがあるという意味では、アッティカのドラマ伝統に立派に連なっている。

しかし、中・新喜劇作家でも作家によっては多少違っていたようである（伝存作品が少ないのであまり明確には言えないが）。メナンドロス『サモスの女』におけるクリュシスは、けなげな、上品な感じの女性である（元はサモスの自由人だが、アテナイへ逃れてきて遊女になった）。『エピトレポンテス』におけるハブロトノンは「琴弾きでヘタイラー」とか「奴隷のヘタイラー」とかと言われるが、[1] 劇中では蔑称的に「ポルネー」とも呼ばれる（六四六行）。自由身分ではないので（五三九行など）、そのかぎりで「奴隷」なのである（琴弾きの技をも振るい、遊女として同衾もする）。しかし、かつて奥方に捨てられた子が実は夫の子であったことが認知され家の揉め事が収まるよう大きく貢献する彼女は、その行動力や弁才において奴隷的な遊女と貶めるにはふさわしくない役割を果たし、大きな存在感を示している。マゾンの評価では、「奴隷だが……生来率直で、情《じょう》のある」女性である。[2] 奴隷か自由人かという区別はそれほど本質的なものだろうかと思えてくる。ディピロスの原作を基にしているプラウトゥス『綱引き』で登場するパラエストラは「まだほんの赤子のときに」親から奪われて「盗賊の手から最悪の種類の男に売られ」、ラブラクスという「芸者屋」に所有されている（三九行以下、小林標訳）若い女性で、劇中で（他の女性とともに）「娼婦（meretriculae）」（六三行）とも呼ばれているように、いまは奴隷的身分に堕ちているが（二一七行参照）、ほんらいはそのように自由市民の娘である。彼女は登場すると、自分の不運な身の上についてまるでエウリピデス劇中の（神話的王家などの）女性のように切々とした独白を述べながら、「人にすぐれて神さまを敬い暮らしてきたこの私の、その報いがこのありさまだとは」（一八九行以下）などと悲嘆の句を並べ、聴衆の同情を掻き立てる。彼女は最後に自由人として父のもとに戻り、立派な青年と結ばれる。こういう「黄金の心ばえ」の、気高い性質の遊女たちもよく登場したと推測される。ちなみに、後代のアルキプロンによる『遊女の手紙』には、全部とは言えないが、一部、メナンドロスの立場を思いやるグリュケラのように、「黄金の心ばえ」の、メナンドロス的な遊女を思わせる書き手が含まれる。

諸例を比べ合わせると、テーマや設定場面もいろいろだったのでむしろ当然というべきだが、中・新喜劇における遊女たちの描写は作家や作品によって多様であったと思われる。

いずれにせよ、ルキアノスの別の種類の手本・影響源として、そういう中・新喜劇の作例が考えられるのである。ミーモスは当代人気の芸能として彼に知られていたが、文学的知識として古いアテナイの喜劇にも通暁していた教養人である。両方のジャンルを混成的に取りこみながら、喜劇の模範も活用するのである。

しかし、ルキアノスの描く遊女たちはそういう喜劇の諸例ともまた一線を画しているように見える。まず、高貴な心性を持つと称しうる遊女たちはここには見当たらないだろう。教養や機知の面がとくに取り上げられることもない。むしろ、俗な世界に属する、平俗な男性たちに「友達」として呼応する彼女らである。他方、一部の喜劇作家による一種化け物的な遊女像――キマイラ的な、カリュブディス的な、スピンクス的な、等々の遊女たち（アテナイオス『食卓の賢人たち』第十三巻五五八A以下）――に走ることもない。喜劇の猥褻さ

（1）Arnott, Vol. 1, p. 384; Gomme / Sandbach, p. 291.

（2）Mazon, P. apud Gomme / Sandbach, p. 334.

に近づきうるときでも、実際は数歩の距離を置く。遊女たちの商売熱心あるいは金欲というテーマはここにも認められる。ただそれも喜劇におけるように極端に悪辣には描かない。遊女たちの客に対する「罠」や「謀略」について、ある喜劇では、背の低い遊女にはコルク底のサンダルを履かせたりする、尻の薄い者にはパッドを着けさせる、また笑わない女には――肉屋の店で山羊の頭にそういう処置をして陳列するように――小枝を口の中に立てて噛ませ続け、にこり（にやり、と訳すべきか）とする習性を無理やり身に付けさせる、などという手管があれこれあったらしいが（同五六七F以下）、そういう面についてはルキアノスは軽い滑稽な口調で触れる程度である（本篇第十一対話での鬘などの使用について）。遊女たる者、男を魅するためには、おしとやかに食事をしなさいという戒め（第六対話二）も、喜劇に先例はある（アテナイオス『食卓の賢人たち』第十三巻五七一F以下）。ルキアノスがこれを喜劇から取り入れているとしたら、彼の抑制的創作の方針に通じたからと言えるだろう。なお、客にあえて焼もちを焼かせなさいという教え（本篇第八、十二対話）はごく常識的発想によるので、とくに喜劇の影響というわけではないかもしれない。

「悪所」として実際に破廉恥や猥褻やあくどい金銭欲の舞台となりえたはずの世界を扱いながら、あまりに汚い、どす黒い側面は排除する。もちろん「現金」さがルキアノスの遊女たちの大きな、基本的な性質となっているが、それはふつうの人間がそういう環境で抱く種類とレベルの欲望の範囲で描写される。

遊女を相手にした「大法螺吹きの傭兵」（第九、十三対話）というのも喜劇的トポスだが、そういう個別的要素は利用しているものの、総じて、ルキアノスが喜劇から遊女関係の描写法を学んでいるところはそれほど根本的ではないという結論になるだろう。

平俗性への関心では通ずるものの、ミーモス的な卑猥・卑俗に堕することもなく、喜劇的などぎつさを求めることも控えながら――高貴な遊女というのもここにはそぐわないので度外視して――、男女間の愛情に関し、遊女相手に起こりうる葛藤など、いろいろな状況を庶民の立場で常識的に想像しつつ、彼たち、彼女たちの心理を同じ目線で眺める。彼らの駆け引き・さや当てや、やきもきする気持ちや、少しでもうまくやろうという下心と計算や、あたふたとした態度や焼きもちなどを多かれ少なかれリアリスティックに描写する心理劇という側面を示しつつ、文字どおり自分たちの身の回りにいるような現実的な人間の行動を描いて、可笑しみとともに近しさを感じさせる舞台を提供している。

ちなみに、遊女は多くは自由身分ではあっても、妻としての女性と比べて社会イメージ的に落差があるのはもちろんであったし、(女神官を勤めうるなど)市民としての権利を持つ妻とは異なる周縁的な社会位置にいた。[1] 他方、(アテナイでは)家を守り、多くは「奥」に居こもることを求められた妻に対し、遊女は酒宴にも男たちと同席できたというように、プライベートな「自由」はそれなりに楽しめたとも言える。しかし、こういう点が起こしえた微妙な心理には本篇では踏み込んでいない。

心理描写において例えばメナンドロス劇におけるような微妙な襞の内部にまでは立ち至らないが、「世俗的な」対話篇として、近代以降今日まで、ルキアノスの最も人気ある作品に属している。

---

(1) 栗原、四〇九頁以下参照。

三　偽作について（内田）

ルキアノスの写本の一部には、真作とは思われない作品もいくつか含まれている。本分冊に収める以下の作品もそうであると見なされている。

第八十二篇『愛国者または弟子（*Philopatris*）』

これはかつてはルキアノスの真作と信じられ、しかも（ビザンティンの）キリスト教僧侶たちへの批判を含んでいる（二三節以下など）ので、一五五九年以来ローマのカトリック当局から（『ペレグリノスの最期』とともに）「禁書」の処分まで受けていた。[1] しかし、十九世紀以降、偽書と認定されるに至り、今日ではビザンティン時代の作品とされる。ただ、作品全体の意図や、個々の内容に不明な点があり、その成立年代や歴史的背景も明らかではない。マクラウドは、十世紀のビザンティン王ニケポロス・ポカス（Nicephorus Phocas）の時の作品とする。この王は九六一年にクレタ島からサラセン人を駆逐し、九六三年に王となって、他の土地でもサラセン人への勝利を重ねたが、九六九年に死んだ。重い税を課して大衆には不評で、僧侶たちとも不仲だったという。[2] 他方ロビンソンは、イサアック・コムネノス（Isaac Comnenos）という十一世紀半ばのビザンティン王の時の成立とし、彼と総主教との対立を反映する作という説に与《くみ》する。[3] とにかく、王への支持と祖国愛の主張とが結び付けられる一方、僧侶たちと一部の市民による反目がそれと対比され、かつギリシア古典への傾倒を僧侶たちに帰しつつ、ギリシア神話の愚かしさなどを揶揄するというのが大まかな趣旨である

（神話批判には、したがって、政治的な含みがある）。なお「弟子」という副タイトルは、登場人物の一方が相手の対話者から、そういう考えに沿って教示され、導かれる（一二節など）という点によるらしい。

第八十三篇『カリデモスまたは美について（*Charidemus*）』

これは自らを大衆から区別する（五節参照）一ソフィストの作かもしれないが、ルキアノスらしい才気の認められない凡作で、偽作に違いない。成立時期はまったく不明で、古代後期とも、ビザンティン時代とも見られうる。「美について」というテーマで饗宴者たちがそれぞれ論を弁じるという構成はプラトンの『饗宴』など多くの模範を有している。ルキアノスによる『嘘好き人間』などにもそういう形式が採り入れられている。他方、ヘレネに関する部分（本篇一六以下）は内容的にイソクラテスの『ヘレネ頌』に依拠する面があると指摘される。[4]

第八十四篇『ネロ（*Nero*）』

この作も、そのスタイルや作風から真作とは思われない。アテナイのピロストラトス一家（レムノス出身かもしれない）の一人によって書かれた作品と推定されている。『テュアナのアポロニオス伝』や『ソフィス

(1) Cf. Robinson, p. 98.
(2) Loeb 版第八巻四一三頁。
(3) Robinson, p. 73.
(4) Loeb 版第八巻四六七頁。

ト列伝』で知られるピロストラトスではなく、その父、「第一のピロストラトス」の作かと言われる。百科事典『スダ』で、第一のピロストラトスの著作の中に『ネロ』の題が挙がっているのである。しかし、息子のほうにそれを帰する見解もある。対話の設定地はエーゲ海ギュアラ島らしい。対話者の一人、ストア派のムソニオスはネロによってそこに追放されたという。ただし、ネロのコリントス地峡掘削の企てに駆り出された囚人たちの中に入っていたようにも言われているので（本篇二）、場所的状況はやや不明瞭である。その掘削の試み（と挫折）については、『テュアナのアポロニオス伝』第四巻二四の他、スエトニウス『ローマ皇帝伝』「ネロ」一九にも言及がある。

第八十五篇『エピグラム（*Epigrammata*）』――ルキアノス文学の評価

エピグラムはほんらいは墓石や工芸品などに名とともに刻んで故人や製作者を記録し顕彰する句であるが、後代に文学の一ジャンルとなった。ルキアノスに帰せられるエピグラムは計五三篇伝えられるが、少なくとも大部分は偽作と思われるものの、短型の詩句ゆえ鑑定は難しい。それはともかく、そのうちの五二篇は『ギリシア詞華集』の写本で伝えられているので、本叢書のその訳書に委ね、そこにない一篇だけ本書に掲げる。ルキアノスの書（写本）に付した銘という体裁である。「わたし」（＝ルキアノス）とあるが、誰か後世の読者が、ルキアノスの文学の本質とはこういうものだと理解した言葉を作者自身に仮託して述べたのであろう。

この詩はポティオス『ビブリオテケ』第百二十八書や、ルキアノスの年代の新しい写本のいくつかに収録されている。ポティオス（後九世紀のビザンティン学僧、コンスタンティノープル総主教）は、他人の思想をすべて虚仮にするルキアノス自身の哲学は、なんら思想（見解）を持たないことだ（*τὸ μηδὲν δοξάζειν*）と解説した（九六a三八（Henry））。そういうルキアノスすなわち「ニヒリスト」像的な見方を[1]このエピグラムは反映しているようである。しかし、多様多作のルキアノスが受けてきた評価はさまざまであり、むしろ底は真面目な「モラリスト」である（主にルネッサンス時代）とか、諧謔味の中に一種の真摯さがある（スプードゲロイオン「真面目《まじめ》滑稽」）とか、多様な解釈を許容する「開かれた」文学であるとか、思想面よりも、古典を模範としながら新たな形の文学創造に打ちこんだ作家であるとかとも評価される。最後に挙げた見方では、模範の「模倣（imitatio）」は単なる真似事というのではなくて、文学的創造の源であり、（理想的モデルに張り合う意欲を掻き立て生産に向かわせるので）それを正当化するものだとボンペールは言う。[2]クルワゼは彼を、「思想の攪乱者」でありかつ「形式の創造者」だと評した。[3]たしかに諷刺家として――彼のこの性質は争われないだろう――、諸思想への忠実は彼には見出しがたい。しかし、先ほど挙げたポティオスの「何も思想（哲学）がないことが彼の哲学」という批評をこのクルワゼの把握の方向で見直せば、思想家としてはともかく、文学

（1）Cf. Bernays, J., *Lucian und die Kyniker*, Berlin, 1879, S. 44 'Lucian hingegen［ヴォルテールの思想と比べ］trägt in Bezug auf alle religiösen und metaphysischen Fragen eine lediglich nihilistische Oede zur Schau［ルキアノスは宗教・形而上学の面でニヒリスティックな荒野を見せている］'. Cf. Branham, pp. 13, 223 n. 5.

（2）Bompaire, p. XXXVI n. 62. Cf. idem（1958）, p. 738 'essai de dépassement de la *τέχνη* par la *τέχνη*［テクネー（技）によってテクネーを凌駕する試み］'.

（3）Croiset, M., apud Bompaire, p. XII.

創造者として彼はニヒルな者ではなかったと評価できる。それが、詳しくどういう性質・種類の創作様式であったかという点には立ち入らないが、基本的特徴としては、ミーモスと中・新喜劇を組み合わせるとか、哲学と古喜劇を融合させるとかいった混成的創作法が全体に認められる。それはともかく、特定の思想のしがらみから自由であることは利点ともなる。無は有に通じうるのである。

第八十一篇『書簡集（*Epistulae*）』

『書簡集』もルキアノスの写本に含まれているが、偽作と思われる。内容的に興味深い作品（『パラリスの書簡』など）もあるが、訳は本叢書の『書簡文学集』などに委ねたい。

第八十六篇『ティマリオンまたは彼の体験について（*Timarion*）』——冥界巡り（ダイジェスト）

最後に、オックスフォード古典テキストのルキアノス作品集巻末には、作品番号八六として『ティマリオン……』という作が収められている。しかし、これはビザンティン時代のものであることが内容から明白で、収録する写本も一本のみである（Vat. gr. 87）。その写本はともかく、中世時代でもルネッサンス時代でもルキアノスの作と見なされたことはまずなかったであろう。大半のルキアノス全集・訳集ではそれを収めていない（Loeb 版や、Jacobitz, C. 編の Teubner 版［Leipzig, 1851-57 他］、あるいは Talbot, E. の仏訳全集［Paris, 1866］、等々）。むしろ、まさしくビザンティン文学の一つとして扱うべき作品と思われる。「ルキアノス（作）」は符丁に近いと言うべきで、便宜的にその全集の終わりに付したという態である。

主な内容として冥界行のテーマ――より正確には、まだその時の至らぬ人間が冥府に連れてゆかれ、その裁判官の前で不当を弁じて解放され蘇生するという話――を扱っている。同様の主題のビザンティン文学として『マザリスの地獄滞在』という作もあるという。[1] さらに他にもいくつかの冥界行の作があるらしい。『メニッポスまたは死霊の教え（*Necyomantia*）』などの冥界行作品があるルキアノスの、ビザンティン文学への影響の一端が示されているとは言える。

テーマは興味深く、叙述される内容にも独特の点はあるが、少し長くもあるし、本訳書ではあらましだけを記してこの偽書を紹介することにしたい。

対話の設定地はビザンティン（ビュザンティオン）の市内とおぼしい。対話者の一方のキュディオンが、しばらく旅行をしていたらしいティマリオンを見かけて呼びとめる。そして土産話をせがむ。ティマリオンは、「人として生まれついた者は、／どんな恐ろしいことであれ、どんな経験や神由来の運命であれ、／その苦しみを味わわずに済むことは、ほとんど何一つないだろう」という古典詩句（エウリピデス『オレステス』一行以下）を口ずさみながら、また、「大地が養うもので人間以上に惨めなものは何もない」というホメロスの句（『イリアス』第十七歌四四六行以下など）にも言及しながら、自分のしたひどい体験を聞くとむしろ（辛い気持ちにさせられて）聞かなかったほうがよかったと思うのではないかと言うが、相手はもちろんいっそうそ

（1）Cf. Robinson, p. 78 sq.

れをせがむ。そこでティマリオンは旅行談を始めた（本篇二以下）。
旅のそもそもの目的は「敬虔で信心深い」ものだったということで詳しくは説明しないが（後述の祭りへの参加のためか）、とにかく行きは順調に進んだ、つまり、知り合いや父祖からの客友たちが道中あちこちで歓待してくれて、路銀の用意も乏しかったのに、まるで地方総督や独裁君主に対するようなもてなしを受けた、神の摂理のおかげに違いない、と語る。ビザンティンから低地（南方）へ向かう旅はそのようにとても快適だった、「ところが戻りのほうはとても辛く、悲劇に属するようなものになってしまった」（二節）という。

ここで相手が横槍を入れ、そう急いで帰路の話に向かうのではなく、行きのことも詳しく述べてくれと頼むので、話は後戻りして、往路のことに関して、目的地はテッサロニケで、（いったんこの町に入ってから）近くのアクセイオス（アクシオス河、マケドニアを流れる大河）の河畔で狩りを楽しんだのち、テッサロニケでの殉教者デメトリオスの祭りに参加すべく町に戻った。アテナイのパンアテナイア祭のような、マケドニア最大の祭りで、各地のギリシア人や、周辺のミュシア人やスキュティア人や、はてはイタリア人やイベリア人やリュシタニア人やガリア人までやってくる、という盛大さで、商人たちのテントが密集して並び、品物はギリシアのボイオティアやペロポネソスのもの以外にも、イタリアやフェニキアや、さらにエジプト、ヒスパニア、ヘラクレスの柱（ジブラルタル）からも、また黒海からも持ち込まれていた。たくさんの駄獣や犬の鳴いたり吠えたりする声でにぎやかだった。祭りのメイン・イベントは、三日間の夜通しの集まりで、多くの僧や信徒たちが殉教者のための讃歌を夜の間、灯明のもとで歌い続ける。そして朝になると土地の指導者（領主）がたくさんの衛兵や騎兵や歩兵を従えて神殿にやってくる。彼らの華やかな行列を群集が待ちうける。近づいてきたこの指導者の家系や外見の様子が、かなりの紙数を費やして賞讃的に記述される（八―九節）。当時の実在人物かと思われる。この指導者を迎えて、祭りの本番が執り行なわれ、讃歌が歌われた。祭典と礼拝が済んでから、他の群集とともにティマリオンも聖処を出ると宿舎に戻った。以上は少し長いが導入部で、本題の「辛い体験」（一〇節）、冥界行のことがいよいよ語られる。

なじみの宿へ戻った（一一節以下）ティマリオンだが、突然ひどい熱病に襲われ、夜中苦しんで半死の状態になってしまう。その次の昼は野菜と酢を摂りながら、少し楽に過ごせたが、その夜になると、つまり三日目になって、また熱病が戻った。「三日熱」（マラリアの一種）と思われた。しかしティマリオンは、五回目の周期（五日目）には解放されるだろうと考え、国へ帰る準備を始めた。ところが、それは苦痛と死の危険の始まりだった。それから解放された後に、肝臓の炎熱と下痢とが続き、澄んだ血といっしょに胆汁を排出させて肉を融解させ、お腹を毒蛇のように咬んだのである。

馬に乗ってとにかくビザンティンを目指し北上したが、しばらくは持ちこたえたものの、ヘブロス河（トラキアの大河）のほとりまで来ると、もうこれ以上生きることはできないと思った。「死の父である眠りが僕を捉え、いわく言いがたい冥界への旅へ送りこんだ。このことを思い出すと、震えとおののきが僕を襲ってくる」（一二節）、そして物も言えなくなる、という。しかし対話相手から促されて話を続ける。

下痢と、丸二〇日間の絶食のために消耗した彼はどうやら最後の眠りに入ったようだった（一三節以下）。そのとき、「魂の先導者」たちが枕元に現われた――肉体から離れた魂を下界のプルトン（冥界神ハデス）とアイアコス（冥界の裁判官）とミノス（同前）のところまで連れてゆく役の者たちで、魂はそれから死者に関する法に則って裁かれた上で固有の土地と場所を得ることになる――、すなわち、まだ真夜中にならないころ、闇のように暗黒の男たちが空を飛んでやって来た。それを見てティマリオンは体がこわばり、声も出ない。彼らは、逃れがたい緊縛を彼の舌に掛けてから、囁くような声で、「これが諸成分のうちで第四番目のものを、つまり胆汁をすべて排出してしまった男だ［ここはヒッポクラテスらの四体液説に基づきつつそれを揶揄するが、必ずしも整合的には述べられていない］、［医神］アスクレピオスと［神的医学者］ヒッポクラテスによって四つの成分のうち一つが欠ける者は、たとえ身体は壮健でも生きることはできないと定められている」と言ってから、「だから、ついてこい、哀れな男よ、そして死者の仲間に数えられるがよい」とティマリオンに告げた。

彼はいやいやながら彼らに従い、空中の道のりを、身も軽く、順風を受けた船のように楽々と進んでいった（一四節以下）。飛ぶ矢のような静かな飛行音も聞こえるほどだった。アケロン湖（アケロン河とも呼ばれる冥界の水域）を濡れもせずに渡ると、地面にうがたれた、井戸のよりは大きな穴へ近づいた。その穴の下に現われている闇の世界は憎悪すべきものと思われたので、下へ連れてゆかれたくはなかった。だが、彼らは二手に分かれ、真ん中に彼を取り囲むと、一人が頭を先にして穴へ潜りこみ、鋭い目つきで彼をも引き込もうとした。彼は両手両足で穴の口にしがみつき抗ったが、とうとう後ろの男が両手でその暗黒の空隙に押しこんだ。それから一行《いっこう》は人気《ひとけ》のない長い闇道を行くと、鉄の門へたどり着いた。それは冥界の王国を鎖していて、いったん入った者が逃げ出すことのないようにしている。その大きさや、重量や、打ち延ばした鉄の拡がりで恐ろしい様相をしていた。端から端まで、不壊のかんぬきで鎖されている。

外側でそこを番していたのは（一五節）、火のような眼の蛇どもに、鋭い歯を持つ毛深い犬、ケルベロスだった。また内側の番人は、暗い、笑わない男たちで、汚らしくガリガリの様子をしていて、まるで山賊の生活から戻ってきたという態だった。ところが、そういう野蛮な彼らは、死者導き役の男たちを見ると喜んで門を開けた。ケルベロスは尻尾を左右に振り、クンクンと鼻を鳴らしながらじゃれつくし、蛇どもも穏やかな音を立てていた。ティマリオンは中に引き入れられた。

中に入ると、もう飛ぶのではなく、ゆっくりした足取りで歩んでいった（一六節以下）。質素な平民の家々をたくさん通り過ぎたが、どこでも死者導き役の男たちを迎え、立ち上がってあいさつした。生きているときひとかどの人間だった者たちの家は松明で照らされていた。

明かりで輝いている建物に着いた（一七節）。傍らに一人の老人が横たわっていて、左の肘を枕にし、左手で頬を支えていた。彼の脇には青銅の大きな甕が置かれていて、塩漬けの豚肉と、プリュギアのキャベツとで充たされていて、豚脂であふれていたのだが、老人は悠然と甕の中に右手を突っ込むと、手のひら全体でそれを掬い上げながら、大きく開けた口に流しこみ、がぶりと飲み下すようにしていた。だが、外見は上品な男という感じで、そばを行く人々に明るい上品な視線を送っていた。ティマリオンにも目を向け、穏やかに言った。「こちらへどうぞ、よそ人よ、わたしのそばに坐ってあなたも甕に手を突っ込みなさい。死者の食事を摂るがよい」。ティマリオンはその気にはなれなかった。すると平民の一人がそばに立って、親切そうに、誰なのか、どこから来たのか、どういう死に方をして冥界に連れてこられたのか、と彼に訊くので、個々の事実を答えた。今度はこちらからその老人のことを質問すると教えてくれた（一八節）。その名前を説明するのは口外無用で禁じられているが、とにかく老人は大プリュギアの由緒正しい家柄出身で、正しい誠実な生を送り、豊かな老年の中で人生を終えて、いまは豊満な脂に埋もれて過ごしているのである、と。ところがここで、ティマリオンの目に二匹のネズミの姿が見えた。脂でたっぷり肥え、表面はすべすべして、家で飼う豚みたいだった。自分の大嫌いなネズミが冥界にもいるとは、とその男に言うと、「ネズミは大地から生まれる。地下の生き物であり、上よりも地下で殖えるほうがふさわしい。彼らはわれわれの仲間、住まいをともにするものたちだ。ネズミたちはあの老人が食べているのを眺めながら大喜びして顎をかちかち言わせている。自分たちが脂を口に入れているみたいに」と答え、「老人の眠るのを狙い済まして、彼がいびきをかき出したら、そばに行って脂たっぷりの汁に洗われているその口元を嘗め回し、口についている食べかすを飽くほどお腹にいれる彼らなのだ」と付け加える（一九節）（安楽な生活の富裕者とその寄食者たちへの諷刺）。

一行はふたたび進む（二〇節）。松明で照らされた宿所があり、真っ白のテントもそこにあった。その中から何かわめき声が聞こえてくる。死者導き役たちが他のことに気を取られている間、ティマリオンが孔から覗いてみると、一人の男が地面に横たわっており、両目は鉄の棒で貫かれていた。そのそばに老人も坐っていて、どうやら言葉で慰めている。だが、その男は聞こうとせずに、頭を振って、老人を手で押しのけていた。その口からは毒液が流れ出ていた。

ここで一人の年老いた死者がティマリオンに近づき（二一節）、あいさつして、まだ赤みのある肌色からこちらを死んだばかりの者と察して言った。「ご機嫌よう、新参の死者よ！　生の世界に関して聞かせてくれ、サバは何オボロスするのか？　マグロやニシンは？　オリーブ油の値段は？　ぶどう酒やパンは？　いちばん肝腎なことを忘れた――カタクチイワシの水揚げはどんなだった？　生きていたとき、それをおかずにするのがわたしの楽しみだったのでね」。ティマリオンは全部答えてやり、今度はテントの男のことを尋ねた。その俗物の男は答えた（一二節）。テントに住みながら（陰謀を恐れて？）、その隅で泣いているのはカッパドキア出身の有名なディオゲネス、王位について東のスキュティア人の国に遠征に出かけ捕虜になってから解放され、ビザンティンに戻ってきたが、王位には受け入れられず、戦を仕掛けたが、誓言をもらった上で降参したものの、誓約にたがって、見てのとおりに目を潰された、そのさいに騙されて毒を飲まされた、と。また、そのそばに坐っている老人は由緒正しい家柄の者で、彼に対し助言をしていたが、いまはここで昔のよしみを忘れず、彼の不幸をできるだけ軽くしてやろうと言葉を尽くしているのだ、と説明を加えた。

そこへ死者連行役の者たちが戻ってきて、裁判官たちの審議の場へ出席するため急ぐようティマリオンを促す。人間はこの場所でその人生全体が細かく吟味され、償うことになるのだ、という。

少し先に進むと（一三節）、丈の高く痩せた白髪の男が声を掛けてきた。そしてティマリオンにじっと目を注いでから、鋭い声で叫んだ。「これはわが友ティマリオンではないか。よく食事をいっしょにしたし、わたしがビザンティンで弁舌を揮うときは聴講に来てくれたものだ」。そして両腕を彼に投げかけた。しかし、ティマリオンのほうは見覚えがなく、戸惑っていると、相手はそれを察して言った。「きみはスミュルナ「イズミル」人のテオドロスを知らないのか？　とても切れるソフィストで、名声はビザンティンで隠れなく、光輝ある弁論で知られた男を？」。するとティマリオンは相手の様子が変わっていることに驚いて、その人のことは覚えているが、痛風を病んで輿で運ばれるような状態だったので、いまの健康な様子からはその人だとは分からない、と応じた。そこで相手が言う（二四節）。生きていたときは、この弁才のゆえに王の覚えめでたく、富んで、ぜいたくな食事に明け暮れていた、そこから痛風が自分の身体をさいなむことになった、しかしここではすべてが逆で、生き方は哲学的であり、食事は質素で、静かな暮らしをしている。しばしばカルダモン（ショウガ科）やゼニアオイやアスフォデルで飢えを抑え、アスクラの詩人（ヘシオドス）の、「人々は知らない、ゼニアオイとアスフォデルがどれほど大きな助けになるかということを」（『仕事と日』四〇行以下）という言葉の正しさをいまは認識している。上の世界では弁を揮って目立とうとする才知の振舞いをしていたが、いまは哲学と教養の暮らしをしていて、前ほどに言論と大衆への媚びとにはかかずらっていない、と。

それから、どういうわけで下界に降りてくることになったのかと尋ねるので、ティマリオンは答えた――死ぬわけなど何もなかった、戦闘や賊の襲撃や不慮の出来事や長患いが原因だったわけではない、いやこの死者連行役の者たちがまだ生きている自分を力ずくで身体から引きずり出したのだ。旅行の帰路に肝臓の炎症で熱病に罹り、下痢にもなって、胆汁が全部排出され、その上に血が混じっていた。ヘブロス河までなんとか来たとき、宿所で眠っていると、真夜中にこれらの邪悪な死者連行役の者たちがベッドのそばに立ち、自分を身体から引きずり出したのだが、その理由はと言えば、「これが、成分のうちの一つを、胆汁すべてを放出した男だ、アスクレピオスやヒッポクラテスら医師たちによってもう生きては行けないと決定されている」ということだった。そして（二六節）、なんだか知らない力に引っ張られ、自分の中で、まるで羊毛の毛房のように集まって鼻孔と口から、隙間を抜け出る息のように出てきてから、冥界まで連れてこられた。いまは裁判があるというので、この者たちの違法の振舞いを訴えたい、弟子の自分に加勢してほしい、と。

　相手は同情しながら応じた――安心するように。しっかり援助しよう、そしてきっと生き返ることができるだろう。ただしあちらに戻ったら、わたしの欲しいものを送ってくれ、つまりいつも口にしている食べ物のことだ、と。

　ティマリオンが（二七節）、信じかねる言葉だ、どういう点に自信を持って自分を自由にしてやれると言うのか、それもアイアコスとミノスというギリシア人たちが裁判官であり、自分たちキリスト教徒とは対立しているのに、と問うと、テオドロスは、自分には弁論の才があり、医学上の知識もある、ああいうギリシアの医学のお利口な神々（ヒッポクラテスらの神的に崇められる権威に関して言う）を打ち負かしてやれるだろう、また（二八節）ミノスはクレタ人で、アイアコスは正確にはヘラス（ここではギリシア中部の地域）の人間、つまり古えのヘラスとテッサリアの出身だ（ビザンティン人に好意的なギリシア人だという意味？）、正義を重んじる彼らだ、と自信の根拠を述べる。たしかに（二九節）、「半神のごとき（ダイモニオス）ガレノス」だけは恐ろしい、とはいえ彼は幸いにもいまは隅にこもって自著の補説に没頭している、だからああいうお利口な医師たち相手ならたやすい仕事になるのだ、と。なお、いまはキリスト教が全世界に広まっているので、神の摂理によって、ギリシアの裁判官たちに加え、かつてビザンティンを治めたテオピロス帝がいっしょに裁いている。正義を重んじた王であった。そう説明したこのソフィストは、自分が弁論をするので、口下手なティマリオンはものを言わないようにと言いつける。

その間に（三〇節）死者連行者たちが近づいた。ソフィストが、自分もこの弟子といっしょに行く、その時でもないのに生命を奪われた彼を弁護する、と述べる。

先へ進んだ一行は、光あふれる場所に着いた。水豊かで、あらゆる植物が繁茂し、鳥たちが森の中で囀っている。ここは常に春で気候の変化はなく、樹々はいつも実を付けている。エリュシオンの野だった（そのソフィストから聞かされた）。

そこにある裁判所に近づくと（三一節）、すでに一つ裁判が済んだということで、それはカエサルがカッシウスとブルトゥスに殺された件だった。その関係者たちが出て行った後（三二節）、裁判進行役の者たちが近づいて、何か訴えがあるかと尋ねるので、ソフィストが代弁して、肉体はまだ生きている人間の魂をその体から引き離したとがで死者連行役の者たちを訴えると述べると、進行役の者たちは、死者連行者たちを捉えてティマリオンたちといっしょに中へ連れていった（三三節）。そして、アイアコスとミノスとテオピロスが坐っている面前に一同は立った。

進行役の合図で、ソフィストのテオドロスがこう弁舌を始めた（三四節）――死者連行役の者たちを違法のとがで告発する。死者に関する法律は、「魂は、肉体が全部あるいはその急所の部分で滅び、魂の精気を振り払うまでは冥界へ連れてこられない、ただし肉体が破滅しても魂はその外側に留まり、傍らに三日間居続ける、そしてかくしてから死者連行役はそれを捕捉することが許される」としている。ところが、この者たちは、まだよい状態にあったティマリオンの魂を力ずくで肉体から分離した。いまでも血にまみれ、細い血の滴を垂らし続けているのは、力ずくで引き離されたさいにまだ肉体としっかり混じり合っていたからだ。だから、裁判官たちよ、この人間はまた生き返り、自分の肉体を受け取ってから宿命の時を充たすのが正当である。それから自然の限界に至ったら、ふたたび下界へ連れてこられて死者の仲間に入れられるべきである、と。

それに対する弁明を命じられた死者連行役のうちの一人がこう応じる（三五節）――われわれは、冥界へ連れてこられるべき者に関することを正確に知っている。この男があの河のほとりで下痢のゆえに第四の成分、胆汁をすべて放出するまでわれわれは見張っていた、最大の医師たちから、三つの成分だけでやっている人間が生き続けるのは自然に反しているという規準を教えられているので、彼の胆汁が三〇日間にわたって排出されるのを見届けてからそのベッドのそばに立ち、魂を外へ呼び出したのである、と。

これを受けて裁判官たちは囁き合っていたが、判定を延ばすと宣言した。「最大の医師であるアスクレピオスとヒッポクラテスも出席する必要がある。医学の知識が要る。三日目に彼らの同席のもとで解決する」、と。こう述べてから立ち上がり、草地の奥へ歩んで行った。ティマリオンたちは死者連行役の者たちといっしょに進行役の者によって暗い場所のほうへ導かれたが、それほど奥ではなく、光のあふれる場所と接する、薄明かりのある辺りだった。

その少し前（三六節）、あのソフィストが、ある松の木の根元にいろいろな野菜が生えている、食用に切り取って持っているがよい、「ここに生える植物は、より神的な風と空気を享受しているので、食べる前には快い香りを、食べた後には快いげっぷを与えてくれる」と言うので喜んでそうし、袋に詰め込んだ。

それからティマリオンたちはその場所で二日間休息し、三日目に裁判所まで戻った。裁判が再開される。いまはアスクレピオスとヒッポクラテスが同席していた（三七節）。アスクレピオスはヴェールで顔を覆い、それが半透明なので、すべてを見ることはできるが、自分は誰にも見られないようにしていた。自分の「神格化の虚しい名声」にこだわっているようだった（意味あいまいな託宣を下す神アポロンの息子として幻惑的な態度をことしている。高踏的・権威主義的な当時の医師への諷喩か）。他方、ヒッポクラテスはアラビア人のようで、先端の尖った布（ターバン）を頭に戴き（イスラム教徒への揶揄を含意、ビザンティンではその頃ヒッポクラテスを継承するアラビア医学が権威を持っていたらしい）、キトーンは足まで届き、帯はしておらず、あごひげには白いものが混じって、頭の髪はストア派のように切り詰めている（ストア派の偽善などをルキアノス本人もよく諷刺する）。

裁判議事録が読まれた後、ヒッポクラテスが、「どういう病いにあったというので、まだ肉体を愛していたこの男の魂を連れてきたのか」、釈明せよと死者連行役に命じる。

すると（三八節）彼らは、違法なことはしていない、四成分のうち何かを放出した者は生きてゆけないと定めたあなた方の規準に従ったまでだ、この男から力ずくで魂を引き出したわけではない、と述べる。それに対しソフィストが弁じる（三九節）――彼の肉体がまだ死ぬ用意がなかったことは死者連行役たちも認めるはずだ、馬に乗って旅していたほどなのだから。それに、死者には然るべき葬儀が行なわれてから冥界に連れてゆくという決まりがあるはずだ、と。相手が、彼は旅人だったので葬儀をする者がいなかった、と応じると、ソフィストは、では力ずくで魂が引き離された証拠がないか、肉がその魂にへばりついていないか確かめよと要求し、役人たちが調べると（四〇節）、魂の表面は血糊にまみれ、肉片がへばりついていること、その下には清い血が流れていて、生きている息をしていることを確認した。そこでソフィストが弁じる――魂がまだ肉体としっかり結びついていたというなら、四成分の一つが放出されたということではなかったのだ、いやそれは通常の排泄物が、肝臓の炎症のために異常に胆汁と混じり合って出てきたものだったのだ、と。

勝訴となった（四一節）。死者連行役の者たちはその役を解任される一方、ティマリオンはふたたび生の世界に帰って、宿命の時を充たしたら、その土地の死者連行役の手で冥界まで連れてこられるべしという判決文が読み上げられた。

いまは進行役の者たちに導かれながら冥界の道を後戻りしていったティマリオンらは、哲学者たちとソフィストたちが住まっている場所に来た。ここで宿泊したが、ティマリオンは眠りもせずに個々のことを観察した。そこでは（四三節）、パルメニデスやピュタゴラスやメリッソス（パルメニデスの弟子）やアナクサゴラスやタレスやその他の哲学者たちが坐って互いに穏やかに論じ合っているのが見られたが、ディオゲネスだけは除け者にされ、あちらこちらへ歩き回りながら、通りかかる者に打ちかからんばかりの粗暴な様子を見せていた。またイタリア出身のヨハンネスもいて、ピュタゴラスのそばに坐りたがっていたが、拒絶されていた。仲間に入りたいならそのガリラヤ人（キリスト教徒）の衣服を脱げと言われていたが、脱ごうとはしなかった。この男には小男の宦官が付き添っていて、目はしの利く男ではあったが、誰彼となく罵りを浴びせるし、思慮は足りず、他方で大きな約束をしては無知な大衆を騙していた。ところが（四四節）ヨハンネスはディオゲネスという難敵に出会った。彼に対してはったりをかましてやろうとして、自分でも（犬儒派的に）犬の生き方を気取ろうとしたが、相手がその態度に我慢せず、互いに吠えかけ出して、イタリア人は相手の肩に噛みつき、ディオゲネスは彼の喉《のど》に食らいついた。それをローマ人のカトが引き離した。そしてヨハンネスをソフィスト弁論家たちのいる場所まで連れていったが、彼らはこの無教養な男を連れ去れと排斥した。こうして彼はみなから除け者にされた。

夜明けになってテオドロスがティマリオンに近づき、生の世界に向かうよう促しながら、自分の欲しいものを冥界へ送って寄越すよう念を押した。五ヵ月の羊とか、三歳の鶏などのことだった。

いまや（四六節―）上の世界へ向かうティマリオンは、左方の場所で、糞尿をこねているネロ帝などを目撃しつつ、初めに入ってきた穴から外に出た。河畔の宿に来た彼の魂は、屋根の煙出しの戸から中に入ると、鼻孔を通ってわが肉体に戻った。そして翌朝に立ち上がったのだった。

ティマリオンは対話相手のキュディオンに、あのソフィストへ贈り物を届けてくれる新しい死者を見つけるよう頼みながら、もう宵になってきたから家へ帰ろうと促す。

文中に古典の引用や、それを利用した部分がしばしば認められる。ルキアノス的な諷刺トポスにもいくつか出会う。しかし、全体のスタイルの感じとしては、ルキアノス的な辛辣さよりも、人間の性《さが》を微笑とともに見つめる温和な紳士の口調が基本である。ヒッポクラテスらのギリシア的医術（多少アラビア風になっている）、あるいはそれをありがたがる風潮への揶揄が中軸となっている。なお、当時の実在人物に対するとおぼしい——多くは皮肉な、ときにダンテを想わせはするがずっと温和な——言及も盛られているが、対象に関して詳しいことは分からない。とにかく、この実在人物に関連させるという点も、ルキアノスの冥界行の作品には見られない特徴となっている（『死者の対話（*Dialogi Mortuorum*）』に出てくる一般人は類型的キャラクターで実在人物ではない。アレクサンドロスのような歴史的人物は除く）。総じて、中世西方ヨーロッパの『神曲』や『聖パトリキウスの煉獄』のような冥界文学よりもある程度「上品」さを保ち、常軌を極端に逸さず奔放な想像は控えていて、それだけ現世に近い趣きの下界描写を行なっている。こういう点はギリシア古典の模範に通じるとも言えよう。

文献

Arnott, W. G.（ed.）, *Menander*, 3 vols, Cambridge, Massachussets, 1979-2000.

Bartley, A. N., *Lucian's Dialogi Marini*, Cambridge Scholars Publishing, 2009.

Bompaire, J., *Lucien Écrivain, Imitation et Création*, Paris, 1958.

———（ed.）, *Lucien, Œuvres* 1-10, Paris, 1993〔Bompaire〕.

Branham, R. B., *Unruly Eloquence, Lucian and the Comedy of Traditions*, Cambridge, Massachusets, 1989.

バーン&ボニー・ブーロー『売春の社会史』香川檀、家本清美、岩倉桂子訳、筑摩書房、一九九一年。

Cunningham, I. C.（ed.）, *Herodas Mimiambi*, Oxford, 1971.

Gomme, A. W. and Sandbach, F. H., *Menander A Commentary*, Oxford, 1973.

Hopkinson, N.（ed.）, *Lucian, A Selection*, Cambridge, 2008.

ロバート・クナップ『古代ローマの庶民たち』西村昌洋・増永理考・山下孝輔訳、白水社、二〇一五年［ギリシアの社会風習にも一部関連］。

久保田忠利・中務哲郎（編集）『ギリシア喜劇全集』全一〇冊、岩波書店、二〇〇八―一二年［中・新喜劇の断片訳を含む］。

栗原麻子『互酬性と古代民主制――アテナイ民衆法廷における「友愛」と「敵意」』京都大学学術出版会、二〇二〇年。

栗原麻子、吉武純夫、木曽明子（訳註解説）『デモステネス「弁論集７」』京都大学学術出版会、二〇二二年（予定）［『ネアイラ弾劾』を含む］。

呉茂一、山田潤二（訳注解説）『ルーキアーノス「神々の對話」他六篇』岩波文庫、一九五三年。

呉茂一（訳注）『アルキプローン「遊女の手紙」』、筑摩書房『古代文学集』所収、一九六一年。

高津春繁（訳注解説）『ルーキアーノス「遊女の対話」他三篇』岩波文庫、一九六一年。

高津春繁（訳注解説）『ヘーローンダース「擬曲」』生活社、一九四三年。

Macleod, M. D.（ed.）, *Lucian VII*, Cambridge, Massachusetts, 1961; *Lucian VIII*, 1967［Loeb 版］.

――――（ed.）, *Luciani Opera*, 1-4, Oxford, 1972-87［オックスフォード古典テキスト］.

――――（ed.）, *Lucian, A Selection*, Warminster, Wiltshire, 1991.

Robinson, Ch., *Lucian and his influence in Europe*, London, 1979.
Sidwell, K.（tr.）, *Chattering Courtesans and other sardonic sketches / Lucian*, London, 2004.
柳沼重剛（訳註解説）『アテナイオス「食卓の賢人たち」』全五冊、京都大学学術出版会、一九九七―二〇〇四年。

固有名詞索引

1．本文のみを対象とし、註（本文挿入註記を含む）、解説等は含めない。ただし、ギリシア語原文にはないが訳で補って本文中に入れたものは拾ってある。
2．典拠箇所として記す数字は、本訳書の頁数である。
3．ギリシア語をローマ字転記して記す。なお、κ は *k* に、χ は kh に、ου は u に、γγ（γκ, γχ）は ng（nk, nkh）にする。
4．同じ名が同一頁に複数出てくる場合、その点を註記することはしない（訳文で意味を明瞭にするため､原文にはない場合もあえて繰り返すことがある）。
5．民族名は原則として国名と同一視する。
例：「アテナイ人たち　Athenaioi」は「アテナイ　Athenai」と同じとして扱う。

ア　行

ギガス族　Gigantes　*199*　→巨人族
キタイロン　Kithairon　ボイオティア地方とアッティカ地方の間にある山脈。 *17*
北風　Boreas　ボレアス。しばしば擬人化された北風の神として描かれる。 *162*
キュクロプス　Kyklops　単眼の巨人族。 *7–10*
ギュティオン　Gythion　スパルタを含むラコニア地方の港。 *154–156*
キュプロス　Kypros　小アジアの南方の島。現在のキプロス島。 *154, 156*
キュレネ　Kyllene　アルカディア地方北部の山。 *44*
キュンバリオン(1)　Kymbalion　笛吹き娘。 *143*
キュンバリオン(2)　Kymbalion　遊女。 *156*
巨人族　Gigantes　オリュンポス神族と戦った（ギガントマキア）巨人族。 *164, 166*
ギリシア　Hellas　原語はヘラス。ギリシア人は自国をヘラスと呼称した。 *48, 148, 192, 194, 197–198, 204, 208–211, 213–214*
クサントス　Ksanthos　小アジアを流れる河川およびその河神。別名スカマンドロス河。 *26–27*
クセルクセス　Kserkses　ペルシア王。前 519 頃— 465 年。 *210*
クラトン　Kraton　ギリシア人。政府の役人。 *177–179*
クラロス　Klaros　イオニア地方のコロポン市の南郊の町。 *85*
グランミス　Grammis　下女。 *151*
クリティアス　Kritias　ギリシア人。『愛国者または弟子』の主要会話人物。 *160–164, 166–172, 174–177, 179–180, 182–184*
グリュケラ　Glykera　遊女。 *104–106*
クリュサリオン　Khrysarion　ゴルゴナの母。 *105*
クリュシス　Khrysis　遊女。 *128–130*
クリュメネ　Klymene　太陽神との間にパエトンを儲ける。 *89, 98*
クレイニアス　Kleinias　アテナイの若者。 *135–136, 138*
クレウオカルモス　Khleuokharmos　ギリシア人。 *178*
クレオニュモス　Kleonymos　ギリシア人。 *190*
クレオラオス　Kleolaos　ギリシア人。 *183–184*
クレオンブロトス　Kleombrotos　プラトンの弟子。『パイドン』読後に投身自殺したとされる。 *160*
クレタ　Krete　エーゲ海南端に位置する大きな島。 *38, 168*
クロイソス　Kroisos　リュディア王。前 595 頃— 546 年頃。 *164*
クロカレ　Krokale　遊女。 *156–157*
クロナリオン　Klonarion　遊女。 *116–120*
クロノス　Kronos　ティタン神族。息子ゼウスに支配権を奪われる。 *53, 77, 172, 194*
クロビュレ　Krobyle　コリンナの母。 *120–123*
ケニダス　Khenidas　兵士。 *148–152*
ケペウス　Kepheus　神話上のエチオピア王。アンドロメダの父。 *33–36*
ゲラサ　Gerasa　現在のヨルダンのジェラシュ。 *170*
ケラメイコス　Kerameikos　アテナイの陶工地区、墓地。 *113–114, 138*
ケリドニオン　Khelidonion　遊女。 *135–139*
ケルソネソス　Khersonesos　ヘレスポントス海峡の入口のヨーロッパ側から突き出た半島。 *17*
紅海　he erythra thalassa　エリュトラー海。現在の紅海よりも広い範囲を含む。 *37*
コクリス　Kokhlis　遊女。 *156–158*
コリュットス　Kolyttos　またはコリュトス、アッティカの区。 *126*

ダプネ　Daphne　テッサリアの河神ペネイオスの娘。 *55, 80, 83, 85*
ダミュロス　Damylos　アテナイの若者。 *140*
タユゲトス　Taÿgetos　スパルタ西方の連峰。 *82*
ダルダノス　Dardanos　トロイア王家の開祖。 *192*
タルタロス　Tartaros　冥界の最深部の牢獄。 *95, 164, 171*
ダレイオス　Dareios　ペルシア王ダレイオス1世。前558頃—486年。 *209*
タレス　Thales　万物の始原を水だとした自然哲学者。前624頃—546年頃。 *210*
タレントゥム　Taras　南イタリアの市。 *126*
月　Selene　月の女神セレネ。月そのものの神格化。 *78, 86–88*
ディアシア(祭)　Diasia　アテナイで2月頃開催された祭典。 Diasia *188*
ディオスクロイ　Dioskuroi　レダから生れた双子カストルとポリュデウケスのこと。 *155, 189, 191*
ディオティモス(1)　Diotimos　アテナイのトレーナー。 *135*
ディオティモス(2)　Diotimos　ギリシア人。 *189*
ディオニュシア　Dionysia　ディオニュソスの祭り。 *140*
ディオニュソス　Dionysos　酒の神。ゼウスとセメレの子。 *15, 18, 46–49, 56, 74, 92, 94*
ディクテ　Dikte　クレタ島東部の山。 *38*
ティタン　Titan　クロノス、ヒュペリオン等の、オリュンポス神族以前の神族。 *96, 164, 179*
ディデュマ　Didyma　小アジア西岸のアポロンの聖地。 *85*
デイニアス　Deinias　ギリシア人。 *190*
デイノマケ　Deinomakhe　アテナイ女性。 *125*
デイノマコス　Deinomakhos　アイトリアの兵士。 *156–157*
ディピュロン　Dipylon　アテナイの市門。 *114, 136*
ディピロス(1)　Diphilos　アテナイの若者。 *110–111*
ディピロス(2)　Diphilos　同上。 *143*
ティベイオス　Tibeios　下僕。 *135*
ティリダテス　Tiridates　ペルシア人。 *132*
テイレシアス　Teiresias　テバイの占い師。 *119*
デウカリオン　Deukalion　プロメテウスの子。従妹ピュラと共に大洪水から生き残る。 *160*
テオクレス　Theokles　アテナイ人。 *142*
テゲア　Tegea　アルカディア地方の都市。 *46*
テスピアス　Thespias　アテナイ女性。 *157*
テスモポリア　Thesmophoria　デメテルの祭り。 *106*
テスモポロス　Thesmophoros　デメテルの称号。 *127*　→デメテル
テセウス　Theseus　神話上のアテナイ王。アテナイで最も有名な英雄。 *196–197*
テッサリア　Thessalia　ギリシア東北部の地方。 *18, 106, 112*
テティス　Thetis　ネレイスの一人。ペレウスと結婚しアキレウスを儲ける。 *19, 26–27, 30–31, 43, 53–54, 150*
テバイ　Thebai　ギリシアの市。 *73, 78, 119*
デメアス　Demeas　アテナイ人。 *108*
デメテル　Demeter　豊穣を司る女神。ゼウスとは姉弟にあたる。 *146, 197*
デモナッサ　Demonassa　遊女。 *118*
デモパントス　Demophantos　アテナイ人。 *129–130*
テュロ　Tyro　サルモネウスの子。ポセイドンと交わり子を儲ける。 *32, 166*

ナ　行

ハ　行

ペロプス　Pelops　タンタロスの子。ペロポネソス半島を征服する。 *192–193, 200–201*
ペロポネソス　Peloponnesos　ギリシア南部の半島。ペロプスの名に由来する。 *196–197, 208*
ボイオティア　Boiotia　ギリシア中部の地域。 *50-51, 77, 119, 209*
ポイキレ　Poikile　アテナイの柱廊。 *129, 136*
ポイビス　Phoibis　遊女。 *116*
ボスポロス　Bosporos　海峡。 *154, 209*
ポセイドン　Poseidon　海を支配する神。ゼウスの兄にあたる。 *4, 8–12, 14–24, 32–33, 38, 43, 69, 72–74, 94, 100, 153, 164, 166, 193, 210*
ホメロス　Homeros　前8世紀頃の『イリアス』『オデュッセイア』の作者とされる叙事詩人。 *164, 172, 174, 179, 192, 194*
ホライ　Horai　季節と秩序を司る女神たち。 *76*
ポリュイドス　Polyïdos　伝説上の予言者。 *174*
ポリュデウケス　Polydeukes　ゼウスとレダの子。ディオスクロイの一人。後に死んだカストルと不死性を分けあう。 *99–100*
ポリュペモス　Polyphemos　単眼の巨人族キュクロプスの一人。ポセイドンの子。 *4, 6, 8*
ポレモン　Polemon　傭兵。 *130–135*

マ　行
マイア　Maia　アトラスの娘。ゼウスと交わりヘルメスを儲ける。 *44, 49–51, 69, 71*
マイナス　Mainas　ディオニュソスを崇拝する女性。バッカイとも呼ばれる。 *46, 56*
マギディオン　Magidion　琴弾き娘。 *143*
マラトン　Marathon　アッティカの北東岸地方。前490年にアテナイ軍らがペルシア軍を打ち破った。 *46*
マルシュアス　Marsyas　サテュロスの一人。アポロンに音楽競技で敗れ生きたまま皮を剝がれた。 *86*
マレア　Malea　ペロポネソス半島南端の岬。 *208*
南風　Notos　ノトス。しばしば擬人化した西風の神として描かれる。 *28–29, 36–39*
都の守護女神　Polias　*124*　→アテナ
ミュルタレ　Myrtale　遊女。 *153–156*
ミュルティオン　Myrtion　遊女。 *106–109*
ムーサ(たち)　Musai　文芸と音楽の女神たち。 *19, 208*
ムサリオン　Musarion　遊女。 *124–128*
ムソニオス　Musonios　ストア派哲学者。後30以前―後101年頃。 *208, 212–215*
メガラ　Megara　コリントス地峡東方の都市。 *189*
メギラ　Megilla　遊女。 *116, 118*
メギロス　Megillos　メギラの別名。 *118*
メテュムナ　Methymna　レスボス島北岸の港湾都市。 *14, 16*
メドゥサ　Medusa　蛇髪の怪物ゴルゴン三姉妹の一人。彼女のみ不死でなかった。 *34–36*
メネクラテス(1)　Menekrates　アテナイ人。 *126*
メネクラテス(2)　Menekrates　『ネロ』中の対話人物、レムノス人か。 *208, 212–214*
メネラオス　Menelaos　アガメムノンの弟。スパルタ王。ヘレネを妻に娶る。 *12–14, 179–180, 198, 204*
メリケルテス　Melikertes　海神パライモンの人だった頃の名。後に海神レウコテアと

ヤ　行

ラ　行

訳者略歴

内田次信（うちだ　つぐのぶ）

大阪大学名誉教授
京都大学博士（文学）
一九五二年　愛知県生まれ
一九七九年　京都大学大学院文学研究科博士課程修了
二〇一七年　大阪大学教授を経て退職

主な著書
『ヘラクレスは繰り返し現われる――夢と不安のギリシア神話』（大阪大学出版会）

西井　奨（にしい　しょう）

大阪大学講師
一九八二年　京都府生まれ
二〇一一年　京都大学大学院文学研究科博士課程研究指導認定退学
二〇一四年　京都大学博士（文学）取得
二〇一八年　日本学術振興会特別研究員、大阪大学特任講師を経て現職

主な著書
『神の文化史事典』（共著、白水社）
『オウィディウス『名高き女たちの手紙』におけるギリシア神話の諸相』（京都大学博士学位論文）

遊女《ゆうじょ》たちの対話《たいわ》――全集《ぜんしゅう》 8
西洋古典叢書　2021 第4回配本

二〇二一年十二月二十五日　初版第一刷発行

訳　者　内《うち》田《だ》次《つぐ》信《のぶ》
　　　　西《にし》井《い》　奨《しょう》

発行者　足立芳宏

発行所　京都大学学術出版会
606-8315 京都市左京区吉田近衛町六九 京都大学吉田南構内
電　話　〇七五-七六一-六一八二
ＦＡＸ　〇七五-七六一-六一九〇
http://www.kyoto-up.or.jp/

印刷／製本・亜細亜印刷株式会社

ISBN978-4-8140-0349-5

定価はカバーに表示してあります

4　沓掛良彦訳　4900 円
ホメロス外典／叙事詩逸文集　中務哲郎訳　4200 円

【ローマ古典篇】
アウルス・ゲッリウス　アッティカの夜（全 2 冊）
1　大西英文訳　4000 円
アンミアヌス・マルケリヌス　ローマ帝政の歴史（全 3 冊）
1　山沢孝至訳　3800 円
ウェルギリウス　アエネーイス　岡　道男・高橋宏幸訳　4900 円
ウェルギリウス　牧歌／農耕詩　小川正廣訳　2800 円
ウェレイユス・パテルクルス　ローマ世界の歴史　西田卓生・高橋宏幸訳　2800 円
オウィディウス　悲しみの歌／黒海からの手紙　木村健治訳　3800 円
オウィディウス　変身物語（全 2 冊・完結）
1　高橋宏幸訳　3900 円
2　高橋宏幸訳　3700 円
カルキディウス　プラトン『ティマイオス』註解　土屋睦廣訳　4500 円
クインティリアヌス　弁論家の教育（全 5 冊）
1　森谷宇一・戸高和弘・渡辺浩司・伊達立晶訳　2800 円
2　森谷宇一・戸高和弘・渡辺浩司・伊達立晶訳　3500 円
3　森谷宇一・戸高和弘・吉田俊一郎訳　3500 円
4　森谷宇一・戸高和弘・伊達立晶・吉田俊一郎訳　3400 円
クルティウス・ルフス　アレクサンドロス大王伝　谷栄一郎・上村健二訳　4200 円
スパルティアヌス他　ローマ皇帝群像（全 4 冊・完結）
1　南川高志訳　3000 円
2　桑山由文・井上文則・南川高志訳　3400 円
3　桑山由文・井上文則訳　3500 円
4　井上文則訳　3700 円
セネカ　悲劇集（全 2 冊・完結）
1　小川正廣・高橋宏幸・大西英文・小林　標訳　3800 円
2　岩崎　務・大西英文・宮城徳也・竹中康雄・木村健治訳　4000 円
トログス／ユスティヌス抄録　地中海世界史　合阪　學訳　4000 円
ヒュギヌス　神話伝説集　五之治昌比呂訳　4200 円
プラウトゥス／テレンティウス　ローマ喜劇集（全 5 冊・完結）
1　木村健治・宮城徳也・五之治昌比呂・小川正廣・竹中康雄訳　4500 円
2　山下太郎・岩谷　智・小川正廣・五之治昌比呂・岩崎　務訳　4200 円
3　木村健治・岩谷　智・竹中康雄・山澤孝至訳　4700 円
4　高橋宏幸・小林　標・上村健二・宮城徳也・藤谷道夫訳　4700 円
5　木村健治・城江良和・谷栄一郎・高橋宏幸・上村健二・山下太郎訳　4900 円
リウィウス　ローマ建国以来の歴史（全 14 冊）
1　岩谷　智訳　3100 円
2　岩谷　智訳　4000 円
3　毛利　晶訳　3100 円
4　毛利　晶訳　3400 円
5　安井　萠訳　2900 円
6　安井　萠訳　3500 円
9　吉村忠典・小池和子訳　3100 円

プラトン　饗宴／パイドン　朴　一功訳　4300円
プラトン　パイドロス　脇條靖弘訳　3100円
プラトン　ピレボス　山田道夫訳　3200円
プルタルコス　英雄伝（全6冊）
1　柳沼重剛訳　3900円
2　柳沼重剛訳　3800円
3　柳沼重剛訳　3900円
4　城江良和訳　4600円
5　城江良和訳　5000円
プルタルコス　モラリア（全14冊・完結）
1　瀬口昌久訳　3400円
2　瀬口昌久訳　3300円
3　松本仁助訳　3700円
4　伊藤照夫訳　3700円
5　丸橋　裕訳　3700円
6　戸塚七郎訳　3400円
7　田中龍山訳　3700円
8　松本仁助訳　4200円
9　伊藤照夫訳　3400円
10　伊藤照夫訳　2800円
11　三浦　要訳　2800円
12　三浦　要・中村　健・和田利博訳　3600円
13　戸塚七郎訳　3400円
14　戸塚七郎訳　3000円
プルタルコス／ヘラクレイトス　古代ホメロス論集　内田次信訳　3800円
プロコピオス　秘史　和田　廣訳　3400円
ヘシオドス　全作品　中務哲郎訳　4600円
ポリュビオス　歴史（全4冊・完結）
1　城江良和訳　3700円
2　城江良和訳　3900円
3　城江良和訳　4700円
4　城江良和訳　4300円
ポルピュリオス　ピタゴラス伝／マルケラへの手紙／ガウロス宛書簡　山田道夫訳　2800円
マルクス・アウレリウス　自省録　水地宗明訳　3200円
リバニオス　書簡集（全3冊）
1　田中　創訳　5000円
2　田中　創訳　5000円
リュシアス　弁論集　細井敦子・桜井万里子・安部素子訳　4200円
ルキアノス　全集（全8冊）
3　食客　丹下和彦訳　3400円
4　偽預言者アレクサンドロス　内田次信・戸高和弘・渡辺浩司訳　3500円
ロンギノス／ディオニュシオス　古代文芸論集　木曽明子・戸高和弘訳　4600円
ギリシア詞華集（全4冊・完結）
1　沓掛良彦訳　4700円
2　沓掛良彦訳　4700円
3　沓掛良彦訳　5500円

クセノポン　ギリシア史（全2冊・完結）
1　根本英世訳　　2800円
2　根本英世訳　　3000円
クセノポン　小品集　松本仁助訳　　3200円
クセノポン　ソクラテス言行録（全2冊）
1　内山勝利訳　　3200円
クテシアス　ペルシア史／インド誌　　阿部拓児訳　　3600円
セクストス・エンペイリコス　学者たちへの論駁（全3冊・完結）
1　金山弥平・金山万里子訳　　3600円
2　金山弥平・金山万里子訳　　4400円
3　金山弥平・金山万里子訳　　4600円
セクストス・エンペイリコス　ピュロン主義哲学の概要　金山弥平・金山万里子訳　　3800円
ゼノン／クリュシッポス他　初期ストア派断片集（全5冊・完結）
1　中川純男訳　　3600円
2　水落健治・山口義久訳　　4800円
3　山口義久訳　　4200円
4　中川純男・山口義久訳　　3500円
5　中川純男・山口義久訳　　3500円
ディオニュシオス／デメトリオス　修辞学論集　木曽明子・戸高和弘・渡辺浩司訳　　4600円
ディオン・クリュソストモス　弁論集（全6冊）
1　王政論　内田次信訳　　3200円
2　トロイア陥落せず　内田次信訳　　3300円
テオグニス他　エレゲイア詩集　西村賀子訳　　3800円
テオクリトス　牧歌　古澤ゆう子訳　　3000円
テオプラストス　植物誌（全3冊）
1　小川洋子訳　　4700円
2　小川洋子訳　　5000円
デモステネス　弁論集（全7冊）
1　加来彰俊・北嶋美雪・杉山晃太郎・田中美知太郎・北野雅弘訳　　5000円
2　木曽明子訳　　4500円
3　北嶋美雪・木曽明子・杉山晃太郎訳　　3600円
4　木曽明子・杉山晃太郎訳　　3600円
5　杉山晃太郎・木曽明子・葛西康徳・北野雅弘・吉武純夫訳・解説　　5000円
6　佐藤　昇・木曽明子・吉武純夫・平田松吾・半田勝彦訳　　5200円
トゥキュディデス　歴史（全2冊・完結）
1　藤縄謙三訳　　4200円
2　城江良和訳　　4400円
パウサニアス　ギリシア案内記（全5冊）
2　周藤芳幸訳　　3500円
ピロストラトス／エウナピオス　哲学者・ソフィスト列伝　戸塚七郎・金子佳司訳　　3700円
ピロストラトス　テュアナのアポロニオス伝（全2冊）
1　秦　剛平訳　　3700円
ピンダロス　祝勝歌集／断片選　内田次信訳　　4400円
フィロン　フラックスへの反論／ガイウスへの使節　秦　剛平訳　　3200円
プラトン　エウテュデモス／クレイトポン　朴　一功訳　　2800円
プラトン　エウテュプロン／ソクラテスの弁明／クリトン　朴　一功・西尾浩二訳　　3000円

西洋古典叢書［第Ⅰ～Ⅳ期、2011～2020］既刊全149冊（税別）

【ギリシア古典篇】

アイスキネス　弁論集　木曽明子訳　4200円
アイリアノス　動物奇譚集（全2冊・完結）
　1　中務哲郎訳　4100円
　2　中務哲郎訳　3900円
アキレウス・タティオス　レウキッペとクレイトポン　中谷彩一郎訳　3100円
アテナイオス　食卓の賢人たち（全5冊・完結）
　1　柳沼重剛訳　3800円
　2　柳沼重剛訳　3800円
　3　柳沼重剛訳　4000円
　4　柳沼重剛訳　3800円
　5　柳沼重剛訳　4000円
アポロニオス・ロディオス　アルゴナウティカ　堀川　宏訳　3900円
アラトス／ニカンドロス／オッピアノス　ギリシア教訓叙事詩集　伊藤照夫訳　4300円
アリストクセノス／プトレマイオス　古代音楽論集　山本建郎訳　3600円
アリストテレス　政治学　牛田徳子訳　4200円
アリストテレス　生成と消滅について　池田康男訳　3100円
アリストテレス　魂について　中畑正志訳　3200円
アリストテレス　天について　池田康男訳　3000円
アリストテレス　動物部分論他　坂下浩司訳　4500円
アリストテレス　トピカ　池田康男訳　3800円
アリストテレス　ニコマコス倫理学　朴　一功訳　4700円
アルクマン他　ギリシア合唱抒情詩集　丹下和彦訳　4500円
アルビノス他　プラトン哲学入門　中畑正志編　4100円
アンティポン／アンドキデス　弁論集　高畠純夫訳　3700円
イアンブリコス　ピタゴラス的生き方　水地宗明訳　3600円
イソクラテス　弁論集（全2冊・完結）
　1　小池澄夫訳　3200円
　2　小池澄夫訳　3600円
エウセビオス　コンスタンティヌスの生涯　秦　剛平訳　3700円
エウリピデス　悲劇全集（全5冊・完結）
　1　丹下和彦訳　4200円
　2　丹下和彦訳　4200円
　3　丹下和彦訳　4600円
　4　丹下和彦訳　4800円
　5　丹下和彦訳　4100円
ガレノス　解剖学論集　坂井建雄・池田黎太郎・澤井　直訳　3100円
ガレノス　自然の機能について　種山恭子訳　3000円
ガレノス　身体諸部分の用途について（全4冊）
　1　坂井建雄・池田黎太郎・澤井　直訳　2800円
ガレノス　ヒッポクラテスとプラトンの学説（全2冊）
　1　内山勝利・木原志乃訳　3200円
クイントス・スミュルナイオス　ホメロス後日譚　北見紀子訳　4900円
クセノポン　キュロスの教育　松本仁助訳　3600円